达夫文集

郁达夫

日记集

郁达夫◎著

吉林出版集团股份有限公司

图书在版编目（ＣＩＰ）数据

郁达夫日记集 / 郁达夫著 . —长春：吉林出版集
团股份有限公司，2017.6（2021.5 重印）

（昨日芳菲：近现代名家经典作品丛刊 / 杜贞霞主
编）

ISBN 978-7-5581-2711-3

Ⅰ . ①郁… Ⅱ . ①郁… Ⅲ . ①日记—作品集—中国—
现代 Ⅳ . ① I266.5

中国版本图书馆 CIP 数据核字（2017）第 129735 号

郁达夫日记集

著　者	郁达夫
策划编辑	杜贞霞
责任编辑	齐　琳　史俊南
封面设计	老　刀
开　本	650mm×960mm　1/16
字　数	302 千字
印　张	22.5
版　次	2017 年 10 月第 1 版
印　次	2021 年 5 月第 2 次印刷

出　版　吉林出版集团股份有限公司
电　话　总编办：010-63109269
　　　　　发行部：010-69584388
印　刷　三河市京兰印务有限公司

ISBN 978-7-5581-2711-3　　　　　定价：56.00 元

目 录

丁巳（1917 年）日记

（1917 年 2 月 25 日—12 月 20 日）

序

去岁教育部有令留学生各记日记报部之举，亦有唱议反对者，予实亦非赞成此举者也。然日记为人生之反照镜，伟人烈士，其一言一动，多足以移易风尚，而感化世俗。若不逐日记录，则其半生之事业功勋，只残留于国史传中之半张纸上。其一日一时之思想，一举一动之威仪，势必至如水上波纹，与风俱逝耳，是不亦可惜哉！予非伟人，予亦非烈士，然人各有志，时势若草，虽黄河浊水，亦有贯入银河之一日；为鹏为雀，固不能于细蛋时论定也。

此日记非为教育部令而著，亦非为他日史官之参考而著。要之如赤松麟迹，其一时一刻之变迁移易，俱欲显然残留于纸上耳！

丁巳阳历二月十六夜

一九一七年二月二十五日

夜膳后访大贺先生。归途中，仰视星月，颇有天体有恒，人事无常感。因欲立遗言状一纸，防死后之无人识我意也：

1

遗言状草稿

……

予生三岁即丧父，虽幼时尝见先考图形，然终不能想象其为人。"汝父正直，故有汝辈。他年汝辈之子、若孙，亦当以是告之。"此祖母之言也。"汝父正直、谨饬而自晦，使汝父若在者，汝辈当不至有今日。"此生母陆氏之言也。予脑中之先考行状，如此而已矣！……翌年二十一岁更至名古屋八高欲习医，因给供不支，改习文学理财。曼兄不知，怨予志不一定，绝不与交，亦不欲以弟视予。予无力与之争也。平生喜藏书。得钱尽买书，故日用时不足。曼兄疑予无行，是以屡告急而不欲为之助。此番绝予，想亦此之由。而予卒因不能自明而死……

天暖后当小作校外功程，以救目下穷状耳！

……因给供不支，改习文学理财。……

三月七日

……昨日思成一大政治家，为中国雪数十年之积辱；今日更欲成一大思想家，为世界吐万丈长之华光。然而世人皆忌我、嫉我、怨我、迫我，便予不得不成一万事投人好之人。万事投人好，是牛马奴妾之不若，而谓郁文为之乎?！

三月十一日

予辈月费只三十三元耳。以之购书籍，则膳金无出；以之买器具，则宿费难支。学工者不能于休假期中往各处参观工场；学医者不能于放课时间入病院实习诊察；……

三月十五日

……

午前听藤冢先生讲中文，嘲骂中国人颇不能堪。欲作书与校长，使勿再轻狂若此，恐反招辱，不果。午后读鲁曼鲁澜哲学警句，曰：人生非若春日蔷薇，乃暗暗中无穷之战斗耳！万苦千难欲沮丧我，然我决不欲为所服！……

五月三十一日

……午前，为日人某嘲弄，笑我国弱也。此后当一意用功，以图报复耳！……

六月三日

予已不能爱人，予亦不能好色，货与名更无论矣。然予有一大爱焉，曰：爱国。予因爱我国，故至今日而犹不得死；予因爱我国，故甘受人嘲而不之厌；予因爱我国，故甘为亲戚兄弟怨而不之顾。国即予命也，国亡，则予命亦绝矣。欲保命不可不先保国，不见彼印度、朝鲜、犹太、埃及人乎，彼亦犹人也，而为人所杀戮、轻笑者何哉？无国故也。呜呼！彼辈生后已不识祖国之土地，忍泪吞声，甘心受人侮弄宜也！若予则生及季世，目见国事之沦亡，岂得瞑目学愚，甘心受人辱骂乎？吾不能也，吾不能也；宁死耳，吾不能学此也！

六月五日

……俗语曰：万恶淫为首，诚非虚语也。

六月七日

……读唐诗至"依柱寻思倍惆怅"句，忽忆及少年轻薄，受人嘲侮时事（眉注：嘲侮，初与范某见某于教会堂时事也）。觉以后不得不日日用功，图雪此耻！……

六月八日

……自与曼兄绝交后，予之旧友一朝弃尽，影形相吊，迄今半载，来访穷庐者二三小孩外只洗衣妇及饭店走卒耳。……

六月十日

……购纸印数事。隆子嘱代买《寮歌集》四册，为之奔走半日。……告以已为定妥《寮歌集》。

六月十一日

……念隆子不置。……发垂垂及颊际，衣睡服，晨妆尚未毕也。……归家后如醉如痴，觉一日心志忐不能定。……私怨隆儿何以不以家系、学籍事问予，……总为女儿含羞，不易动问故耳……坐立不安，觉总有一物横亘胸中，吞之不得，吐又不能，似火中蚁，似圈中虎。……已为 Venus 所缚矣！

……

……予上无依闾之父母，下无待哺之妻孥，一身尽瘁，为国而已。倘为国死，予之愿也。功业之成与不成，何暇计及哉！……

六月二十日

……予已不幸，予断不能使爱予之人，亦变而为不幸。此后予不欲往隆儿处矣！……

……夜思兄弟无情，几欲自杀。……

六月二十一日

……予之兄弟诚如舜之兄弟，无一日不以杀予为事也，然予倘被杀，天帝当鉴予诚，为予图报耳。……

六月二十四日

……午后至隆儿处取英诗集，与诀别，以后不复欲与见矣！

（是日眉批：自十日起，至二十四日止，此十四日中予乃梦中人也。）

七月二十日

……午前为祖母送香篮至后土祠，诸巫女皆赞予孝祖母，大笑。……

八月九日

……薄暮陈某来，交予密信一封，孙潜媞氏手书也。文字清简，已能压倒前清老秀才矣！

……夜月明，三更出至江上，与浩兄联句。……曼兄七、八年前留别作中语……

八月十日

……晨八时发曼兄邮片，寄昨夜联句去也。……

九月五日

……昨发曼兄信一封，寄往大理院。我虽如此，彼恨我之情犹未已也吁！……

九月二十七日

……（《紫荆花》自序略）兄弟皆伪也，世有兄杀弟者。象是也，郑伯是也。更有弟杀兄者，匡义是也。世人不察，以兄弟为同气之枝，误矣！予今日不得不作是书，作是书而不足以醒世人也，予将蹈东海而逝矣！读予书者其亦有所感乎？

十月八日

……

今日晤刘某，伊将于下月初休学返家，从事开垦。与谈一小时，觉兔儿葛纳夫《新土》第一页之引用语忽成金色，予之想象又开一新生面矣。为外界所触，即欲有所动作，时机一过寂焉无声，此予之敝也，亦予之性也。闻刘某语，觉予之本性又现，忽欲将《紫荆花》之后半部移入荒山野岸，置主人翁于鹿豕苦工之间，并将首章文字拟就——十年沈梦为茅店鸡声所破，跃起重衾，天光未赤，西窗裂缝，色正微茫，觉襟前慈母手中故线色与绝似。举手遮目，旧事都如电影，一一回旋于十指纹中。泪欲流时，荒鸡又唱，被衣启户，见东方云缕红似春潮，齐向予高唱朝礼，青女满郊，衬出寒鸦数点，凄凄凛凛，始识昨夜已抵黄村古驿矣！——……

十月十一日

……

兰坡书来，附有《戒缠足文》。

十月十五日

……写真系一观书，半面书为 *The War and After*，余即以之为写真之名。……

十月二十一日

……入舍，得兰坡书，有诗、文六篇附入。

十二月十九日

……夜入地狱，得来年自新之暗示，平生第一大事也。卢骚忏悔录中亦云云。……

十二月二十日

……晨至东京，昨夜本拟宿静冈，因不能安眠，卒于十二时乘车来东京，吁伤矣！……予近来之费用较之未病前大有差异，不识予近来之消费，果为病故乎，抑假病之因而逞予下劣之私欲也！要之，予之精神上之堕落，至昨日而极。若由此不改入正路，则恐死无日矣！予之祖母、母亲、兄弟、叔伯咸望予成人；予之未婚妻某望予尤切。予而自弃若此，何以对祖、若母、妻、若兄？更何以对亡父于地下？……万恶之端已开，从此而入地狱，极易易耳。当头被击，尚不能醒者，未足与谈禅，未足与上懊怜比山者也。生死关头，在此半岁中，诚之哉！

断篇日记一

（1918 年 8 月 28 日—1920 年 9 月 21 日）

一九一八年八月二十八日

……午前阅报，知徐世昌将当选总统职。俄疆战事，日兵死伤二百余人，颇快人意也。

十月十四日

……午前接长兄书，劝予勿作苦语；又云：富春无大人物，为地方山水所缚也。……

一九一九年一月二十一日

……今天又做了两句诗："朔风有意荣枯草，柳絮无心落凤池"。这两句诗若被曼兄看见，定能为他所赏。

……总觉得不入调。……

一月二十二日

……《随鸥集》将放一异彩矣！……

三月二十一日

归遇隆儿、梅儿于途，为之自失者久之。

五月五日

……山东半岛又为日人窃去，故国日削，予复何颜再生于斯世！今与日人约：二十年后必须还我河山，否则予将哭诉秦庭求报复也！

……

五月六日

……北京大学生群起而攻曹汝霖、章宗祥、陆润田三人。

……

五月七日

……国耻纪念日也。章宗祥被殴死矣。午前摄影作纪念，以后当每年于此日留写真一张。

六月二十六日

九时顷，高等学校卒业生姓氏发表，余及第。夜不能睡。

七月一日

午前十一时五十八分乘车发热田，入东京已午后十一时。驿舍远近，灯火已昏。

九月二十六日

……庸人之碌碌者反登台省；品学兼优者被黜而亡！世事如斯，余亦安能得志乎！余闻此次之失败因试前无人为之关说之故。夫考试而必欲人之关说，是无人关说之应试者无可为力矣！取士之谓何？……

十月五日

……夜月明，与养吾、曼陀踏月论诗，出阜成门，沿河缓步……

十月十一日

夜与曼兄谈诗至十时始归寝。予得句云："斜风吹病叶，细雨点秋灯。"

一九二〇年九月二十一日

……午前出至陶君处，觉陶君之精神倍于人。始信曼兄成一分事业要一分精神之言之诚然。

芜城日记

（1921 年 10 月 2 日—6 日）

一九二一年十月二日

在江湖上闲散得久了，一到了此地来服务的时候，觉得恐惧得很。像我这样的人，大约在人生的战斗场里，不得不居劣败的地位。由康德（Kant）的严肃主义看来，我却是一个不必要的人（Einüberzähliges Mensch）。但是像我这样的人，也许有几个奇人欢迎我的。古时候陶潜、阮籍那些人，都不必去提及，就是十八世纪的汤梦生（James Thomson）和十九世纪的汤梦生，也应该唤我作他们的同志。前后两汤梦生虽是同名同姓，然而前者以《无为城》和《四季诗》（*The Castle of Indolence and The Sea - sons*）著名，后者以《苦夜城》（*The City of Dread ful Night*）行世。《苦夜城》的著者，虽没有《四季诗》的著者那样的名气大，然而依我个人的嗜好讲来，我反爱 B. V. 的哀调，不赞成四季里的那些冗漫的韵脚。但是各人有各人的长处，大体讲来，两汤梦生却都是我的 favourites（爱读的诗人）。

昨天在半夜昏黑的中间，到了安庆。在一家荒店里，过了一夜。人疏地僻，我好像是从二十世纪的文明世界，被放逐到了罗马的黑暗时代的样子。翻来覆去，何曾睡得一觉，从灰红的灯影里，我看见纸窗的格子一格一格的白了起来。听得窗外有冷寂的咳嗽声的时候，我就同得救的人一样，跳出窝。到了这时候，我才觉得狄更斯（Dickens）描写的大卫·哥拜斐特（David Copperfied）的心理状态，来得巧妙了。

匆匆洗了手面，独自一个，正在那里出神的时候，我的朋友差来接我的人到了。将行李交给了他，我就坐了车跑上菱湖公园边上的学校里来。时候尚早，车过那城外小市的时候，家家的排门还紧紧地闭着。那些门板上，却剩有许多暴风雨的形迹在那里，就是用了粉笔写的歪歪斜斜的"逐李罢市"那些字。我看了这些好像是小学生写的热心的表现，就禁不得微微里笑将起来。盖因我们中国人的民众运动，大抵都龙头蛇尾持续不久，譬如抵制日货那一件事，我们目下在冷清的街上，看见这四个字的时候，如何的不光荣！如何的胸中觉得羞愧！如今安庆的这一次运动却不然，民众终竟战胜了。无理的军阀，军阀的傀儡，终究在正义的面前逃避了。所以我看了那些暴风的遗迹，心坎里觉得舒畅得很，就不知不觉的说："Die Zukunft gehört uns"（将来是我们的东西）。

车尽沿着了城墙，向北的跑去，我的眼界，也一步一步的宽了起来。一道古城，一条城河，几处高低的小山，一座高塔，几间茅舍，许多柳树，一湾无涯无际的青天，一轮和暖的秋日，一层澄明清爽的空气，过了一块又是一块的收割后的稻田，四周的渺渺茫茫的地平线，唉唉，这些自然的粉黛呀！

到了学校里，见了些同事，同新媳妇见了小姑一样，可怜我的"狂奴故态"没有放出来的余地了。此后的生活，我好像是看得到的样子，大约到解约的时候止，每天的生活，总不出《创世纪》里的几句话的：

And the evening and the morning were the first and second……day.（有晚有早，就是一，二，……日。）

礼拜日午后八时书于安庆法校之西厢

四日

又是快晴的天气！像这样秋高气爽的时候，不到山野去游行，且待何时？我弄错了，我不该来这里就缚的。

> In this glad season, while his sweetest beams,
> The sun sheds equal o'er the meekened day,
> Oh, lose me in the green delightful walks
> Oh, Dodington! thy seat, serene and plain,
> Where simple nature reigns: and every view,
> Diffusive, spreads the pure Dorsetian downs,
> In boundless prospect yonder, shagg'd with wood,
> Here rich with harvest, and there white with flocks!
>
> Thomson's *Autumn* (65g—65g lines)

（在这一个快乐的季节里，太阳在温和的日里，永日无差异地照送他的最柔美的日光的时候，道亭东呀，你若能使我在你那静寂纯美的区中，绿色有趣的夜路上去闲走闲走，是何等快乐啊！你那一个地方，只有单纯的自然在那里管领，个个的景物把纯洁的道色土的低岗，散布成了一段无穷无际的风景——前面有蓬蓬的林树，这边有丰饶的秋收，那边有白色的羊群。）

我读到这一段诗，已禁不得胸中雀跃起来，何况舍利（Shelley）的《西风歌》（*Ode to the West Wind*）呢？此间虽地僻人静，然而风景没有可取的地方。况且又因我作了先生，不能同学生时代一样，买些花生果子放在袋里，一边吃一边到山腰水畔去闲逛去。唉，这都是什么礼义呀，习俗呀，尊严呀，害我的。这些传来的陋俗不得不打破，破坏破坏！我什么都不要，我只要由我的自在就好了。破坏破坏，还是破坏！

吃了晚饭，同几位同事，到菱湖公园去散步去。菱湖公园同颐和园一样，是模仿西湖的。夕阳返射到残荷中间的吕祖阁的红墙上，鲜艳得很。于是大家都主张上吕祖阁去求签去。我也得了一张九十四签下下。说：

> 短垣凋敝不关风，吹落残花满地红。
>
> 自去自来孤燕子，依依如失主人公。

不知究竟是什么意思，我却须去问斯威顿保儿哥（Sweden - borg）才好。

四日午后八时记

五日，星期三

又是晴天，我一开眼，就看见日光射在我东面的玻璃窗上，所以便把汉姆生（Knut Hamsun）的《大地的生长》里的几句话想了出来：

Isak looked at the sky unnumbered times in the day. And the sky was blue. (*Growth of the Soil*, P. 31)

（白天里依闸克看天看了许多遍数，天的颜色总是苍苍的。）

长江一带水灾之后，又经了这许多晴天，我怕麦种播不下去。

同胞呀，可怜的农民呀！你们经了这许多兵灾、旱灾、水灾，怎么还不自觉，怎么还不起来同那些带兵的，做总统总长及一切虐民的官和有钱的人拼一拼命呀！你们坐而待毙，倒还不如起来试一试的好呢。不管他是南是北是第三，不问他是马贼是强盗，你们但能拼命的前进，就有希望了。这事用不着代表的，因为代表都是吸血鬼，无论哪一个团体的代表都比带兵的人和做官的人更坏。学生的代表，农会的代表，劳动者的总代表都是如此的。

午后要预备讲《欧洲革命史》去，所以不能再写下去了。

午前十时记

六日

四点钟的讲义！这真是 facile labours 呀！我倦极了。单是四点钟的讲义，倒也没有什么，但是四点钟讲义之外，又不得不加以八点钟的预备。一天十二点钟的劳动，血肉做的身体，谁经得起这过度的苦工呢！我们之所以不得不如此之苦者，都因为有一部分人不劳而食的缘故。世界的劳动本来是一定的，有一部分人不作工，专在那里贪逸乐，所以我们不得不于自己应作之工而外，更替他们作他们所应作的工。这一部分人是什么人呢？第一就是做官的，带兵的，做各团体的代表的，妇人之专事淫奢的，和那些整日在游戏场里过日子的人。把这些人杀尽了，我们中国人民就不至于苦到这步田地。大同世界，就可以出现了。这议论虽从马克斯的《资本论》脱胎而来，然而我的意见，却同马克斯有些不同的地方，因为现在我不愿把学术的辩难，记到日记里来，所以不再说下去了。

十月六日午后三时半记于安庆

劳生日记

（1926 年 11 月 3 日—30 日）

一九二六年十一月初三。

自从五月底边起，一直到现在，因为往返于北京广州之间，心绪没有定着的时候，所以日记好久不记了。记得六月初由广州动身返京，于旧历端午节到上海，在上海住了两夜，做了一篇全集的序文；因为接到了龙儿的病电，便匆匆换船北上。到天津是阴历五月初十的午前，赶到北京，龙儿已经埋葬了四天多了。暑假中的三个月，完全沉浸在悲哀里。阴历的八月半后迁了居，十数天后出京南下，在上海耽延了两星期之久，其间编了一期第五期的《创造》月刊，做了一篇《一个人在途上》的杂文，仓皇赶到广州，学校里又起了风潮，我的几文薄俸，又被那些政客们抢去了。

在文科学院闷住了十余天，昨日始搬来天官里法科学院居住，把上半年寄存在学校里的书箱打开来一看，天呀天呀，你何以播弄得我如此的厉害，竟把我这贫文士的最宝贵的财产，糟蹋尽了。啊啊！儿子死了，女人病了，薪金被人家抢了，最后连我顶爱的这几箱书都不能保存，我真不晓得这世上真的有没有天理的，我真不知道做人的余味，还存在哪里？我想哭，我想咒诅，我想杀人。

今天是礼拜三，到广州是前前礼拜的星期五，脚踏广州地后，又是十二三天了，我这一回真悔来此，真悔来这一个百越文身的蛮地。北京的女人前几天有信来，悲伤得很，我看了也不能不为她落泪，今天又作了两封信去安慰她去了。

天气晴朗，好个秋天的风色，可惜我日暮途穷，不能细玩岭表的秋景，愧煞恨煞。

搬来此地，本也为穷愁所逼，想着译一点新书，弄几个钱寄回家去，想不到远遁到此，还依旧有俗人来袭，托我修书作荐，唉唉，我是何人？我哪有这样的权力？真教人气死，真教人愤死！

是旧历的九月廿八，离北京已经有一个多月了。我真不晓得荃君是如何的在那里度日，我更不知道今年三月里新生的熊儿亦安好否？

晚上读谷崎润一郎氏小说《痴人之爱》。

四日，星期四，旧历九月廿九。

午前在床上，感觉得凉冷，醒后在被窝里看了半天《痴人之爱》。早餐后做《迷羊》，写到午后，写了三千字的光景。头写晕了，就出去上楼饮茶。一出屋外，看看碧落，真觉得秋天的可爱。三点多种去中山大学会计课，领到了一月薪水。回来作信与荃君，打算明早就去汇一百六十块钱寄北京。唉唉！贫贱夫妻，相思千里，我和她究竟不识要哪一年哪一日才能合住在一块儿。

晚上上东山去，《迷羊》作成后，想写一篇《喀拉衣儿和他的批评态度》寄给《东方杂志》，去卖几个钱。作上海郑心南的信。

五日，今天是旧历的十月初一，星期五。

昨晚上因为领到了一月薪水，心里很是不安。怕汇到了北京，又要使荃君失望，说："只有这一点钱。"实在我所受的社会的报酬，也太微薄了。上床以后，看了半天书，一直到十二点钟才睡着，所以今天一早醒来，觉得有点头痛。天气很晴爽，出去出恭的时候，太阳刚从东方小屋顶上起来，一阵北风，吹得我打了两个冷痉。

九点钟的时候，去邮局汇钱，顺便在"清一色"吃了饭。十二点前后去教会书馆看书，遇见了一位岭南大学的学生。同他向海珠公园，先施天台逛了两个钟头。回来想睡一觉午睡，但又睡不着。

午后三点去学校出版部看了报，四点钟到家吃晚饭。

晚餐后出去散了一次步，想往西关大新公司去看坤戏，因为搭车不舒服，就不去了。回来写了两张小说，《迷羊》的第一回已经写完，积有五千多字了。作寄上海出版部的信，要他们为我去买两本外国书寄来。

六日，星期六，旧历十月初二日。

午前起床后，见天日晴和，忽想到郊外去散步，小说又做不下去了。到学校办事处去看了报，更从学校坐车到了西堤，在大新公司楼上，看了半天女伶的京戏，大可以助我书中的描写。晚上和同事们去饮茶，到十点钟才回来。

七日，日曜，晴爽。

午前起来，觉得奔投无路，走到天日的底下，搔首问天，亦无法想。昨晚上接到了一位同乡来告贷的苦信，义不容辞，便亲自送了十块钱去。顺便去访石君蘅青，谈到中午十二点，至创造社分部，遇见了仿吾，王独清诸人。在茶楼饮后，同访湖南刘某，打了四圈牌，吃了夜饭，才回寓来。

八日，月曜，晴。

天气很好，而精神不快，一天没有做什么事情。《迷羊》只写了两页，千字而已。午前把 Turgenieff's *Clara Militch* 读了，不甚佳。我从前想做《人妖》，后来没有做完，就被晨报馆拿去了，若做出来，恐怕要比杜葛纳夫的这篇好些。午后睡了一个多钟头，是到广东后第一次的午睡。

午后在家看 A. Wilbrandt 的小说 *Der Sönger*，看了三十余页，亦感不出他的好处来，不过无论如何，比中国现代的一般无识无知的自命为作家做的东西，当然要强百倍。晚饭后，无聊之极，上大街去跑了半天。洗了一回澡，明天去，要紧张些才好，近两三年来，实在太颓丧了，可怜可惜。

九日，火曜，旧历十月初五日。

今晨学校内有考试，午前九时，出去监考。吃中饭的时候，和戴季陶氏谈了些关于出版部的事情，想于一礼拜内，弄一个编辑部的组织法出来。

午后无事忙，在太阳底下走得热得很，想找仿吾又找不见，所以上西关大新公司屋顶去玩了半天。晚上在聚丰园饮酒，和仿吾他们，谈到夜半才回来。今天上东山去，知沫若的小女病了，曾去博爱病院看了一次病。

十日，水曜，晴朗，不过太热，似五月天气。

午前去监考，一直到午后四点钟。到创造社分部去坐了一忽。回来吃晚饭，喝了一瓶啤酒，想起北京的荃君和小孩，又哭了一阵。晚上入浴，好像伤了风，作北京的家信。

十一日，木曜。晴，热，旧历十月初七日。

早晨又头痛不可耐，勉强去学校看试卷，看到午后二时才回来。一种孤冷的情怀，笼罩着我，很想脱离这个污浊吐不出气来的广州。在街上闲步，看见了一对从前我认识的新结婚的夫妇。啊啊！以后我不知道自家更有没有什么作为了，我很想振作。

晚上月亮很好，可惜人太倦了，不能出去逛。看我在过去一礼拜内所做的文字，觉得很不满意，然而无论如何，我总要写它（《迷羊》）完来。

仿吾独清两人，为《洪水》续出，时来逼我的稿子，我因为胆小，有许多牢骚不敢发。可怜我也老了，胆量缩小了。

明天中午，有人邀我去吃饭，我打算于明日起，再来努力，再来继续我两三年前奋斗的精神。

喝了一杯酒，又与同乡的某某辈谈了半天废话。今天是倦了，倦极了。打算从明天起，再发愤用功。

十二日，金曜，晴，旧历十月初八日。

我自离家之后，已有一个半月，这七八天内，没有接到荃君的来信，心里很是不快。

今朝是中山先生的诞期，一班无聊的政客恶棍，又在讲演，开纪念会，我终于和他们不能合作，我觉得政府终于应该消灭的。

午前读普须金的小说 *Die Pique Dame* 一篇。虽则像一短篇，然而它的地位很重要。德文译者说，这一篇东西，在俄国实开写实派、心理派之先路。男主人公之 Hermann 象征德国影响，为 Dostoieffsky 之小说《罪与罚》之主人公 Rodion Raskolnikow 之模型，或者也许不错，Pushkin 的撰此小说，在一八三四年。

中午去东山吴某处午膳，膳后同他去访徐小姐，伊新结婚，和她的男人不大和睦。陪她和他们玩了半天，在南园吃晚饭，回来后，已经十一点多了。

晚上睡不着，看日本小说《望乡》。

十三日，土曜，晴，（十月初九）。

今天一早就醒了，作了一封北京的家信。赴学校监考，一直到下午四点半止。就和仿吾到分部去坐了一忽。

洗澡，在陆园饮茶当夜膳。今天课堂上，遇见了薛姑娘，她只一笑，可怜害了她答案都没有做完。

十四日，日曜，雨（十月初十日），凉冷。

到广州后，今天总算第一次下雨，天气也凉了起来了，颇有些秋意。昨晚接到杨振声一信，说《现代评论》二周年纪念册上，非要我做一篇文章不可，我想为他们写一点去。

午前上东山去，见了一位姓麦的女孩，系中山大学的文预科学生，木天正在用死力和她接近。

打牌打到晚上，在大雨之下，在昏暗的道上，我一个人走回家来。到家的时候，已经是十点多了，灯下对镜，一种落魄的样子，自家看了，也有点怜惜。就取出《水云楼词》来读了几阕：

> 黄叶人家，芦花天气，到门秋水成湖。携尊船过，帆小入菰蒲。谁识天涯倦客，野桥外，寒雀惊呼。还惆怅，霜前瘦影，人似柳萧疏。　　愁予。空自把乡心寄雁，泛宅依凫，任相逢一笑，不是吾庐。漫托鱼波万顷，便秋风难问莼鲈。空江上，沉沉戍鼓。落日大旗孤。

十五日，月曜，今天又雨，天奇冷。旧历十月十一日也。

午前起来，换上棉衣，又想起了荃君和熊儿。儿时故乡的寒宵景状，也在脑里萦回了好久，唉，我是有家归未得！

午前本要去看试卷的，但一则因为天雨，二则因为头痛人倦，所以不去。在雨天之下，往长街上走了一转，身上的棉衣，尽被雨淋湿了。在学校的宿舍里，遇见伯奇，他告诉我说："白薇来广州了"；他的意思，是教我去和她接近接近，可以发生一点新的情趣，但是我又哪里有这一种闲情呢？老了，太老了，我的心里，竟比中国的六十余岁的老人，还要干枯落寞。午后在家里睡觉，读小说《望乡》。

十六日，阴雨，火曜，旧历十月十二日也。

午前在家中不出，读小说《望乡》。午后赴分部晤仿吾，因即至酒馆饮酒，在席上见了白薇女士。她瘦得很，说话的时候，带着鼻音，憔悴的样子，写在她的身上脸上。在公园的黄昏细雨里，和她及独清仿吾走了半天，就上西关的大新天台去看戏，到半夜才回来。

十七日，阴晴，水曜。旧历十月十三日也。

昨天发了三封信，一封给武昌张资平，一封给天津"玄背社"，一封给上海徐葆炎。盼北京的信不来，心里颇为焦急。早晨到学校去看报，想把中山大学内的编辑委员会组织案来考虑一下，终于没有写成功。

仿吾要我去上海，专办出版部的事情，我心里还没有决定，大约总须先向学校方面交涉款子，要他们付清我的欠薪之后，才能决定。接上海蒋光赤来信，他也是和仿吾一个意见，要我在上海专编《创造》，作文学生涯，然而我心里却很怕，怕又要弄得精穷。

午后和戴季陶氏谈出版部事，他有意要我办一种小丛书。我本想辞职，他一定不肯让我辞。领了八、九两月份的残余薪水，合计起来，只有一百余元而已。

十八日，木曜（十月十四），晴了。

早晨就跑到西关邮政局去汇了一百块钱给北京的荃君。午前就在市上跑来跑去跑了半天。

午后遇见王独清穆木天，吃了酒。当夕阳下山的时候，登粤秀山的残垒，看了四野的风光。晚上月亮很大，和木天白薇去游河，又在陆园饮茶，胸中不快，真闷死人了。

十九日，金曜（旧历十月十五日），晴。

早晨起来，就觉得头昏，好像是没睡足似的，大约是几日来荒唐的结果罢。写了一封给北京女人的信，去西关"清一色"吃了午饭，午后就在创造社分部楼上见了独清。他要我和白薇女士上东山去，我因为中山大学开会的原因，没有答应他，和他们在马路上分别了。

学校开会，一直开到了午后六时，坐车到东山，他们都已经不在了，一个人在东山酒楼吃了夜饭，就回来睡觉。今天接到了五六封信。

二十日，土曜，晴（十月十六）。

午前起来，头还是昏昏然不清醒，作了两封信寄北京。一封写给荃君，一封系给皮皓白，慰他的失明之痛的。

十点钟前后去夷乘那里，和他一道去亚洲旅馆看有壬，托他买三十元钱的燕窝，带回北京去。请他们两个在六榕寺吃饭，一直到午后三时才回来。

洗了一个澡，换了一身衣服，打算从今天起，再振作一番，过去的一个礼拜，实在太颓废，太不成话了。

晚上同白薇上刘家去，见了一位新结婚的 L 太太，说是军长 T 的女儿，相貌很好。同她们打了四圈牌，走回家来，天又潇潇地下起雨来了。

二十一日，日曜，阴晴（十月十七日）。

午前仿吾自黄埔来，要我上东山王独清那里去等他。等到十一点钟，他来了。大家谈了一些改组创造社内部的事情。创造社本来是我和资平沫若仿吾诸人惨淡经营的，现在被他们弄得声名狼藉了。大家会议的结果，决定由我去担当总务理事，在最短的时间内，去上海一次，算清存账，整理内部。我打算于二礼拜后，到上海去一趟。现代青年的不可靠，自私自利，实在出乎我意料之外，我真觉得中国是不可救药了。

午后在夷乘的岳家吃饭打牌，三点多钟，送仿吾进了病院，又到沙面外国地去走了一阵。我到广州以后，沙面还没有去过，这一次是头一趟，听说有日本店前田洋行，代卖日本新闻杂志等物，今朝并没有看见，打算隔日再去。

现在我的思想，已经濒于一个危机了，此后若不自振作，恐怕要成一个时代的落伍者，我以后想在思想的方面，修养修养。年纪到了中年，身体也日就衰老，若再醉生梦死的过去一二年，则从前的努力，将等于零，老残之躯，恐归无用，振作的事情，当自戒酒戒烟，保养身体做起。

午前写了一封信给北京的荃君，告诉伊已有二十余元钱的燕窝，托唐有壬带上了。自搬到法科学院住后，已有二十天左右，发回去的家信，还没有覆书，不晓得究竟亦已送达了没有。

今天见到了婀娜夫人，她忠告我许多事情，要我也和她男人一样，能够做一点事业，我听了心里感着异样的凄凉。

晚上头痛，大约是午后吃酒过度的缘故，十一时就寝，把日文小说《望乡》读完了。

二十二日，月曜，晴，旧历十月十八日。

晨甫起床，就有一个四川的青年来访，被他苦嬲不已，好容易把他送走，才同一位同乡，缓步至北门外去散步，就在北园吃了中饭。天上满是微云，时有青天透露，日光也遮留补助，斑斓照晒在树林间。在水亭上坐者吃茶，静得可人。引领西北望，则白云山之岩石，黄紫苍灰，无色不备，真是一个很闲适的早晨。

吃完了早午膳，从城墙缺处，走回学校里来，身上的棉袍，已经觉得太热了。

赴学校看报后，就和木天等到沙面的日本人开的店里去定了十二月份明年正月份的两本《改造》杂志。在沙面的外国地界走了一圈，去榕树阴里，休息了好半天，才走回学校来。

三点钟时开了一个应付印刷工人的预备会，决定于本礼拜四下午二点和他们工人代表及工会代表会商条件，大约此事是容易解决的。

晚上在学校里吃饭，七点前后，到分部去坐了一忽，同仿吾去饮茶，十点前后，才回到法科的宿舍来。

做了一半中山大学小丛书的计划书，十二点上床就寝。

二十三日，火曜，晴（十月十九）。

早晨把小丛书的计划书弄妥，到学校里看了几份报。同一位广东学生在杏香吃饭，饭后又遇见了一位江苏的学生，和他在旧书店里走了几个钟头。买了一册 Edna Lyall 的小说 *A Hardy Norse-man*（1889）读了几页，觉得描写的手腕，实在不高明。我从前已经读过这一个著者的一册小说 *Donovan* 了，觉得现在的这一本她晚年的作品，还赶不上她的少作。按此小说家本名 Ada Ellen Bayley，卒于一九〇三年，有 *Won by Waiting*（1879），*Donovan*（1882），*We Two*（1884），*Doreen*（1894），*Hope the Hermit*（1898）等小说，都不甚好，当是英国第三四流的女作家。

午后三四点钟，洗了澡，去会季陶，没有会到，就把计划书搁下，走了。

上第二医院去看仿吾，见他缚了脚，横躺在白色床里，坐了十几分钟，就出来至清一色吃夜饭，身上出了一阵大汗。

今天接了荃君的一封信，说初次寄的一百六十元，已接到了，作回信，教她好好的保养身体。

二十四日，水曜（十月二十），晴。

午前起床后，觉得天空海阔，应出外去翱翔。从法科学院后面的山上，沿了环城马路，一直的走上粤秀山的废墟去吊了半天的古。太阳晒得很烈，棉袄觉得穿不住了，便从一条小道，经过女师门前，走向公园旁的饭馆。

独酌独饮，吃了个痛快，可是又被几个认识的人捉住了，稍觉得头痛。午后在学校开会，遇见了一件很不舒服的事情。

晚上在大钟楼聚餐，因为多喝了几杯酒，觉得很头痛。今天一天，总算把不快活的事情经验尽了；朋友的事情，多言的失着，创造社的分裂，无良心的青年的凶谋。

二十五日，木曜，（十月廿一日），晴。

午前又有数人来访，谈到十一点钟，我才出去，喝了一瓶啤酒，吃了一次很满足的中饭，午后上学校去和工人谈判。等了半个多钟头，印刷工人不来，就同黄女士上东山去玩了半天，回寓居，已经是晚上十点钟了。

今天气力疏懒，无聊之至，想写信至北京，又不果。

二十六日，金曜（二十二日），晴。

午前九时半至学校看报，有 A. E. Housman's *Last Poems* 一册，已为水所浸烂，我拿往学校，教女打字员为我重打一本。这好乌斯曼的诗，实在清新可爱，有闲暇的时候，当介绍他一下。

中午与同乡数人，在"妙奇奇"吃饭，饮酒一斤，已有醉意，这两天精神衰颓，身体也不好，以后总要振作振作才好。

接到上海寄来 Eugene O'Neill's dramatic works（*The Moon of Caribbees & Other* 6 *plays*，*Beyond the Horizon*）二册，看了一篇，觉有可译的价值。

阅报知国民政府有派员至日本修好消息。我为国民政府危，我也为国民政府惜。

午后五时约学生数人在聚丰园吃饭。饭后到创造社分部，晤仿吾，决定于五日后启行，到上海去整理出版部的事情，广州是不来了，再也不来了。见了周某骂我的信，气得不了，就写了一封快信去北京，告诉家中，于五日后动身的事情。

二十七日，土曜（十月二十三日），晴，热。

今天天气只能穿单衫，早晨起，犹着棉袄，中午吃饭的时候，真热得不了。去沙面看书，《改造》十一月号还没有来，途中遇仿吾，就同他上"清一色"去吃午饭。席间谈创造社出版部的事情，真想得没有办法。人心不良，处处多是阴谋诡计，实在中国是没有希望了。这一批青年，这一批下劣的青年，真不晓得如何才能改善他们。

我决定于二三天之内启行，到上海去一趟。不过整理的事情，真一时不知道从何处说起。午后译书三四页，系 Eugene O'Neill 的一幕剧。

晚上见了周某的信，心里又气得不了，他要这样的诋毁我，不晓他的用意何在。

二十八日，日曜（二十四日），阴晴，热。

午前有同乡某来，和他谈了些天，想去看几个同乡在充军人者，访了几处，都没有见到。在一家小馆子里吃了一瓶啤酒，吃了点心，又在创造社分部去谈到午后。

午后天气转晴了，但是很热，跑到东山，找朋友多没有遇见。和潘怀素跑了一个午后，终于在东方酒楼吃了夜饭才回。大家在今天午后，都感到了一种异样的孤独，分手之际，两人都说 Sotraurig binich noch nie gewesen！

又遇见了王独清，上武陵酒家去饮了半宵，谈了些创造社内幕的天，总算胸中痛快了一点，九点钟入浴，晚上睡不安稳，因为蚊子太多的缘故。

二十九日，月曜（二十五日），阴晴。

今天怕要下雨，天上浮云飞满，但时有一点两点的青天出露，或者也会晴爽起来的。

无聊之至，便跑上理发馆去理发。一年将尽，又是残冬的急景了，我南北奔跑，一年之内毫无半点成绩，只赢得许多悲愤，啊，想起来，做人真是没趣。

午后去学校，向戴季陶及其他诸委员辞去中大教授及出版部主任之职，明日当去算清积欠。夜和白薇及其他诸人去逛公园，饮茶，到十一点钟才回来。天闷热。

十一月三十日，火曜（旧历十月二十六日），雨。

早晨醒来，就觉得窗外在潇潇下雨。午前作正式辞职书两封，因恐委员等前来劝阻，所以想了一个很好的方法。十点钟的时候，去访夷乘，托了他一点琐事，他约我礼拜六午前去候回音。

中午在经致渊处吃午饭，午后无聊之极，幸遇梁某，因即与共访薛姑娘，约她去吃茶，直到三时。回来睡到五时余，出去买酒饮，并与阿梁去洗澡，又回到芳草街吃半夜饭，十一时才回到法校宿舍来睡觉，醉了，大醉了。

十一月日记尽于此，从明日起，我已无职业，当努力于著作翻译，后半生的事业，全看今后的意志力能否坚强保持。总之有志者事竟成，此话不错。

记于广州之法科学院

病闲日记

（1926 年 12 月 1 日—14 日）

一九二六年十二月在广州

一日，阴晴，旧历十月二十七日，星期三。

今朝是失业后的第一日。早晨起来，就觉得是一个失业者了，心里的郁闷，比平时更甚。天上有半天云障，半天蓝底。太阳也时出时无，凉气逼人。

一早就有一位不相识的青年来，定要我去和他照相，不得已勉强和他去照了一个。顺便就走到创造社出版部广州分部去坐谈，木天和麦小姐，接着来了，杂谈了些闲天，和他们去别有村吃中饭。喝了三大杯酒，竟醉倒了，身体近来弱，是一件大可悲的事情。

回到分部，仿吾也自黄埔返省，谈了些整理上海出版部的事情，一直到夜间十时，总算把大体决定了。

今天曾至学校一次，问欠薪事，因委员等不在，没有结果。

接了荃君的来信，伤感之至，大约三数日后，要上船去上海，打算在上海住一月，即返北京去接家眷南来。

此番计自阳历十月二十日到广州以来，迄今已有四十余天了，这中间一事也不做，文章也一篇都写不成功，明天起，当更努力。

二日，阴，星期四，旧历十月二十八日。

天气不好，人亦似受了这支配，不能振作有为，今天萎靡得不了。午前因为有同乡数人要来，所以在家里等他们，想看书，也看不进去，只写了一封给荃君的信。

十时左右，来了一位同乡的华君，和他出去走了一阵，便去访夷乘。在夷乘那里，却遇见了伍某，他请我去吃饭，一直到了午后的三时，才从西园酒家出来，这时候天忽大晴且热。

和仿吾在创造社出版部分了手，晚上在家中坐着无聊，因与来访者郭君汝炳，去看电影。是 Alexandre Dumas 的 *The Three Mus-keteers*，主角 D'Artangan 系由 Douglas Fairbanks 扮演，很有精彩，我看此影片，这是第二回了，第一回系在东京看的，已经成了四五年前的旧事。

郭君汝炳，是我的学生，他这一回知道了我的辞职，并且将离去广州，很是伤感，所以特来和我玩两天的，我送了他一部顾梁汾的《弹指词》。

晚上回来，寂寥透顶，心里不知怎么的总觉得不快。

三日，晴，星期五，旧历十月二十九日。

午前九时，又有许多青年学生来访，郭君汝炳于十时前来，赠我《西泠词萃》四册和他自己的诗《晚霞》一册。

和他出去到照相馆照相。离情别绪，一时都集到了我的身上。因为照相者是一个上海人，他说上海话的时候，使我忆起了别离未久的上海，忆起了流落的时候每在那里死守着的上海，并且也想起了此番的又不得不仍旧和往日一样，失了业，落了魄，萧萧归去的上海。

照相后，去西关午膳，膳后坐了小艇，上荔枝湾去。天晴云薄，江水不波，西北望白云山，只见一座紫金堆，横躺在阳光里，是江南晚秋的烟景，在这里却将交入残冬了。一路上听风看水，摇出白鹅潭，横斜又到了荔枝湾里，到荔香园上岸，看了些凋零的残景，衰败的亭台，颇动着张翰秋风之念。忽而在一条小路上，遇见了留学日本时候的一位旧同学，在学校里此番被辞退的温君。两三个都是不得意的闲人，从残枝掩覆着的小道，走出荔香园来，对了西方的斜日，各作了些伤怀之感。

在西关十八甫的街上，和郭君别了，走上茶楼去和温君喝了半天茶。午后四五点钟，仍到学校里去了一趟，又找不到负责的委员们，薪金又不能领出，懊丧之至。

晚上又有许多年青的学生及慕我者，设饯筵于市上，席间遇见了许多生人，一位是江苏的姓曾的女士，已经嫁了，她的男人也一道在吃饭，一位是石葙青的老弟，态度豪迈，不愧为他哥哥的弟弟。白薇女士也在座，我一人喝酒独多，醉了。十点多钟，和石君洪君白薇女士及陈震君又上电影馆去看《三剑客》，到十二点散戏出来，酒还未醒。路上起了危险的幻想，因为时候太迟了，所以送白薇到门口的一段路上，紧张到了万分，是决定一出大悲喜剧的楔子。总算还好。送她到家，只在门口迟疑了一会，终于扬声别去。

这时候天又开始在下微雨，回学校终究是不成了，不得已就坐了洋车上陈塘的妓窟里去。午前一点多钟到了陈塘，穿来穿去走了许多狭斜的巷陌，下等的妓馆，都已闭门睡了。各处酒楼上，弦歌和打麻雀声争喧，真是好个销金的不夜之城。我隔雨望红楼，话既不通，钱又没有，只得在闹热的这一角腐颓空气里，闲跑瞎走，走了半个多钟头，觉得像这样的雨中飘泊，终究捱不到天明，所以就摸出了一条小巷，坐洋车奔上东堤的船上去。

夜已经深了，路上只有些未曾卖去的私娼和白天不能露面的同胞在走着。到了东堤岸上，向一家小艇借了宿，和两个年轻的疍妇，隔着一重门同睡。她们要我叫一个老举来伴宿，我这时候精神已经被耗蚀尽了，只是摇头不应。

在江上的第一次寄生，心里终究是怕的，一边念着周美成的《少年游》：

　　并刀如水，吴盐胜雪，纤指破新橙。锦幄初温，兽香不断，相对坐调笙。低声问："向谁行宿？"城上已三更。马滑霜浓，不如休去，直是少人行。

（《感旧》）

一边只在对了横陈着的两疍妇发抖，一点一滴的数着钟声，吸了几支烟卷，打死了几个蚊子，在黑黝黝的洋灯底下，在朱红漆的画艇中间，在微雨的江上，在车声脚步声都已死寂了的岸头，我只好长吁短叹，叹我半生恋爱的不成，叹我年来事业的空虚，叹我父母生我的时辰的不佳，叹着，怨着，偷眼把疍妇的睡态看着，不知不觉，也于午前五点多钟的时候入睡了。

四日，星期六，旧历十月三十日，阴云密布，却没有下雨。

七点钟的时候醒来，爬出了乌冷的船篷，爬上了冷静的堤岸，同罪人似的逃回学校的宿舍，在那里又只有一日的"无聊"很正确的，很悠徐的，狞笑着在等我。啊啊，这无意义的残生，的确是压榨得我太重了。

回家来想睡又睡不着，闲坐无聊，却想起了仿吾等今日约我照相的事情。去昌兴街分部坐了许多时，人总不能到齐，吃了午饭，才去照相馆照相。这几日照相太多，自家也觉得可笑，若从此就死，岂不是又要多留几点形迹在人间，这真与我之素愿，相违太甚了。

午后四点多钟，和仿吾去学校。好容易领到了十一月份的薪水，赶往沙面银行，想汇一点钱至北京，时候已太迟了。

晚上又在陈塘饮酒，十点钟才回来，洗澡入睡，精神消失尽了。

五日，日曜，旧历十一月初一日，晴。

早晨起来，觉得天气好得很，想上白云山去逛，无奈找不到同伴，只剩了一个人跑上同乡的徐某那里，等了一个多钟头，富阳人的羁留在广东者都来了，又和他们拍了一张照片。

午后和同乡者数人去大新天台听京戏。日暮归来，和仿吾等在玉醪春吃晚饭，夜早眠。

六日，星期一，十一月初二日，晴。

早晨跑上邮局去汇了一百四十元大洋至北京。在清一色吃午饭，回家来想睡，又有人来访了，便和他们上明珠影画院去看电影，晚上在又一春吃晚饭。饭后和阿梁上观音山去散步，四散的人家，一层烟雾，又有几点灯光，点缀在中间，风景实在可爱。晚风凉得很，八点前后，就回来睡了。

七日，星期二，十一月初三日，阴，多风。

午前在家闷坐，无聊之极，写了一首《风流事》，今晚上仿吾他们要为我祝三十岁的生辰，我想拿出来作一个提议：

小丑又登场，

大家起，为我举离觞，

想此夕清樽，千金难买，

他年回忆，未免神伤。

最好是，题诗各一首，写字两三行。

踏雪鸿踪，印成指爪，

落花水面，留住文章。

明朝三十一，

数从前事业，羞煞潘郎。

只几篇小说，两鬓青霜。

谅今后生涯，也长碌碌，

老奴故态，不改佯狂。

君等若来劝酒，醉死无妨。

（小丑登场事见旧作《十一月初三》小说中）

午后三时后，到会场去。男女的集拢来为我做三十生辰的，共有二十多人，总算是一时的盛会，酒又喝醉了。晚上在粤东酒楼宿，一晚睡不着，想身世的悲凉，一个人泣到了天明。

八日，星期三，旧历十一月初四，晴。

天气真好极了，但觉得奇冷，昨晚来北风大紧，有点冬意了。早晨，阿梁跑来看我，和他去小北门外，在宝汉茶寮吃饭。饭后并在附近的田野里游行，总算是快快活活的过了一天，真是近年来所罕有的很闲适地过去的一天。

午后三四点钟，去访薛姑娘。约她出来饮茶，不应，复转到创造社的分部坐了一会，在街上想买装书的行李，因价贵没有买成。

晚上和白薇女士等吃饭，九点前返校。早睡。

接到了天津玄背社的一封信。说我写给他们的信，已经登载在《玄背》上，来求我的应许的。

九日，星期四，十一月初五，晴。

早晨阿梁又来帮我去买装书的行李，在街上看了一阵，终于买就了三只竹箱。和阿梁及张曼华在一家小饭馆吃饭。饭后至中山大学被朋友们留住了，要我去打牌。自午后一点多钟打起，直打到翌日早晨止，输钱不少，在擎天酒楼。

十日，星期五（十一月初六），先细雨后晴。

昨晚一宵不睡，身体坏极了，早晨八点钟回家，睡也睡不着。阿梁和同乡华歧昌来替我收书，收好了三竹箱。和他们又去那家小饭馆吃了中饭，便回来睡觉，一直睡到午后四时。刚从梦里醒来，独清和灵均来访我，就和他们出去，上一家小酒馆饮酒去。八点前后从酒馆出来，上国民戏院，去看 Thackeray 的 *Vanity Fair* 电影。究竟是十八世纪前后的事迹，看了不能使我们十分感动。晚上十点钟睡觉，白薇送我照相一张，很灵敏可爱。

十一日，星期六，十一月初七，晴，然而不清爽。

同乡的周君客死在旅馆里。早晨起来，就有两位同乡来告我此事，很想去吊奠一番，他们劝我不必去，因为周君的病是和我的病一样的缘故。

和他们出去访同乡叶君，不遇，就和他们去北门外宝汉茶寮吃饭。饭后又去买了一只竹箱，把书籍全部收起了。

仿吾于晚上来此地，和他及木天诸人在陆园饮茶，接了一封北京的信，心里很是不快活，我们都被周某一人卖了。

武昌张资平也有信来，说某在欺骗郭沫若和他，弄得创造社的根基不固，而他一人却很舒服的远扬了。唉，人心不古，中国的青年，良心真丧尽了。

十二日，星期日（初八日），夜来雨，今晨阴闷。

晨八时起床，候船不开，郭君汝炳以前礼拜所映的相片来赠。与阿梁去西关，购燕窝等物，打算寄回给母亲服用的。

在清一色午膳，膳后返家，遇白薇女士于创造社楼上。伊明日起身，将行返湖南，托我转交伊在杭州之妹的礼物两件。

晚上日本联合通信社记者川上政义君宴我于妙奇奇酒楼，散后又去游河，我先返，与白薇谈了半宵，很想和她清谈一晚，因为身体支持不住，终于在午前二点钟的时候别去。

返寓已将三点钟了。唉，异地的寒宵，流人的身世，我俩都是人类中的渣滓。

十三日，星期一（初九），阴闷。

奇热，早晨访川上于沙面，赠我书籍数册。和他去荔枝湾游。回来在太平馆吃烧鸽子。

他要和我照相，并云将送之日本，就和他在一家照相馆内照相。晚上仿吾伯奇饯行，在聚丰园闹了一晚。

白薇去了，想起来和她这几日的同游，也有点伤感。可怜她也已经白过了青春，此后正不晓得她将如何结局。

十四日，星期二（初十），雨，闷，热。

午前赴公票局问船，要明日才得上去。这一次因为自家想偷懒，所以又上了人家的当，以后当一意孤行，独行我素。

与同乡华君，在清一色吃饭，约他于明天早晨来为我搬行李，午后在创造社分部，为船票事闹了半天，终无结果。决定明日上船，不管它开不开，总须于明早上船去。

昨日接浩兄信，今日接曼兄信，他们俩都不能了解我，都望我做官发财，真真是使我难为好人。

晚上请独清及另外的两位少年吃夜饭，醉到八分。此番上上海后，当戒去烟酒，努力奋斗一番，事之成败，当看我今后立志之坚不坚。我不屑与俗人争，我尤不屑与今之所谓政治家争，百年之后，容有知我者，今后当努力创作耳。

自明日上船后，当不暇书日记，《病闲日记》之在广州作者，尽于今宵。行矣广州，不再来了。这一种龌龊腐败的地方，不再来了。我若有成功的一日，我当肃清广州，肃清中国。

十二月十四晚记

村居日记

（1927 年 1 月 1 日—31 日）

一九二七年一月一日，在上海郊外，艺术大学楼上客居。

自一九二六年十一月三日起，到十二月十四日止，在广州闲居，日常琐事，尽记入《劳生日记》，《病闲日记》二卷中。去年十二月十五，自广州上船，赶回上海，作整理创造社出版部及编辑月刊《洪水》之理事。开船在十七日，中途阻风，船行三日，始于汕头。第四天中午，到福建之马尾（为十二月廿一日）。翌日上船去马尾看船坞，参谒罗星塔畔之马水忠烈王庙，求签得第二十七签；文曰"国泰民安，风调雨顺，山明水秀，海晏河清。"是日为冬至节，庙中管长，正在开筵祝贺，见了这签诗，很向我称道福利。翌日船仍无开行消息，就和同船者二人，上福州去。福州去马尾马江，尚有中国里六十里地。先去马江，换乘小火轮去南台，费时约三小时。南台去城门十里，为闽江出口处，帆樯密集，商务殷繁，比福州城内更繁华美丽。十二点左右，在酒楼食蠔，饮福建自制黄酒，痛快之至。一路北行，天气日日晴朗，激刺游兴。革命军初到福州，一切印象，亦活泼令人生爱。我们步行入城，先去督军署看了何应钦的威仪，然后上粤山去瞭望全城的烟火。北望望海楼，西看寺楼钟塔，大有河山依旧，人事全非之感。午后三时，在日斜的大道上，奔回南台，已不及赶小火轮了，只好雇小艇一艘，逆风前进，日暮途穷，小艇频于危急者四五次，终于夜间八点钟到船上，饮酒压惊。第二天船启行，又因风大煤尽，在海上行了二个整天，直至自福州开行后的第四日，始到上海，已经是一年将尽的十二月二十七了。

到上海后，又因为检查同船来的自福建运回之缴械军队，在码头远处，直立了五小时。风大天寒，又没有饮食品疗饥。真把我苦死了。那一天午后到创造社出版部，在出版部里住了一宵。

第二天廿八，去各处访朋友，在周静豪家里打了一夜麻雀牌。廿九日午后，始迁到这市外的上海艺术大学里来。三十日去各旧书铺买了些书，昨天晚上又和田寿昌蒋光赤去俄国领事馆看"伊尔玛童感"的跳舞，到一点多钟才回来宿。

这艺术大学的宿舍，在江湾路虹口公园的后边，四面都是乡农的田舍。往西望去，看得见一排枯树，几簇荒坟，和数间红屋顶的洋房。太阳日日来临，窗外的草地也一天一天的带起生意来了，冬至一阳生也。

昨晚在俄国领事馆看"伊尔玛童感"的新式跳舞，总算是实际上和赤俄艺术相接触的头一次。伊尔玛所领的一队舞女，都是俄国墨斯哥国立跳舞学校的女学生，舞蹈的形式，都带革命的意义，处处是"力"的表现。以后若能常和这一种艺人接近，我相信自家的作风，也会变过。

今天是一九二七年的元日，我很想于今日起，努力于新的创造，再来作一次《创世纪》里的耶和华的工作。

中午上出版部去，谈整理部务事，明日当可具体的决定。几日来因为放纵太过，头脑老是昏迷，以后当保养一点身体。

革命军入浙，孙传芳的残部和国民革命军第二十九军在富阳对峙。老母在富阳，信息不通，真不知如何是好。

今日风和日暖，午后从创造社回来独坐在家里，很觉得无聊，就出去找到了华林，和他同去江南大旅社看了一位朋友。顺便就去宁波饭馆吃晚饭，更在大马路买了许多物件，两人一同走回家来。烧煮龙井芽茶饮后，更烤了一块桂花年糕分食。谈到八点钟，华林去了，我读 William H. Davies 的 *The Autobiography of a Supertramp* 及其他的杂书。心总是定不下来，啊啊，这不安定的生活！

十点左右，提琴家的谭君来闲谈，一直谈到十二点钟才就寝。

一月二日，晴，日曜，旧历十一月廿九日。

早晨八点钟就醒了，想来想去，倍觉得自己的生涯，太无价值。

此地因为没有水，所以一起来就不能洗脸。含了烟卷上露台去看朝日，觉得这江南的冬景，实在可爱。东面一条大道，直通到吴淞炮台，屋旁的两条淞沪路轨，返映着潮红的初日，在那里祝贺我的新年，祝贺我的新生活。四周望去，尽是淡色的枯树林，和红白的住宅屋顶。小鸟的鸣声，因为量不宏多，很静寂，很萧瑟。

有早行的汽车，就在南面的江湾路上跑过，这些都是附近的乡村别墅里的阔人的夜来淫乐的归车，我在此刻，并不起嫉妒他们、咒诅他们的心思。

前几日上海的小报上，载了许多关于我的消息行动，无非是笑我无力攫取高官，有心甘居下贱的趣语，啊啊，我真老大了吗？我真没有振作的希望了吗？伤心哉，这不生不死的生涯！

十时左右上出版部去，略查了一回账，又把社内的一个小刊物的问题解决了。

午后去四马路剃发，见了徐志摩夫妇，谈浙杭战事，都觉伤心。

在马路上走了一回。理发后就去洗澡。温泉浴室真系资本家压榨穷人血肉的地方，共产政府成立的时候，就应该没收为国有。

晚上在老东明饮酒吃夜饭，醉后返寓，看《莲子居词话》，十二时睡觉。

三日，星期一，旧历十一月三十日，晴朗。

晨五时就醒了，四顾萧条，对壁间堆叠着的旧书，心里起了一种毒念。譬如一个很美的美人，当我有作有为的少日，她受了我的爱眷，使我得着了许多美满的饱富的欢情，然而春花秋月，等闲度了，到得一天早晨，两人于夜前的耽溺中醒来，嗒焉相对，四目空觑，当然说不出心里还是感谢，还是怀怨。啊啊，诗书误了我半生荣达！

起火烧茶，对窗外的朝日，着实存了些感叹的心思。写了三数页文章，题名未定，打算在第六期的月刊上发表。十时左右，去出版部，议昨天未了的事情。总算结了一结过去的总纠葛，此后是出版部重兴的时机了。

《洪水》第二十五期的稿子，打算于后天交出，明日当在家中伏处一天。

在出版部吃中饭，饭后出去看蒋光赤、徐葆炎兄妹，及其他的友人，都没有遇见，买了一本记 Wagner 的小说名 *Barrikader*，是德国 Zdenko Von Kraft 做的，千九百二十年出版。看了数页，觉得作者的想象力很丰富，然而每章书上，总引有 Wag－ner 的自传一节，证明作者叙述的出处，我觉得很不好，容易使读者感到 disillusion 的现实。四点钟左右，坐公共汽车回家，路上遇见了周勤豪夫妇。周夫人是我所喜欢的一个女性，她教我去饮酒，我就同她去了，直喝到晚上的十点钟才回家睡觉。

四日，星期二，阴历十二月初一。晴爽。

早起看报，晓得富阳已经开火了，老母及家中亲戚，正不知逃在何处，心里真不快活。

早膳后读《莲子居词话》后两卷，总算读完了。感不出好处来，只觉得讨论韵律，时有可取的地方而已。有几首词，却很好，如海盐彭仲谋《茗斋诗余》内的《霜天晓角》（《卖花》用竹山《摘花》韵）：

> 睡起煎茶，听低声卖花。留住卖花人问，红杏下，是谁家？　儿家花肯赊，却怜花瘦些。花瘦关卿何事，且插朵，玉搔斜。

《寻芳草》（和稼轩韵）：

> 这里一双泪，却愁湿，那厢儿被。被窝中，忘却今夜里，上床时，不曾睡。　睡也没心情，搅恼杀。雪狸揎戏。怎月儿，不会人儿意。单照见，阑干字。

无锡王苑先（一元）《芙蓉舫集》中之《醉春风》：

> 记得送郎时，春浓如许，满眼东风正飞絮。香车欲上，揾着啼痕软语，归期何日也。休教误。　忽听疏砧，又惊秋暮。冷落黄花澹无绪。半帘残月，和着愁儿同住。相思都尽了，休重铸。

《绮罗香》（用梅溪词韵《将别西湖》）：

> 对月魂销，寻花梦短，此地恰逢春暮。绝胜湖山，能得几回留住。吊苏小，红粉西陵，咏江令，绿波南浦。

看纷纷，油壁青骢，六桥总是断肠路。　　重来楼上凝
眺，指点斜阳外，扁舟归渡。过雨垂杨，换尽旧时媚妩。
牵愁绪，双燕来时，萦别恨，一莺啼处，为情痴，欲去
还留，对空樽自语。

十时顷，剧作家徐葆炎君来，与谈至午后一点，出访华林，
约他同到市上去闲步。天气晴暖，外面亦没有风，走过北四川路
伊文思书铺，买了几本好书。

Austin Dobson：*Samuel Richardson.*

J. H. E. Crees：*George Meredith.*

Trotzky：*Literature and Revolution.*

用了二十元钱。又到酒馆去喝酒，醉后上徐君寓，见了他的
妹妹，真是一个极忠厚的好女子，见了她我不觉对欺负她的某氏
怨愤起来，啊啊，毕竟某氏是一个聪明的才子。晚上在周勤豪家
吃饭，太觉放肆了，真有点对周太太不起。吃完了晚饭，和华林
及徐氏兄妹出来，在霞飞路一家小咖啡馆，吃了两杯咖啡，到家
已经十一点钟了。

五日，星期三，十二月初二，晴。

午前醒来又是很早，起火煮茶后，就开始看《洪水》第二五
期稿子，于午前看毕，只剩我的《广州事情》及《编辑后》五千
字未做了。一二日内，非做成交出不可。交稿子后，就去各地闲
走，在五芳斋吃中饭。饭后返寓，正想动手做文章，来了许多朋
友，和他们杂谈了半天，便与周勤豪夫妇去伊家夜膳，膳后去看
Gogol's *Tallas Bulba* 电影。十一时余，从电影馆出来，夜雾很大，
醉尚未醒，坐洋车归。在床上看日人小说一篇，入睡时为午夜
一点。

六日，星期四，初三日，晴。

午前雾大，至十二时后，始见日光。看葛西善藏小说二短篇，仍复是好作品，感佩得了不得。昨天午后从街上古物商处买来旧杂志十册，中有小说二三十篇。我以为葛西的小说终是这二三十篇中的上乘作品。

有人来访，谈创造社出版部内部整理事宜，心里很不快乐，总之中国的现代青年，根底都太浅薄，终究是不能信任，不能用的。

吃饭后去创造社出版部，又开了一次会，决定一切整理事情自明朝起实行。从创造社出来，走了许多无头路，终于找到了四马路的浴室，去洗了一个澡，心身觉得轻快了一点。洗澡后，又上各处去找逃难的人民，打算找着母亲和二哥来，和他们抱头痛哭一场，然而终于找不到。自十六铺跳上电车的时候，天色已阴森森的向晚了。在法大马路一家酒馆里喝得微醉，回家来就上床入睡，今天觉得疲倦得很。

七日，星期五，阴，十二月初四。

早晨醒来，觉得头脑还清爽，拿起笔来就写《广州事情》，写了四千多字，总算把《洪水》二十五期的稿子写了了。一直到午后一点多钟，才拿了稿子上创造社出版部去。和同人开会议新建设的事情。到三点钟才毕。回家来的路上，买了三瓶啤酒，夜膳前喝完了两瓶。读了两三篇日文小说，晚上又出去上旧书铺闲看，买了两三本小说。一本是 Beresford 的 *Revolution*，想看看英国这一位新进作家的态度看。

晚上看来看去，读了许多杂书，想写小说，终觉得倦了。明朝并且要搬回创造社出版部去住，所以只能不做通宵的夜工，到十二点钟就睡了。

八日，星期六，初五，雨大风急。

晨七时即醒，听窗外雨滴声，倍觉得凄楚。半生事业，空如轻气，至今垂老无家，栖托在友人处，起居饮食，又多感不便，啊，我的荃君，我的儿女，我的老母！

本欲于今日搬至创造社出版部住，因天雨不果。午前读日人小说一篇，赴程君演生招宴，今晚当开始编《创造》第六期。

想去富阳，一探母亲消息，因火车路不通，终不能行。写信去问人，当然没有回信。战争诚天地间最大的罪恶，今后当一意宣传和平，救我民族。

汉口英人，又欺我们的同胞，听说党军已经把英租界占领了，不知将来如何结果，大约总还有后文。

在陶乐春和程君等聚餐后，已近四点钟了，到邓仲纯的旅馆去坐了一个多钟头。这时候天已放晴，地上的湿气，也已经收敛起来，不过不能见太阳光而已。

和华林在浴堂洗了澡，又上法界去看徐葆炎兄妹。他们的杂志《火山月刊》停刊，意思要我收并他们到《创造》、《洪水》中来，我马上答应了他们。

回来的时候，已经是十一点钟，在炉边和谭君兄妹谈了一会杂天，听窗外的风声很大，十二点就寝。

九日，日曜，初六，阴晴，西北风，凉冷。

早晨起来，就写小说，一直写到午后二点多钟，才到创造社出版部去。看信件后，仍复出来走了一趟。天色阴沉，心里很不快活。

三点半钟回到寓舍，正想继续做小说，田汉来了。坐谈了半点多种，他硬要和我出去玩。

先和他上一位俄国人家里去，遇见了许多俄国的小姐太太们。谈尽三四个钟头，就在他们家里吃俄国菜。七点左右，叫了一乘汽车，请他们夫妇二人去看戏。十点前戏散，又和那两位俄国夫妇上大罗天去吃点心和酒。到十一点钟才坐汽车返寓。这一位俄国太太很好，可惜言语不通。

十日，月曜，初七，晴爽。

早晨起来，觉得天气太好，很想出去散步。但那篇小说还没有做完，第六期《创造》月刊也没有编好，所以硬是坐下来写，写到午后二点多钟，竟把那篇小说写完了，名《过去》，一共有万二千字。

出去约华林上创造社出版部去。看了许多信札，又看了我女人的来书，伤心极了。她责备我没有信给她，她说在雪里去前门寄皮袍子来给我，她又说要我买些东西送归北京去。我打算于《创造》六期编完后，再覆她的信。

在酒馆和华林喝了许多酒，即上法界一位朋友那里去坐。他说上海法科大学要请我去教德文，月薪共四十八元，每一礼拜六小时，我也就答应了。

七点前后，在一家清真馆子里吃完晚饭，便上恩派亚戏园去看电影。是一个历史影片，主演者为 John Barrymore，情节还好，导演也好，可惜片子太旧了。明天若月刊编得好，当于午后三点钟去 Carlton 看 *Merry Widow* 去。

今天的一天，总算成绩不坏，以后每天总要写它三千字才行。月刊编好后，就要做《迷羊》了。这一篇小说，我本来不想把它做成，但已经写好了六千多字在这里，做成来也不大费事。并且由今天的经验看来，我的创作力还并不衰，勉强的要写，也还能够写得出来，且趁这未死前的两三年，拼它一拼命，多做些东西罢！

未成的小说，在这几月内要做成的，有三篇：一，《蜃楼》，二，《她是一个弱女子》，三，《春潮》。此外还有广东的一年生活，也尽够十万字写，题名可作《清明前后》，明清之际的一篇历史小说，也必须于今年写成才好。

为维持生活计，今年又必须翻译一点东西。现在且把可翻译或必翻译的书名开在下面：

一，杜葛纳夫小说 *Rudin*, *Rauchen*, *Frühlings Wogen*.

二，Lemontov's *Ein Held unserer Zeit*.

三，Sudermann's *Die Stille Mühle*.

四，Dante's *Das neue Leben*.

此外还有底下的几种计划：

一，做一本文学概论。

二，扩张小说论内容，作成一本小说研究。

三，做一本戏剧论。

四，做一部中国文学史。

五，介绍几个外国文人如 Obermann 作者 Sénancour, Amiel, George Gissing, Mark Rutherford, James Thomson（B. V.），Clough, William Morris, Gottfried Keller, Carlyle 等，及各国的农民文学。

Thoreau's *Walden* 也有翻译介绍一番的必要。

十一日，星期二（旧历十二月初八）。

昨晚因为想起了种种事情，兴奋得很，一直到今日午前三点多钟，不能睡觉。天上的月亮很好，我的西南窗里，只教电灯一灭，就有银线似的月光流进来。

今天起来，已经是很迟了，把《创造》月刊第六期的稿子看了一遍，觉得李初梨的那篇戏剧《爱的掠夺》很好。月刊稿一共已合有六七万字了，我自己又做了一篇《关于编辑，介绍，以及私事等等》附在最后，月刊第六期，总算编好了。午后二点多钟，才拿到出版部去交出。

在出版部里，又听到了一个恶消息，说又有两三人合在一处弄了我们出版部的数千块钱去不计外，还有另外勾结一家书铺来和我们捣乱的计划。心里真是不快活，人之无良，一至于此。我在出版部里等候了好久，终没有人来，所以于五点前后，郁郁而出，没有法子，只好去饮酒。喝了许多白干，醉不成欢，就到 Carlton 去看 *Merry Widow* 的影片。看完了影片，已经是七点多了，又去福建会馆对门的那家酒馆，喝了十几碗酒，酒后上周家去坐谈两小时，入浴后回来，已经是半夜了。

十二日，晴快，星期三（旧历十二月初九）。

早晨起来后，就上华林那里去吃咖啡。太阳晒得和暖，也没有寒风吹至，很想尽情地玩它一天。华林的老母和徐葆炎、倪贻德、夏莱蒂三人，接着来了，我就请他们去市内吃饭，一直吃到午后三点，才分手散去。

从饭馆出来，又买了些旧书，四点前后，上出版部去。看了信札，候人不来，就又出去上徐葆炎那里，把他们的稿子拿了，和一位旧相识者上法大马路去喝酒。

酒后又去创造社，和叶某谈判了一两个钟头，心里更是忧郁，更觉得中国人的根性的卑劣，出来已经是将戒严的时候了——近日来上海中国界戒严，晚上八九点钟就不准行人往来——勉强的同那一位旧相识者上新世界去坐了半夜，对酒听歌，终感不出乐趣。到了十二点钟，郁郁而归，坐的是一路的最后一次电车。

十三日，星期四，虽不下雨，然多风，天上也有彤云满布在那里，是旧历的十二月初十了。

昨晚上接到邮局的通知书，告我皮袍子已由北京寄到，我心里真十分的感激荃君。除发信告以衷心感谢外，还想做一篇小说，卖几个钱寄回家去，为她做过年的开销。

中午云散天青，和暖得很，我一个人从邮局的包裹处出来，夹了那件旧皮袍子，心里只在想法子，如何的报答我这位可怜的女奴隶。想来想去，终究想不出好法子来。我想顶好还是早日赶回北京去，去和她抱头痛哭一场。

午膳后去出版部，开拆了许多信件以后，和他们杂谈，到午后四点钟，才走出来。本想马上回家，又因为客居孤寂，无以解忧，所以就走到四马路酒馆去喝酒。这时候夜已将临，路上的车马行人，来往得很多。我一边喝酒，一边在那里静观世态。古人有修道者，老爱拿一张椅子，坐在十字街心，去参禅理，我此刻仿佛也能了解这一种人的心理了。

喝完了酒，就去洗澡，从澡堂出来，往各处书铺去翻阅最近的出版物。在一种半月刊上，看见了一篇痛骂我做的那篇剧本《孤独的悲哀》的文字。现在年纪大了，对于这一种谩骂，终究发生不出感情来，大约我已经衰颓了罢，实在可悲可叹！怀了一个寂寞的心，走上周勤豪家去。在那里又遇到了张傅二君，谈得痛快。又加以周太太的殷勤待我，真是难得得很。在周家坐到十点前后，方才拿了两本旧书——这是我午后在街上买的——走回家来，坐车到北四川路尽头，夜色苍凉，我也已经在车上睡着了，身体的衰弱，睡眠的不足，于此可见。

十四日，星期五，晴暖如春天。

午前洗了身，换了小褂裤，试穿我女人自北京寄来的寒衣。

可惜天气太暖，穿着皮袍子走路，有点过于蒸热，走上汽车，身上已经出汗了。王独清白广东来信，说想到上海来而无路费，嘱为设法。我与华林，一清早就去光华为他去交涉寄四十元钱去。这事也不晓能不能成功，当于三日后，再去问他们一次，因为光华的主人不在。从光华出来，就上法界尚贤里一位同乡孙君那里去。在那里遇见了杭州的王映霞女士，我的心又被她搅乱了，此事当竭力的进行，求得和她做一个永久的朋友。

中午我请客，请她们痛饮了一场，我也醉了，醉了，啊啊，可爱的映霞，我在这里想她，不知她可能也在那里忆我？

午后三四点钟，上出版部去看信。听到了一个消息，说上海的当局，要来封锁创造社出版部，因而就去徐志摩那里，托他为我写了一封致丁文江的信。晚上在出版部吃晚饭，酒还没有醒。月亮好极了，回来之后，又和华林上野路上去走了一回。南风大，天气却温和，月明风暖，我真想煞了王君。

从明天起，当做一点正当的事情，或者将把《洪水》第二十六期编起来也。

十五日，星期六（旧历十二月十二）。

夜来风大，时时被窗门震动声搅醒。然而风系自南面吹来，所以爽而不凉，天上已被黑云障满了，我怕今天要下雨或雪。

午前打算迁入创造社出版部去住，预备把《洪水》二十六期来编好。

十时前后去创造社出版部，候梁君送信去，丁在君病未起床，故至十二时后，方见梁君拿了在君的覆信回来。在君覆信谓事可安全，当不至有意外惨剧也。饭后校《洪水》第二十五期稿，已校毕，明日再一校，后日当可出版。

午后二点，至 Carlton 参与盛家孙女嫁人典礼，遇见友人不少，四时顷礼毕，出至太阳公司饮咖啡数杯。新郎为邵洵美，英国留学生，女名盛佩玉。

晚上至杭州同乡孙君处，还以《出家及其弟子》译本一册，复得见王映霞女士。因即邀伊至天韵楼游，人多不得畅玩，遂出至四马路豫丰泰酒馆痛饮。王女士已了解我的意思，席间颇殷勤，以后当每日去看她。王女士生日为旧历之十二月廿二，我已答应她送酒一樽去。今天是十二月十二，此后只有十日了，我希望廿二这一天，早一点到来。今天接北京周作人信，作答书一，并作致徐耀辰、穆木天及荃君书。荃君信来，嘱我谨慎为人，殊不知我又在为女士颠倒。

今天一天，应酬忙碌，《洪水》廿六期，仍旧没有编成功，明日总要把它编好。

王映霞女士，为我斟酒斟茶，我今晚真快乐极了。我只希望这一回的事情能够成功。

十六日，星期日（十二月十三），雨雪。

昨晚上醉了回来，做了许多梦。在酒席上，也曾听到了一些双关的隐语，并且王女士待我特别的殷勤，我想这一回，若再把机会放过，即我此生就永远不再能尝到这一种滋味了，干下去，放出勇气来干下去吧！

窗外面在下雪，耳畔传来了许多檐滴之声。我的钱，已经花完了，今天午前，就在此地做它半天小说，去卖钱去吧！我若能得到王女士的爱，那么恐怕此后的创作力更要强些。啊，人生还是值得的，还是可以得到一点意义的。写小说，快写小说，写好一篇来去换钱去，换了钱来为王女士买一点生辰的礼物。

午后雪止，变成了凉雨。冒雨上出版部去谈了一会杂天，三时前后出来街上，去访问同乡李某，想问问他故乡劫后的情形何如，但他答说"也不知道"。

夜饭前，回到寓里，膳后徐葆炎来谈到十点钟才去。急忙写小说，写到十二点钟，总算写完了一篇，名《清冷的午后》，怕是我的作品中最坏的一篇东西。

十七日，星期一，十四，阴晴。

午前即去创造社出版部。编《洪水》第二十六期，做了一篇《无产阶级专政和无产阶级的文学》，共有二千多字。编到午后，才编毕。天又下微雨了，出至四马路洗澡，又向酒馆买小樽黄酒二，送至周勤豪家，差用人去邀王女士来同饮，饮至夜九时，醉了，送她还家，心里觉得总不愿意和她别去。坐到十点左右，才回家来。

十八日，星期二，十五，阴晴。

因为《洪水》已经编好，没有什么事情了，所以早晨就睡到十点多钟。孙福熙来看我，和他谈到十二点钟，约华林共去味雅酒楼吃午饭。

饭后至创造社，看信件，得徐志摩报，说司令部要通缉的，共有百五十人，我不晓得在不在内。

郭爱牟昨有信来，住南昌东湖边三号，有余暇当写一封长信去覆他。张资平亦有信来，住武昌鄂园内。

三四点钟，又至尚贤坊四十号楼上访王女士，不在。等半点多钟，方见她回来，醉态可爱，因有旁人在，竟不能和她通一语，即别去。

晚上在周家吃饭，谈到十点多钟方出来。又到尚贤坊门外徘徊了半天，终究不敢进去。夜奇寒。

十九日，星期三，十六，快晴。

天气真好极了，一早起来，心里就有许多幻想，终究不能静下来看书做文章。十时左右，跑上方光焘那里去，和他谈了些关于王女士的话，想约他同去访她，但他因事不能来，不得已只好一个人坐汽车到创造社出版部去看信札去。吃饭之后，蒋光赤送文章来了，就和他一道去访王女士。谈了二个钟头，仍复是参商咫尺。我真不能再忍了，就说明了为蒋光赤介绍的意思。

午后五点多钟和蒋去看电影。晚饭后又去王女士那里，请她们坐了汽车，再往北京大戏院去看 Elinor Glyn's *Beyond the Rock* 的影片。十一时前后看完影片出来，在一家小酒馆内请她们喝酒。回家来已经是午前一点多钟了。写了一封给王女士的短信，打算明天去交给她。

今晚上月亮很大，我一个人在客楼上，终竟睡不着。看看千里的月华，想想人生不得意的琐事，又想到了王女士临去的那几眼回盼，心里只觉得如麻的紊乱，似火的中烧，啊啊，这一回的恋爱，又从此告终了，可怜我孤冷的半生，可怜我不得志的一世。

茫茫来日，大难正多，我老了，但我还不愿意就此而死。要活，要活，要活着奋斗，我且把我的爱情放大，变作了对世界，对人类的博爱吧！

二十日，星期四（旧历十二月十七），晴。

早晨十点前起床，方氏夫妇来，就和他们上创造社去。天气晴快，一路走去，一路和他们说对于王女士的私情。说起来实在可笑，到了这样的年纪，还会和初恋期一样的心神恍惚。

在创造社出版部看信之后，就和他们上同华楼去吃饭，钱又完了，午后和他们一道去访王女士的时候，心里真不快活，而忽然又听到了她将要回杭州的消息。

三四点钟从她那里出来，心里真沉闷极了。想放声高哭，眼泪又只从心坎儿上流，眼睛里却只好装着微笑。又回到出版部去拿钱，遇见了徐志摩，谈到五点钟出来。在灰暗的街上摸走了一回，终是走投无路。啊啊，我真想不到今年年始，就会演到这一出断肠的喜剧。买了几本旧书，从北风寒冷的北四川路上走回家来，入室一见那些破旧书籍，就想一本一本的撕破了它们，谋一个"文武之道，今夜尽矣"的舒服，想来想去，终究是抛不了她，只好写一封信，仍旧摸出去去投邮。本来打算到邮局为止的，然而一坐汽车，竟坐到了大马路上。吃了咖啡，喝了酒，看看时间，还是八点多一点儿，从酒馆出来，就一直的又跑上她那里去。推门进去一看，有她的同住者三四人，正在围炉喝酒，而王女士却躲在被窝里暗泣。惊问他们，王女士为什么就这样的伤心？孙太太说："因为她不愿离我而去。"我摸上被窝边上，伸手进去拉她的手，劝她不要哭了，并且写了一张字条给她。停了三五分钟，她果然转哭为笑了。我总以为她此番之哭，却是为我。心里十分的快乐，二三个钟头以前的那一种抑郁的情怀，不晓消失到哪里去了。

从她那里出来，已经是十一点钟。我更走到大世界去听了两个钟头的戏，回家来已经是午前的两点钟了。

啊啊！我真快乐，我真希望这一回的恋爱能够成功，窗外北风很大，明天——否否——今天怕要下雪，我到了这三点多钟，还不能入睡。我只在幻想将来我与她的恋爱成就后的事情。老天爷呀老天爷，我情愿牺牲一切，但我不愿就此而失掉了我的王女士，失掉了我这可爱的王女士。努力努力，奋斗奋斗！我还是有希望的呀！

二十一日，星期五（旧历十二月十八日），晴。

完了，事情完全被破坏了，我不得不恨那些住在她周围的人。今天的一天，真使我失望到了极点。

早晨一早起来，就跑上一家她也认识，我也认识的人家去。这一家的主人，本来是人格不高，也是做做小说之类的人，我托他去请她来。天气冷得很，太阳光晒在大地上，竟不发生一点效力出来。我本想叫一乘汽车去的，这几天因为英界电车罢工，汽车也叫不到。坐等了半点多钟，她只写了一个回片来说因病不能来，请我原谅。

已经是伤心了，勉强忍耐着上各处去办了一点事情，等到傍晚的六点左右，看见街上的电灯放光，我就忍不住的跑上她那里去。一进她的房，就有许多不相干的人在那里饮酒高笑。他们一看见我，更笑得不了，并且骗我说她已经回杭州去了。实际上她似乎刚出外去，在买东西。坐等了二个钟头，吃完晚饭，她回来了，但进在别一室里，不让我进去。我写给她的信，她已经在大家前公开。我只以为她是在怕羞，去打门打了好几次，她坚不肯开。啊啊！这就是这一场求爱的结束！

出了她们那里，心里只是抑郁。去大世界听妓女唱戏，听到午前一点多钟，心里更是伤悲难遣，就又去喝酒，喝到三点钟。回来之后，又只是睡不着觉，在室内走走，走到天明。

二十二日，星期六（十二月十九日），晴，奇寒。

冒冷风出去，十一点前后，去高昌庙向胡春藻借了一笔款。这几日来，为她而花的钱，实在不少，今日袋里一个钱也没有，真觉得穷极了。匆匆说了几句话，就和厂长的胡君别去，坐在车上，尽是一阵阵的心酸，逼我堕泪。不得已又只好上周家去托周家的用人，再上她那里去请她来谈话。她非但不来，连字条也不写一个，只说头痛，不能来。

午后上志摩那里去赴约，志摩不在。便又上邵洵美那里去，谈了两三个钟头天。

六点到创造社出版部。看了些信，心里更是不乐，吃晚饭之后，只想出去，再上她那里去一趟。但想想前几回所受的冷遇，双脚又是踌躇不能前进。在暮色沉沉的街上走了半天，终究还是走回家来。我与她的缘分，就尽于此了，但是回想起来，这一场的爱情，实在太无价值，实在太无生气。总之第一只能怪我自家不好，不该待女人待得太神圣，太高尚，做事不该做得这样光明磊落，因为中国的女性，是喜欢偷偷摸摸的。第二我又不得不怪那些围在她左右的人，他们实在太不了解我，太无同情心了。

啊啊，人生本来是一场梦，这一次的短话，也不过是梦中间的一场恶景罢了，我也可以休矣。

二十三日，星期日，阴晴（十二月二十日）。

晚上又睡不着，早晨五点钟就醒了。起来开窗远望，寒气逼人。半边残月，冷光四射，照得地上的浓霜，更加凉冷。倒了一点凉水，洗完手脸，就冲寒出去，上北火车站去。街上行人绝少，一排街灯，光也不大亮了。

因为听人说，她于今天返杭州去，我想在车上再和她相会一次。等了二点多钟，到八点四十分，车开了，终不见她的踪影。在龙华站下来，看自南站来的客车，她也不在内。车又开了，我的票本来是买到龙华的，查票者来，不得已，只能补票到松江下来。

在松江守候了两点钟，吃了一点点心，去杭州的第二班车来了，我又买票到杭州，乘入车去遍寻遍觅，她又不来。车里的时光，真沉闷极了，车窗外的野景萧条，太阳也时隐时出，野田里看不见一个工作的农民，到处只是军人，军人，连车座里，也坐满了这些以杀人为职业的禽兽。午后五点多钟，到了杭州，就在一家城站附近的旅馆内住下，打算无论如何，总要等候她到来，和她见一次面。

七点钟的一次快车，半夜十二点的夜快车到的时候，我都去等了，倒被守站的军士们起了疑心，来问我直立在站头有何事情，然而她终究不来。

晚上上西湖去，街上萧条极了，湖滨连一盏灯火也看不见，人家十室九空，都用铁锁把大门锁在那里。

我和一位同乡在旅店里坐谈，谈到午前二点，方上床就寝，然而也一样的睡不着。

二十四日，星期一，阴晴（十二月廿一日）。

早晨九点钟起来，我想昨天白等了一天，今天她总一定要来了，所以决定不回富阳，再在城站死守一日。

车未到之前，我赶上女师她所出身的学校去打听她在杭州的住址。那学校的事务员，真昏到不能言喻，终究莫名其妙，一点儿结果也没有。

到十二点前，仍复回去城站，自上海来的早快车，还没有到。无聊之至，踏进旧书铺去买了五六块钱的旧书，有一部《红芜词钞》，是海昌嵩生钟景所作，却很好。

午后一点多钟，上海来的快车始到，我捏了一把冷汗，心里跳跃不住，尽是张大了眼，在看下车的人，有几个年轻的女人下车来，几乎被我错认了迎了上去，但是她仍复是没有来。

气愤之余，就想回富阳去看看这一次战争的毒祸，究竟糜烂到怎么一个地步，赶到江干，船也没有，汽车也没有，而灰沉沉的寒空里，却下起雪来了。

没有办法，又只好坐洋车回城站来坐守。看了第二班的快车的到来，她仍复是没有，在雪里立了两三个钟头，我想哭，但又哭不出来。天色阴森的晚了，雪尽是一片一片的飞上我的衣襟来，还有寒风，在向我的脸颊上吹着，我没有法子，就只好买了一张车票，坐夜车到上海来了。

午前一点钟，到上海的寓里，洗身更换衣服后，我就把被窝蒙上了头部，一个人哭了一个痛快。

二十五日，星期二（十二月廿二日），晴。

早晨仍复是不能安睡。到八点后起了床。上创造社出版部去，看了许多的信札。太阳不暖不隐，天气总算还好，正想出去，而叶某来了，就和他吵闹了一场，我把我对青年失望的伤心话都讲了。

办出版部事务，一直到晚上的七时，才与林徽音出去。先上王女士寄住的地方去了一趟，终究不敢进去。就走上周家去，打算在那里消磨我这无聊的半夜。访周氏夫妇不在，知道他们上南国社去了，就去南国社，喝了半夜的酒，看了半夜的跳舞。但心里终是郁郁不乐，想王女士想得我要死。

十二点后，和叶鼎洛出来，上法界酒馆去喝酒。第一家酒不好，又改到四马路去痛饮。

到午前的两点，二人都喝醉了，就上马路上去打野鸡。无奈那些雏鸡老鸭，都见了我们而逃，走到十六铺去，又和巡警冲突了许多次。

终于在法界大路上遇见了一个中年的淫卖，就上她那里去坐到天明。

廿六日，星期三，旧历十二月廿三，晴。

从她那里出来，太阳已经很高了。和她吃了粥，又上她那里去睡了一睡。

九点前后和她去燕子窠吸鸦片，吸完了才回来，上澡堂去洗澡。

午饭前到出版部，办事直办到晚上的五点，写了两封信，给荃君和岳母。

回到寓里来，接到了一封嘉兴来的信，系说王女士对我的感情的，我又上了当了，就上孙君那里去探听她的消息。费了许多苦心，才知道她是果于前三日回去，住在金刚寺巷七号。我真倒霉，我何以那一天会看她不见的呢？我又何以这样的粗心，连她的住址都不曾问她的呢？

二十七日，星期四，旧历十二月廿四，晴。

昨天探出了王女士的住址，今晨起来，就想写信给她。可是不幸午前又来了一个无聊的人，和我谈天，一直谈到中午吃饭的时候。

十二点前到出版部去，看了许多信札，午饭后，跑上光华去索账。管账的某颇无礼，当想一个法子出来罚他一下才行。午后二点多钟，上周勤豪家去，只有周太太一个人在那里和小孩子吃饭。坐谈了一会，徐三小姐来了。她是友人故陈晓江夫人徐之音的妹妹。

晚上在周家吃饭，饭后在炉旁谈天，谈到十点多钟。周太太听了我和王女士恋爱失败的事情，很替我伤心，她想为我介绍一个好朋友，可以得点慰抚，但我总觉得忘不了王女士。

二十八日，星期五（十二月廿五），天气晴朗可爱，是一个南方最适意的冬天。

早晨十点前后，华林来看我，我刚起床，站在回廊上的太阳光底下漱口洗牙齿。和华林谈了许多我这一次的苦乐的恋情，吃饭之前，他去了。

我在创造社吃午饭，看了许多信，午后真觉得寂寥之至。仿吾有信来，说我不该久不作书，就写了一封快信给他。无聊之极，便跑上城隍庙去。一年将尽，处处都在表现繁华的岁暮，这城隍庙里也挤满了许多买水仙花、天竺的太太小姐们。我独自一个，在几家旧书摊上看好久，没有办法，就只好踏进茶店的高楼上去看落日。看了半天，吃了一碗素面，觉得是夜阴逼至了，又只得坐公共汽车，赶回出版部吃晚饭。

晚饭后，终觉得在家里坐不住，便一直的走上周家去。陈太太实在可爱之至，比较起来，当然比王女士强得多，但是，但是一边究竟是寡妇，一边究竟还是未婚的青年女子。和陈太太谈了半夜，请她和周勤豪夫妇上四马路三山会馆对面的一家酒家去吃了排骨和鸡骨酱，仍复四人走回周家去。又谈到两点多钟，就在那里睡了。上床之后，想了许多空想。

今天午前曾发了一封信给王女士，且等她两天，看看有没有回信来。

周太太约我于旧历的除夕（十二月廿九），去开一间旅馆的大房间，她和陈太太要来洗澡，我已经答应她了。

二十九日，星期六（十二月廿六），晴爽。

午前十时从周家出来，到创造社出版部。看了几封信后，就打算搬家，行李昨天已经搬来了，今天只须把书籍全部搬来就行。

午后为搬书籍的事情，忙了半天，总算从江湾路的艺术大学，迁回到了创造社出版部的二楼亭子间里。此后打算好好的做点文章，更好好的求点生活。

晚上为改修创造社出版部办事细则的事情，费去了半夜工夫。十点后上床就寝，翻来覆去，终究睡不着，就起来挑灯看小说。看了几页，也终于看不下去，就把自己做的那一篇《过去》校阅了一遍。

三十日，星期日，阴晴。

今天是旧历的十二月二十七日，今年又是一年将尽了，想起这一年中间的工作来，心里很是伤心。

早晨七八点钟，见了北京《世界日报》副刊编辑的来信，说要我为他撑门面，寄点文字去。我的头脑，这几日来空虚得很，什么也不想做，所以只写了一封信去覆他，向他提出了一点小小的意见。第一诫他不要贪得材料，去挑拨是非，第二教他要努力扶植新进的作家，第三教他不要被恶势力所屈伏，要好好的登些富有革命性的文字。

午前整理书籍，弄得老眼昏迷，以后想不再买书了，因为书买得太多，也是人生的大累啊！

今天空中寒冷，灰色的空气罩满了全市，不晓得晚上会不会下雪。寒冬将尽了，若没有一天大雪来点缀，觉得也仿佛是缺少一点什么东西似的。

我在无意识的中间，也在思念北京的儿女，和目前问题尚未解决的两个女性，啊，人生的矛盾，真是厉害，我不晓得哪一天能够彻底，哪一天能够做一个完全没有系累的超人。

午后出去访徐氏兄妹，给了他们五块钱度岁，又和他们出去，上城隍庙去喝了两三点钟的茶。回来已经快六点钟了，接到了一封杭州王女士的来信。她信上说，是阴历十二月廿二日的早晨去杭州的，可惜我那一天没有上北火车站去等候。然而我和她的关系，怕还是未断，打算于阴历正月初二三，再到杭州去访她去。写了一封快信，去问她的可否，大约回信，廿九的中午总可以来，我索性于正月初一去杭州也好。

夜饭后，又上周家去，周太太不在家，之音却在灯下绣花，因为有一位生人在那里，她头也不抬起来，然而看了她这一种温柔的态度，更使我佩服得了不得。

坐了两三刻钟，没有和她通一句话的机会，到了十点前几分，只好匆匆赶回家来，因为怕闸北中国界内戒严，迟了要不能通行。临去的时候，我对她重申了后天之约，她才对我笑了一笑，点了一点头。

路过马路大街，两旁的人家都在打年锣鼓，请年菩萨。我见了他们桌上的猪头三牲及檀香红烛之类，不由得伤心入骨，想回家去。啊啊，这飘泊的生涯，究竟要到何时方止呢！

回家来又吃酒面，到十一点钟，听见窗外放爆竹的声音，远近齐鸣，怀乡病又忽然加重了。

一月三十一日，旧历十二月廿八，星期一。

一九二七年的一月，又过去了，旧历的十二月小，明天就是年终的一日。到上海后，仍复是什么也不曾做，初到的时候的紧张气氛，现在也已经消失了，这是大可悲的事情，这事情真不对，以后务必使这一种气氛回复转来才行。我想恋爱是针砭懒惰的药石，谁知道恋爱之后，懒惰反更厉害，只想和爱人在一块，什么事情也不想干了。

早晨一早起来，天气却很好，晴暖如春，究竟是江南的天候，昨日有人来找我要钱，今天打算跑出去，避掉他们。听说中美书店在卖廉价，很想去看看。伊文思也有一本 John Addington Symonds 的小品文，今天打算去买了来。以后不再买书，不再虚费时日了。

午前早饭也不吃，就跑了出去，在五芳斋吃了一碗汤团，一碟汤包，出来之后，不知不觉就走上中美书店去了。结果终究买了下列的几本书。

The Heir，by V. Sack vill – West.

Nocturne，by Frank Swinnerton.

Liza of Lambeth，by W. Somerset Maugham.

The Book of Blanch，by Dorothy Richardson.

In the Key of Blue，by John Addington Symonds.

Studies in Several Literatures，by Peck.

一共花了廿多块钱，另外还买了一本 Cross 著的 *Development of the English Novel*，可以抄一本书出来卖钱的。

午后，出版部的同人都出去了，我在家里看家。晚上听了几张留声机器片，看日本小说《沉下去的夕阳》。

一月来的日记，今天完了，以后又是新日记的开始，我希望我的生活，也能和日记一样的刷新一回，再开一个新纪元。

一九二七年一月三十一日，在上海的出版部内

穷冬日记

（1927 年 2 月 1 日—16 日）

一九二七年二月一日，阴晴，旧历年终的二十九日。

午前心不宁静，因为昨夜发见了致命的病症。早晨起来，就上几个医生的朋友那里去，一个也看不到，不得已只好领了一瓶药来服用。

十二点前后，为找一间旅馆，跑了许多地方，终于找不着。一直到午后二三点钟，才定了沧洲旅馆的一间二楼洋台房，No. 48.

三四点钟，迁入此房内住，Burlington Hotel 本系住外国人的旅馆，所以清静得很。

晚上周氏夫妇，和徐家三姊妹来此地洗澡，一直洗到深夜的十二点钟。和她们谈到午前二点，上周家去吃年夜饭，回来的时候，已经是三点多钟了。

今天华林也来，他也在这里洗澡，中国人住处，设备不周，所以弄得一间房间内，有七八个人来洗澡，旅店的 Manager 颇有烦言，也只好一笑置之。

夜深一个人睡在床上，默想 Madam S. 的动作，行为，很想马上带她出国去，上巴黎或南欧 Venice，Florence 去度异国之春，但是钱总来不转，惰性又太重，终只是一场空想罢了。

二月二日，阴晴，正月元旦，今年是丁卯年了。

昨晚入睡迟，今早又睡不着，八点多钟就醒了。洗澡梳头毕，吃了一壶红茶，两片面包。

火炉熊熊不息，室内空气温暖，一个人坐在 curtain 后，听窗外面的爆竹声，很有点出世之想，仿佛是 An Attic philosopher 在巴黎看新年景物的样子，啊！这一种飘泊生活，不晓得要哪一年才告结束。

很想在此地久住，但用费太昂，今天午前，必须离开此地，不过将来若经济充裕的时候，总要再来住它一两个月，因为地方闲静清洁，可以多作瞑想的工夫。

午前十一时记于沧洲饭店之二楼客舍

十二时前出 Burlington Hotel（沧洲旅馆），到创造社出版部午膳。天气总不开朗，虽不下雨，然亦暗暗使人不快。午后和出版部同人玩骨牌，输了两块多钱。傍晚五时前后，出至周家，和女太太们打牌，打到天明。之音为我代打，赢了不少。并且于打牌后，和我掷了一把双六，我得了一副不同，她又嫣然地一笑。

在周家睡觉，至第二日午前十一点才起床。

二月三日，旧历正月初二，雨，星期四。

十一点钟起床，见窗外雨大，屋瓦尽湿，之音也起来了，我觉得她的一举一动，仿佛都含有什么意思似的。起床后遇见了地震，周太太和之音都骇慌了。吃了两碗年糕，坐洋车冒雨回到出版部来。

午后整理书籍，费去了半天工夫。雨仍是不止，很觉得郁闷，本想去杭州会王女士去，因为天气不好，也不愿行。

晚上和梁、成二君至大世界听戏，听到午前一点钟，出来吃了一点酒食，就坐汽车回到出版部来。

四日，星期五，旧历正月初三，阴晴，有雨意。

午前睡至十一时始起床。又整理书籍，已经整理得差不多了。

午后和徐君至 Embassy Theatre 看 *Don Juan* 电影，主演者为 John Barrymore，片子并不好。傍晚出来的时候，天已经下起雪来了。晚上在出版部，和他们谈了些关于出版部的事情。看《沉下去的夕阳》到午前一点，总算把这一部小说看完了。

五日，星期六，阴晴，旧历正月初四。

午前十时离床，有许多友人来访，邀他们在家里吃午饭，饭后看日文小说若干张。

楼君建南于午后三时顷来约我去看电影。到北京大戏院，则日班三点钟开映的一次，已经赶不及了，就上仝羽居茶楼去饮茶，直坐到四点多钟，仍复去北京大戏院。

画名 *Saturday Night*，系美国 Paramount 影片之一，导演者为 Cecil Demille。情节平常，演术也不高明，一张美国的通俗画片而已。

从影戏院出来，已将九点钟了，就和楼君上附近的一家酒馆去吃晚饭，谈了许多天，楼君实在是一位很诚实的青年。

一路上走回家来，我只在想我此刻所进行的一件大事。去年年底我写了两封信去给王，问她以可否去杭州相会，她到现在还没有回信给我。

啊！真想不到到了中年，还曾经验到这一种 love 的 pain。

到家之后，知道室内电灯又断线了，在洋烛光的底下，吸吸烟，想想人生的变化，真想出家遗世，去做一个完全无系累，无责任的流人，假使我对王女士的恋爱，能够成功，我想今后的苦痛，恐怕还要加剧，因为我与她二人，都是受了运命的播弄的人，行动都不能自由。

今天接了许多信，重要的几封，如张资平的，荃君的，王独清的，打算于两三天之内覆他们。

晚上九点前后就上床睡了，但翻来覆去，终究是睡不着。

薄情的王女士，尤其使我气闷。她真是一个无情者，我真错爱了她了。

在床上睡不着，又只好披衣坐起来看书，但是看来看去，书终是看不进。这两三星期中间，情思昏乱，都为了女人，把我的有生命的工作丢弃了，以后想振作起来，努力一番，把这些女魔驱去。但是，但是这样柔弱的我，此事又哪能够办到。啊，我现在真走到山穷水尽的人生的末路了，到西洋去，还是想法子，赶快上西洋去吧！

六日，晴，星期日，正月初五。

早晨起，即出至法界访朋友，他告诉我，郭夫人，想和我一见，晚上请我去他家里吃饭。回出版部吃饭后，又去北四川路看电影。影片不佳，中途就出来，倒是买了几本日文书，还差强人意。并在杂志摊上见了二月号的《新潮》，上面有一段记事，名《南方文学者之一群》，系奉我为南方文学之正主者，盖日本新闻记者某之所撰，亦一笑付之。

几日不见之音，很想去探听她的消息，午后六时前去周家，伊方与周静豪对坐在灯下。喜欢得不了，就约他们去大新舞台听戏。坐席买定后，教他们先入座，我去友人家吃夜饭，见了几位认识的夫人。一年余不见，郭夫人消瘦了一点，问复初事，说他就快回上海来。

九点半夜膳吃完，急赶到大新舞台，听了一出《四郎探母》。

之音的柔心，为四郎的别妻打动了。

一点前后，戏散出来，又和他们去菜馆吃饭，她只吃了两口酒，还是我强迫她喝的。出菜馆，和她们一道上周家去宿。

七日，星期一，晴爽，正月初六。

十点钟起床，急回至出版部，看了许多信。午后有去访郭夫人之约，大约今晚上，又须在郭家吃晚饭了。

中饭吃完之后，又来了许多穷朋友，结果是寸步不能移动，陪他们去北四川路走了一趟，走到午后四时，天起了北风，下起雪来了。

和他们分散，一个人走回家来，终不想回到冷冰冰的出版部去。走进了宝山路，就折入一条狭巷，寻到百星大戏院（Pantheon Theatre）去看电影，影片名 *Helen of Troy*，是德国人导演的。内容是 *Homer's Iliad* 的前半部。到影戏场里坐下，几星期来的疲劳和哀怨，一齐放弛出来了。当映画的中间，竟乌乌昏睡了过去。七点多钟，电影还没有映完，我心里就忧郁得难堪，所以只好走了出来，在储蓄会的食堂里吃晚餐。

餐厅很大，我只孤冷清的一个人，想想我这半月来的单恋的结果，竟勃嗒勃嗒的滴落了两点眼泪来。举头看玻璃窗外面的夜里的天空，有一钩镰刀样的月亮，照得清莹洁白。我想 Madam S. 她的自己的女性，还没有觉醒，第一期的青春期里，糊里糊涂就结下了婚姻，生下了小孩，不久便遇到了她男人的死，到了这第二期的 second blooming period，她当然不会觉醒起来的。我所要求的东西，她终究不能给我。啊啊，回想起来，可恨的，还是那一位王女士，我的明白的表示，她的承受下去的回答，差不多已经可以成立了。谁知到了这为山九仞，功亏一篑的时候，她又会给我一个打击的呢？

我也该觉悟了，是 resignation 确定的时候了，可怜我的荃君，可怜我的龙儿熊儿，这一个月来，竟没有上过我的心，啊啊，到头来，终究只好回到自家的破烂的老巢里去。这时候荃君若在上海，我想跑过去寻她出来，紧紧地抱着了痛哭一阵。我要向她 confess，我要求她饶赦，我要她能够接受我这一刻时候的我的纯洁的真情。

大约我的时候是已经过去了，blooming season 是不会来了，像我这样的一生，可以说完全是造物主的精神的浪费，是创造者的无为的播弄。上帝——若是有上帝的时候——（或者说运命也好）做了这一出恶戏，对于它究竟有什么意义呢？

今天出版部里的酒也完了，营业也开始了，以后我只有一个法子可以逃出种种无为的苦闷——就是拼命的做事情，拼命的干一点东西出来，以代替饮酒，代替妇人，代替种种无谓的空想和怨嗟。

前两天立春了，今晚上还有几点飞雪从月光里飞舞下来，我希望这几点雪是去年寒冬的葬仪，我希望今天的一天，是过去的我的末日。

八日，星期二，晴，正月初七。

昨天晚上，一个人在家里读词喝酒喝到夜半，终究睡不着。就偷偷地出去，冒出了戒严的界线，在寒风星斗吹照着的长街上，坐车到陆家观音堂的周家去。

已经是十二点了，打门进去，周太太早已和静豪睡在一张床上，之音一个人睡在里间房里。我看了她的头发，看了她的灰白的面色，很想像她当时和晓江同睡的情形。坐了三分钟的样子，便一个人踉跄出来，又喝了许多酒，找出了一个老妓，和她去燕子窠吸鸦片烟吸到天明。

六点钟天亮之后，和她走到了白克路登贤里，约她于礼拜四再去，我就一个人从清冷的早晨街上，走回出版部来。

一直睡到十二点钟，有许多人来访我，陪他们说闲话，吃晚饭，到了晚上的七点以后才和蒋光赤出去，又到陆家观音堂的周家去。

坐坐谈谈，谈到了深夜的十二点。请之音及周氏夫妇去喝酒，喝到午前两点，才和她们回去，又在周家宿了一晚。

九日，星期三，正月初八日。

今天天气很好。早晨十点前后起来，看床前有一缕日光照着。周太太亲到厨下去为我烧煮年糕，吃了两碗，就回到出版部来。又遇到了不愉快的事情，有几个不知道义的青年，竟不顾羞耻，来和我拌嘴。

午饭后出至江湾路艺术大学，见了周氏夫妇，但不见之音。与他们谈了半日的闲天，又请他们上同华楼去吃晚饭，并且着人去请了之音来。这一次大约是我和她们的最后的晚餐，以后决定不再虚费精力时日了。七点半回家，接到了王女士的来信，她说我这次打算赴杭州的动机是不应该的。我马上写了一封回信，述说了一遍我的失望和悲哀，也和她长别了，并告诉她想去法国的巴黎，葬送我这断肠的身世。啊啊，女人终究是下等动物，她们只晓得要金钱，要虚空的荣誉，我以后想和异性断绝交际了。

巴黎去，到巴黎去吧！

十日，星期四，晴爽，旧历正月初九。

早晨睡到十时，方才醒来，总算是到上海之后，睡得最安稳，最满足的一夜。午前楼君、李君来谈，吃过午饭，又有许多文学青年来访，就和他们出去，同时又写了一封信给映霞。大约我和她的关系将从此终断了。

上豫丰泰去吃酒，吃到下午五时多，就又去周家吃饭。晚饭后因为月亮很好，走上北京大戏院去看 Ibañez 的 *Blood and Sand*，主角 Collardo Juan 由 Valentino 扮演，演得很不错。

十一点前，又回到周家去宿，在睡梦中，还和周氏夫妇谈了许多话。夜间咳嗽时发，我的身体大约是不行了。啊啊，若在现在一死，我恐怕我的一腔哀怨，终于诉不出来。我真恨死了王女士，我真咒死了命运之神，使我们两人终于会在这短短的生涯里遇到了。

十一日，星期五，晴爽，正月初十日。

今天早晨也睡到了十时。在周家吃了中饭，就去剃头洗澡，心里只觉得空虚，对于人生终不能感到一点儿趣味，大约中年的失恋者，心境都是如此的吧！昨晚睡后周太太又和我谈了许多关于之音的话。

午后三点钟回到创造社出版部来，内部的事情愈弄愈糟了。有许多办事的人，都要告假回去，从明日起，我是寸步不能移开的了。

晚上又接到映霞的来信，她竟明白表示拒绝了。也罢，把闲情付于东流江水，想侬身后，总有人怜。今晚上打算再出去大醉一场，就从此断绝了烟，断绝了酒，断绝了如蛇如蝎的妇人们。

半夜里醉了酒回来，终于情难自禁，又写了一封信给映霞。我不知道这一回究竟犯了什么病，对于她会这样的依依难舍，我真下泪了，哭了，哭了一个痛快。我希望她明天再有信来，后天再有信来。我还是在梦想我和她两人恋爱的成功！

十二日，星期六，旧历正月十一，晴爽。

午前于九点钟起床，觉得头脑昏痛，又有病了，夜来咳嗽厉害，我怕我自家的生命，将从此缩短。午饭前去吴淞路买了一本旧《改造》新年号来，内有创作许多篇，想于这几日内读完它们。

午后因为天气太好，不知不觉，竟走了出去，又买了一本《新潮》新年号，内有葛西善藏的一篇小说名《醉狂者之独白》，实在做得很好。此外又买了许多英文小说：*Laura*，by Ethel Sidgwick；*Memoirs of A Midgen*，by Walter de la Mare；*Debts of Honour*，by Maurus Jökai，translated into English by Arthur B. Yoland；*O Pioneers*，by Willa S. Cather. 这几个作家的书，我从前都已经读过了。Ethel Sidgwick 的 *Promise*，Walter de la Mare 的 *Henry Brocken*，Maurus Jökai 的 *Eyes Like the Blue Sea*（？）和 Willa S. Cather's *One of Ours* 等，都是很好的小说。

其中尤其是 Maurus Jökai 的东西，使人很能够快乐地读下去。他虽是一个匈牙利的作家，然而小说里却颇带有 Cosmopolitic 的性质。鲁迅也读了他的许多小说，据鲁迅说，Jökai 是他所爱读的一个外国作家。他的东西，虽然不深刻，然而使人读了不至于讨厌，大抵 popular 的作家，做到这一步，已经是不凡了。张资平的小说，还不能赶上他远甚。并且他也是一位实行革命的人，和我国的空谈革命，而只知升官发财者不同。

接到了郭沫若的一封信，是因为《洪水》上的一篇《广州事情》责备我倾向太坏的，我怕他要为右派所笼络了，将来我们两人，或要分道而驰的。

晚上月亮很好，出版部的一个伙计回家去了，只剩了我一个人在家。想了许多将来的计划，不晓得能不能够实行。

王女士又有信来，我真不明了她的真相。她说的话，很是冠冕堂皇，然而一点儿内容也没有。我想结果，终究是因为我和她的年龄相差太远，这一次的恋爱，大约是不会成立的。

自阴历正月十五起，我想把我的放浪行为改变一下，锐意于创造社的革新。将来创造社出版部的发展计划，也不得不于这几个月内定一定。

好久不写信到广东、武昌、南昌去了，大约明后天当写它一天的信，去报告出版部的计划和将来发展的步骤。

半夜里又去喝酒，喝得半醉回来，想想我这一次和王女士的事情，真想放声高哭，我这一次又做了一个小丑，王女士的这样的吞吞吐吐，实在使人家一点儿也摸不着头脑，你说教人要不要气死呢！

唉，可怜我一生孤冷，大约到死的那日止，当不能够和一位女人亲近，我只怨我的运命，我以后想不再作人家的笑柄。

十三日，星期日，正月十二日。

门外头在下廉纤的雨，早晨十点前起来，坐在卖书的桌前，候昨晚去送行的两位办事者回来。

饭后读《改造》正月号的小说，到午后三点友人叶鼎洛和周静豪来访我，谈到傍晚。

晚上去邵家吃满月酒，雨仍是丝丝不止。同席者有徐志摩、刘海粟及邵氏夫妇等。笑谈吸烟，一直到了午前的三时。

雨下得很大，出到街上，已经见不到人影了。街灯的光，反映在马路上的水面里，冷静得很。本来和周静豪约好，上他家去睡的，可是因为夜太深了，所以不去，走上法界的花烟间去，吸了三个钟头的鸦片烟。

十四日，星期一，阴晴，正月十三日。

早晨从花烟间出来，雨还是不止，吸食鸦片烟太多，头脑昏痛得很。到家就倒在床上睡了，睡到午前十一点半。

午饭后又去周家，见了周太太，告以十五日在大东开房间。

回来的途上买了许多旧书。有一本 Max Geissler 的小说 *Das Heide-jahr*，却是很好的一本 *Heimatkunst* 的创作，德文学史家 *Bartel* 也很称赞 *Geissler*.

此外还有一本美国的 E. N. Westcott 著的 *David Harum*，此书久已闻名了，想读它一读。Westcott 是 Central New York 人，生于 1847 年九月廿四，以肺病卒于 1898 年的三月三十一。*David Harum* 却是在他死后出版的，而现在已经成了一部不朽的名著，代表纽约的商人气质的大作了。可怜作者竟没有见到他的著作的成功，比我还要悲惨些。

昨夜来的疲劳未复原，今夜在十点前就上床睡了。

十五日，星期二，正月十四，终日下雨。愁闷得很。

午前十点起床，又犯了头晕的病，一天心散神迷，什么事情也没有做。中饭后，冒雨出去走了一趟。在外国书铺子里，买了一本 Leonard Merrick 著的小说 *Cynthia*。按这一个作家，专描写艺术家的生活，颇有深沉悠徐之趣，其他尚有 The *Worldlings*（1900），*Conrad in Quest of his Youth*（1903），*The House of Lynch*（1907），*The Position of Peggy Harper*（1911）等。有暇当再去收集些来翻读。

晚上在家里看书，接到了周作人的来信，系赞我这一回的创作《过去》的，他说我的作风变了，《过去》是可与 *Dostoief fski*，*Garsin* 相比的杰作，描写女性，很有独到的地方，我真觉得汗颜，以后要努力一点，使他的赞词能够不至落空。

又接到了一封家信和王女士的信，前者使我感泣，她的诚心待我，实在反使我感到痛苦，啊，这 delicate, devotional mind！后者也比前不同了，稍稍露了一点诚意，说她已经受过好几次骗，所以现在意志坚强了。我也不明她的真意。不过她总要想试炼我，看我的诚意如何。马上又写了一封回信去给她，告诉她以我对她的衷情。

十六日，星期三，正月十五。阴晴。

昨晚上，睡不安稳，所以今天觉得头昏。早晨十点前起床，就有许多朋友来访我，和他们谈到中午。

午饭后因为与之音、周太太等有约，就上大东去开房间。午后二点钟到周家，和她们谈了一阵，到三点钟前一道去大东。

折回创造社出版部，又办了些琐事，傍晚六点前后复去大东，和她们吃饭，打牌饮酒，一直闹到天明。

今夜喝酒过多，身体不爽，真正的戒酒，自今日始。下次再若遇见之音，她必要感佩我戒烟戒酒的毅力了。

《穷冬日记》终于今日，时在一九二七年二月十七午前

新生日记

（1927 年 2 月 17 日—4 月 2 日）

一九二七年二月十七日，星期四，旧历正月十六，阴晴。

昨晚上一宵未睡，觉得舌尖粗痛难堪。午前八九点钟，洗了一个澡，是把旧习洗去的意思，断酒断烟，始自今日。

和之音等在快活林吃早饭，十一时前坐车到出版部，天色暗暗，凉风吹上衣襟，一种欢乐后的悲哀，弄得我颓唐不振。

午饭后，在出版部计划整理事宜，发见了许多阴事，难怪创造社出版部要亏本了。几个伙计，都自然而然的跑出去了，清冷的午后，剩得我一个人在书斋里闷坐。

办事人有将公款收入私囊的，被我发见了一件，懊恼之至。

晚上天下起雨来了。孤灯下独坐着，只在想北京的儿女，和杭州烽火中的映霞。今天午后，孙君以仓田百三的《出家及其弟子》译稿一册来售，谈到杭州入党军手事，所以想到了映霞。富阳此次两经兵乱，老母兄嫂（二兄嫂）等及田园老屋，不晓得弄得怎么样了。

因为人倦，所以于九点前就入睡，明天起我将变成一个完全的新人，烟酒断除，多做文章。

咳嗽总是不好，痰很多，大约此生总已无壮健的希望了，不过在临死之前，我还想尝一尝恋爱的滋味。

十八日，星期五，正月十七，雨。

夜来雨，还是未息。杭州确已入党军手，喜欢得了不得。午前在家里整理出版部的事务。午后开部务会议，决定以后整理出版部的计划。并且清查货存，及部内器具什物，登记入清册。

晚上清理账目，直到十点多钟。读 Willa S. Cather 的小说 *O Pioneers!* 尚剩六七十页。

开塞女士描写美国 Prairie 的移民生活，笔致很沉着，颇有俄国杜葛纳夫之风。瑞典移民之在加州的生活，读了她的小说，可以了如观烛。书中女主人公 Alexandra 的性格，及其他三数人的性格，也可以说是写到了，但觉得弱一点，没有俄国作家那么深刻。她的描写自然，已经是成功了，比之 Turgenieff 初期的作品，也无愧色，明天当将这篇小说读了之。

十九日，星期六，正月十八，雨仍未息。

早晨八点钟起床，阅报知道党军已进至临平，杭州安谧。映霞一家及我的母亲兄嫂，不晓得也受了惊恐没有，等沪杭车通，想去杭州一次，探听她们的消息。

午前在家里读小说，把 Cather 女士的 *O Pioneers!* 读毕。书系叙一家去美洲开垦的瑞典家族。初年间开垦不利，同去者大都星散，奔入支加哥、纽约等处去作工了。只有 Bergson 的一家不走，这家的长女 Alexandra，治家颇有法，老主人死后，全由她一人，把三人的兄弟弄得好好，家产亦完全由她一手置买得十分丰富。她幼时有一位朋友，因年岁不丰，逃上纽约去做刻匠，几年之后，重来她那里，感情复活，然受了她二位兄弟的阻挠，终于不能结婚。她所最爱的一个小弟弟，这时候还和她同住，虽能了解她的心，但也不很赞成她的垂老结婚。后来这小弟弟因为和一个邻近的已婚妇人有了恋爱，致被这妇人的男人所杀，Al‐exandra 正在悲痛的时候，她的恋人又自北方回来了，两人就结了婚。这是大概，然而描写的细腻处，却不能在此地重述。

上海的工人，自今天起全体罢工，要求英兵退出上海，并喊打倒军阀，收回租界，打倒帝国主义等口号，市上杀气腾天，中外的兵士，荷枪实弹，戒备森严。中国界内，兵士抢劫财物，任意杀人，弄得人心恐怖，寸步不能出屋外。

午后三四点钟，有人以汽车来接我，约我去看市上的肃杀景象。上法界周家去坐了两三个钟头。傍晚周夫人和之音方匆促回来，之音告我"周静豪为欠房租而被告了"。

晚上田寿昌家行结婚礼，我虽去了两趟，然心里终究不快活，只在替周静豪担忧。

入夜雨还是不止，在周家宿。

二十日，星期日，雨还是不止。（正月十九日也）

午前起来，回出版部看了一回，上了几笔账。心上一日不安，因为周静豪讼事未了，而外面的罢市罢工，尚在进行。西门东门，中国军人以搜查传单为名，杀人有五六十名。连无辜的小孩及妇人，都被这些禽兽杀了，人头人体，暴露在市上，路过之人，有嗟叹一声的，也立刻被杀。身上有白布一缕被搜出者，亦即被杀。男子之服西服及学生服者，也不知被杀死了多少。最可怜的，有两个女学生，在西门街上行走，一兵以一张传单塞在她的袋里，当场就把这两人缚起，脱下她们的衣服，用刀杀了。此外曹家渡，杨树浦，闸北，像这样的被杀者，还有三四十人。街上血腥充满于湿空气中，自太平天国以来，还没有见到过这样的恐怖。

傍晚又到周家去宿，周太太哭得面目消瘦，一直到夜深才睡着。

二十一日，星期一，雨仍在下（正月二十）

早晨一起，就和之音及周太太上地方厅去设法保周静豪。一直等到午后三四点钟，费尽了种种苦心，才把事情弄好。

晚上因为下雨，仍在周家宿。和之音谈了些天，可是两人都不敢多说话。

外面军人残杀良民，愈演愈烈，中国地界无头的死尸，到处皆是，白昼行人稀少，店铺都关了门。

二十二日，星期二，晴（正月廿一）

午前十点钟后起床，就回到出版部里来。

办了半天的公，到傍晚五点多钟，忽有一青年学生来报告，谓工人全体，将于今夜六点钟起事，教我早点避入租界，免受惊恐。我以"也有一点勇气，不再逃了，"回对他，被他苦劝不过，只好于六点钟前，跟跄逃往租界去躲避。晚上等了一晚，只听见几声炮声，什么事情也没有。仍在周家宿，有人来作闲谈，直谈到午前一点，去大世界高塔上望中国界，也看不出什么动静，只见租界上兵警很多而已。

二十三日，星期三（正月廿二），阴晴。

午前就有人上周家来访我，去中国界看形势，杀人仍处处在进行，昨晚上的事情，完全失败了。走到长生街（在北门内）徐宅，看之音和她的妹妹，之音已经往周家去了。

在周家吃午饭，和之音坐了一忽，又同蒋光赤出来，到街上打听消息，恐怖状态，仍如昨日，不过杀人的数目，减少了一点。但学生及市民之被捕者，总在百人以上，大约这些无辜的良民，总难免被他们杀戮，这些狗彘，不晓得究竟有没有人心肝的。

晚上在电灯下和之音及她的三妹妹闲谈，我心里终究觉得不快乐，因为外面的恐怖状态，不知道要继续到什么时候。

二十四日，星期四（正月廿三），雨。

午前去访华林，因为他住在周家附近的金神父路。一直谈到午后一点多钟，才回周家去。周太太硬要我为她去借三百块钱来，我真难以对付，因为这两月来，用钱实在用得太多了。

傍晚四五点钟，冒雨回到出版部来，左右的几家人家，都以不白的罪名被封了，并且将金银财物，抢劫一空，还捕去了好几个人。大家劝我避开，因为我们这出版部，迟早总要被封的。明天早晨，若不来封，我想上法界去弄一间房子，先把伙计们及账簿拿去放在那里。

《创造》月刊六期，已于昨日印出，然不能发卖，大约这虐杀的恐怖不去掉，我们的出版品，总不能卖出去的。

今天工人已有许多复工的，这一回的事情，又这样没有效果的收束了，我真为中国前途叹，早知要这样的收场，那又何苦去送二三百同胞的命哩！

窗外头雨还是不止，我坐在电灯下，心里尽在跳跃，因为住在中国界内，住在中国军阀的治下，我的命是在半天飞的。任何时候，这些禽兽似的兵，都可以闯进来杀我。

二十五日，星期五，雨大得很，并且很冷。

午前一早就起来，上城隍庙去喝了茶，今天上海的情形，似乎恢复原状了。十点前后冒雨去四川路，买了译本 Shella Kaye - Smith 的 *Green Apple Harvest*。听说这一本书，和 *Sussex Gorse*，是她的杰作，暇日当读它一读。又去内山书店，买了几本日本书。

午后上周家去，见到了之音，交给她二百块钱，托她转交给周太太。同时又接到了映霞的一封信，约我去尚贤坊相会，马上跑去，和她对坐到午后五点，一句话也说不出来。她约我于下星期一再去，并且给了我一个地址，教我以后和她通信。无论如何，我总承认她是接受了我的爱了，我以后总想竭力做成这一回的 perfect l-ve，不至辜负她，不至损害人。跑回家来，就马上写了一张字条，想于下星期一见她的时候，亲交给她。约她于下星期二（二月廿八日）午后二点半钟在霞飞路上相见。啊啊！人生本来是一场梦，而我这一次的事情，更是梦中之梦，这梦的结果，不晓得究竟是怎样，我怕我的运命，终要来咒诅我，嫉妒我，不能使我有圆满的结果。

二十六日，星期六，天放晴了。但冷得很，所谓春寒料峭，大约是指这一种气温而言。

午前在家里编《洪水》二十七期的稿子。打算做一篇《探听王以仁的消息》，许杰前来访我，并且赠我一本以仁的短篇小说集。

王以仁是我直系的传代者，他的文章很像我，他在他的短篇集序文（《孤雁集》序）里也曾说及。我对他也很抱有希望，可是去年夏天，因为失业失恋的结果，行踪竟不明了。

午后又上周家去，见了之音等，心绪不宁，就又跑上尚贤坊去，见了孙夫人，她把映霞的心迹，完全对我说出。我也觉得很为难，但是无论如何，这一回的事情，总要使它成功。和她们打牌喝酒，说闲话，一直说到天明，午前三点钟，才在那一张王女士曾经睡过的床上睡着。

二十七日，星期日，晴爽（正月廿六日）。

想来想去，终觉得我这一回的爱情是不纯洁的。被映霞一逼，我的抛离妻子，抛离社会的心思，倒动摇起来了，早晨一早，就醒了不能再睡，八点多钟，回到出版部里。几日来的事情，都还积压着没有办理。今天一天，总想把许多回信覆出，账目记清，

《洪水》二十七期编好，明天好痛痛快快地和映霞畅谈一天。

午后将《洪水》二十七期的稿子送出，我做了一篇《打听诗人的消息》，是怀王以仁的。稿子编好后，心里苦闷得很，不得已就跑出去，到大马路去跑了一趟。又到天发池去洗了一个澡，觉得身体清爽得许多。

晚上又写了一张信，预备明天去交给映霞的。晚饭多吃了一点，胸胃里非常感着压迫，大约是病了，是恋爱的病。

读日本作家谷崎精二著的《恋火》，系叙述一个中年有妻子的男子名木暮者，和一位名荣子的女人恋爱，终于两边都舍不得，他夹在中间受苦，情况和我现在的地位一样。

我时时刻刻忘不了映霞，也时时刻刻忘不了北京的儿女。一想起荃君的那种孤独怀远的悲哀，我就要流眼泪，但映霞的丰肥的体质和澄美的瞳神，又一步也不离的在追迫我。向晚的时候，坐电车回来，过天后宫桥的一刹那，我竟忍不住哭起来了。啊啊，这可咒诅的命运，这不可解的人生，我只愿意早一天死。

二十八日，星期一，阴晴（正月廿七）。

早晨在床上躺着，还在想前天和映霞会见的余味。我真中了她的毒箭了，离开了她，我的精神一刻也不安闲。她要我振作，要我有为，然而我的苦楚，她一点儿也不了解。我只想早一天和她结合。

午前在家里，办了一点小事，就匆匆的走了，走上孙氏夫妇处，因为她约定教我今天上那里去会她。等得不耐烦起来，就上霞飞路俄国人开的书店去买了十块钱左右的书。中间有德国小说家 Bernhard Kellermann's *Der Tunnel* 一册，此外多是俄国安特列夫著的德译剧本。

好容易，等到十二点钟过后，她来了，就和她上江南大旅社去密谈了半天，我的将来的计划，对她的态度等，都和她说了。

自午后二点多钟谈起，一直谈到五点钟左右。

室内温暖得很，窗外面浮云四蔽，时有淡淡的阳光，射进窗来。我和她靠坐在安乐椅上，静静的说话，我以我的全人格保障她，我想为她寻一个学校，我更想她和我一道上欧洲去。

五点钟后，和她上四马路酒馆去喝酒，同时也请孙氏夫妇来作陪。饭后上大马路快活林去吃西餐茶点，八点前后又逼她上旅馆去了一趟，我很想和她亲一个嘴，但终于不敢，九点钟后，送她上孙家去睡，临别的时候，在门口，只亲亲热热的握了一握手。她的拿出手来的态度，实在是 gehorsam，我和她别后，一个人在路上很觉得后悔，悔我在旅馆的时候，不大胆一点，否则我和她的 first kiss 已经可以封上她的嘴了。

在电灯照着的，空空的霞飞路上走了一回，胸中感到了无限的舒畅。这胜利者的快感，成功的时候的愉悦，总算是我生平第一次的经验。在马路上也看见了些粉绿的卖妇，但我对她们的好奇心，探险心，完全没有了，啊，映霞！你真是我的 Beatrice。我的丑恶耽溺的心思，完全被你净化了。

在街路上走了半点多钟，我觉得这一个幸福之感，一个人负不住了，觉得这一个重负，这样的负不了了，很想找几个人说说话。不知不觉，就走上了周家的楼上，那儿的空气，又完全不同，有小孩子绕膝的嬉弄，有妇女们阅世的闲谈，之音，慕慈，更有一位很平和的丈夫，能很满足的享受家庭的幸福的丈夫周静豪。和她们谈谈笑笑，一直谈到十二点钟，才回返江南大旅社去。

一个人坐在日间映霞坐过的安乐椅上，终觉得不能睡觉，不得已就去洗了一个澡。夜已经深了，水也不十分热，猫猫虎虎洗完澡后，又在电灯下，看了半个钟头的书。上床之后，翻来覆去。一睡也不能睡，到天将亮的时候，才合了一合眼。

三月一日，星期二，阴晴。（正月廿八日）

午前八点多钟就起了床，梳洗之后，赶上尚贤坊孙氏寓居，又去看映霞，她刚从床上起来，穿了一身短薄的棉袄，头发还是蓬松未掠。我又发见了她的一种新的美点。谈了几句天，才晓得昨天晚上回来，孙氏的夫人，因月经期中过劳，病了，大家觉得不快。我今天还想约映霞出来再玩一天的，但她却碍于友谊，不得不在孙夫人的床前看她的病。坐到十点钟前，我知道她一定不能脱身，她也对我丢了个眼色，所以只好一个人无情无绪地离开了孙氏的寓居。

上周家去坐了一会，之音为我烧煮馄饨，吃了两碗。匆匆回出版部来，看了许多来信。中间有我女人的一封盼望我回京很切的家书，我读了真想哭了。

午后更是坐立不安，只想再和映霞出来同玩，在四马路办了一点社内的公务，就又坐电车上尚贤坊去。孙夫人的病已经好了许多，映霞仍复在床前看病。有一位在天津的银行员，却坐在映霞的对面，和她在谈笑，我心里一霎时就感着了不快，大约是嫉妒罢？我也莫名其妙，不知这感情是从何处来的。

痴坐了一两个钟头，看看映霞终究没有出来和我同玩的希望了，就决意出来，走到马路上来，昨晚这样感到满足的心，今天不知怎么的，忽而变了过来，一种失望，愤怨悲痛的心思，突如其来的把我的身体压住，压得我气都吐不出来。又在霞飞路上跑了一圈，暗暗的天色，就向晚了，更上那家俄国书铺去走了一遭，买了两本哥尔基的剧本，心绪灰颓，一点儿感不出做人的兴致来。走出那家书铺，大街上的店里，已经上电灯了。很想上金神父路去找华林谈话，但又怕中国界要戒严，不能回出版部去，所以只好坐了公共汽车，回返闸北。

吃了夜饭，在灯前吸烟坐着，心事更如潮涌。想再出去，再去看看映霞，但又怕为她所笑，不得已，只好定下心来，写了一封很长的信，约她于礼拜五那天（三月四日）午后，在大马路先施公司电车停留处候我，我好再和她谈半天的话。我和她这一次恋爱的成功与否，就可以在这一天的晚上决定了。若要失败我希望失败得早点，免得这样的不安，这样的天天做梦。啊啊，the agony of love，我今天才知道你的厉害。

三月二日，星期三，阴晴（正月廿九）

昨晚上因为想映霞的事情，终于一宵不睡，早晨起来，一早就去梅白克路坤范女中看她，因为她寄住在坤范的她的一位女同学那里。寻了半天，才寻着了那个比小学还小的女中学，由门房传达进去，去请她的女友陈锡贤女士出来，她告诉我"映霞上她姊姊那里去了"，可怜我急得同失了母的小孩一样，想哭又哭不出来。不得已只好坐了电车回家，吃过午饭，便又同游魂病者似的跑出外面去。

先上霞飞路的书店里去了一趟，买了两本德译俄国小说，然后上周家去。周氏夫妇及小孩都不在，只有之音，坐在那里默想。我和她谈了许多天，她哭了，诉说她的苦闷。安慰了她一阵，末了我自己也哭了半天。

天上只有灰色的浮云可以看得见，雨也不下，日光也不射出来。到了向晚的时候，我和之音，两人坐了车上她娘家去。到了她的家里，上她房里去坐了一会，匆匆地又辞了她跑上南国社去看周氏夫妇。她们正在那里赌钱，我也去输了十二块大洋。

晚上七至九的中间，跑上法科大学去授德文，我的功课排在晚上，系礼拜二三四的三天。今天因为是第一天上课，学生不多，所以只与一位学生谈了些关于讲授德文的空话，就走了出来。

法科大学的学生，欢迎我得很，并且要我去教统计学，我已经辞了，万一再来缠纠，只好勉强担任下去，不过自家的损失大一点罢了，勉强要教也是可以教的。

晚上在周家宿，又是一宵未曾合眼。近来的失眠症又加剧了，于身体大有妨碍，以后当注意一点。

三月三日，星期四（正月三十日），阴晴。

早晨十点钟起床，和两位朋友上城隍庙去喝茶吃点心，到午后一点多钟才回家来。办了许多出版部的事情，并且上邮政局中国银行及德茂钱庄去了一趟。又坐电车到卡德路，去洋书铺买了一本 Compton Mackenzie's *Carnival*。这一本书是他的初期的作品，和 *Sinister Street* 是相并的知名之作，空下来当读它一读。

晚上查出版部的账，开批发单子，今天的一天，总算这样的混过去了，也没有十分想映霞的余裕。我只希望她明天能够如约的来会我，啊，我一想到明天的密会，心里就会发起抖来。

今天天气很暖，的确是有点春意了。明天要不下雨才好。我打算于明天早晨出去，就去各大旅馆去找定一间房间，万一新新公司没有好房间，就预备再到江南大旅社去。

旧历的正月，今天尽了，明天是二月初一，映霞若能允我所请，照我的计划做去，我想我的生活，从明天起，又要起一个重大的变化。真正的 La Vita Nuova，恐怕要自明天开始呢！

我打算从明天起，于两个月内，把但丁的《新生》译出来，好做我和映霞结合的纪念，也好做我的生涯的转机的路标。明天的日记，第一句应该是 Incipit Vita Nuova！

三月四日，星期五，晴，但太阳不大。阴历二月初一。

今天是阴历的二月初一，我打算从今天起，再来努一番力，下一番工夫，使我这一次和映霞的事情能够圆满的解决，早一天解决，我就好多做一点事业。

早晨在家里办了许多事情，午饭后就出去到先施面前去候她。

从一点半候起，候了她二个半钟头，终于不见她来，我气愤极了。在先施的东亚酒馆里开了一个房间，我就跑上坤范去找她，而她又不在。这一个午后，晚上，真把我气极了，我就在旅馆里写了一封和她绝交的信，但心里还是放不下，所以晚上又在大马路跑来跑去跑了半天。

我想，女人的心思，何以会这样的狠，这样的毒，我想以后不再和女人交际了，我想我的北京的女人，或者也是这样不诚实的，我不得已就只好跑上酒店去喝酒。

酒喝了许多，但终喝不醉，就跑上旧书铺去买书，买了一本 John Trevena's *Heather* 来读。这一本是他做的三部曲之一，第一部名 *Furze the Cruel*，这是第二部，第三部名 *Granite*。第一部表现 cruelty，第二部表现 endurance，第三部表现 the spirit of strength，其他的两部，可惜我没有买到。听说 Trevena 只有这三部小说，可以说是成功的，其余的都不行。这三部小说是描写 Dartmoor 的情景的，大约是 local colour 很浓厚的小说。

读了几页这屈来文那的 *Heather*，也感不出兴味来，自怨自艾，到午前的两点，才入睡。

入睡前，曾使人送一封信去，硬要映霞来，她的回信说，明天早晨九点钟来，教我勿外出，候她。

三月五日（旧历二月初二），星期六，晴爽。

午前八点钟就起了床，心神不宁，专候她来。等到九点多钟，她果然来了，我的喜悦，当然是异乎寻常，昨天晚上的决心，和她绝交的决心，不知消失到哪里去了。

问她昨天何以不来，她只说"昨天午后，我曾和同居的陈锡贤女士，上创造社去找你的"。我听了她的话，觉得她的确也在想见我，所以就把往事丢掉，一直的和她谈将来的计划。

从早晨九点谈起，谈到晚上，将晚的时候，和她去屋顶乐园散了一回步。天上浮云四布，凉风习习，吹上她的衣襟，我怀抱着她，看了半天上海的夜景，并且有许多高大的建筑物指给她看，她也是十分满足，我更觉得愉快，大约我们两人的命运，就在今天决定了。她已誓说爱我，之死靡他，我也把我爱她的全意，向她表白了。吃过晚饭，我送她回去。十点前后，回到旅馆中来，洗澡入睡，睡得很舒服，是我两三年来，觉得最满足的一夜。

三月六日，星期日（二月初三），阴，后雨。

午前十点钟起床，就回创造社出版部来。天忽而变得灰暗，似乎要下雨的样子。

办了半天多的公事，写了一封给映霞的信，信上并且附了两首旧诗，系记昨天的事的：

> 朝来风色暗高楼，偕隐名山誓白头。
>
> 好事只愁天妒我，为君先买五湖舟。
>
> 笼鹅家世旧门庭，鸦凤追随自惭形。
>
> 欲撰西泠才女传，苦无椽笔写兰亭。

因为我昨天约她上欧洲去行婚礼，所以第一首说到五湖泛舟的事情。她本姓金，寄养在外祖家，所以姓王，老母还在，父亲已经没有了。她的祖父王二南先生，是杭州的名士。

晚上到刘海粟家去吃晚饭，因为他请我过好几次了，所以不得不去，席间见了徐志摩及其他二三个女人，美得很，饭后玩牌九，我输了二十多块，心里很忧郁，就因为我不能守王女士的诚诰。

到周家去宿，又输五六块钱。

三月七日，星期一（二月初四），天大雨。

早晨冒雨回出版部来，办了许多公事，写了许多催款的回信，午后又接到了一封映霞的来信，心里实在想和她见面，到了午后，捱压不住了，就跑上坤范去看她。又约她一道出来，上世界旅馆去住了半天，窗外雨很大，窗内兴很浓，我和她抱着谈心，亲了许多的嘴，今天是她应允我 Kiss 的第一日。

到了晚上八点钟，她要回去，我送她上车。她一定不要我送她回去，不得已只好上雨中的马路上去跑了一趟。

她激励我，要我做一番事业。她劝我把逃往外国去的心思丢了。她更劝我去革命，我真感激她到了万分。答应她一定照她所嘱咐我的样子做去，和她亲了几个很长很长的嘴。今天的一天，总算把我们两人的灵魂溶化在一处了。

晚上独坐无聊，又去约了蒋光赤来谈到天明。

三月八日，星期二（二月初五），大雨未歇。

早晨十点前起床，到江西路德国书铺去买了两本小说，一本是 Bernard Kellermann 的恋爱小说 *Ingeborg*，一本是 Thomas Mann 的 *Herr und Hund*。这两本小说，都可以翻译，我打算于今年之内，翻它们出来。

从今天起，我要戒酒戒烟，努力于我的工作了。午后又写了一封信给映霞，告诉她以我的决心，我的工作，并且约她于礼拜日同去吴淞看海。

晚上冒雨出去，上法科大学去授课，学生要我讲时事问题及德国文学史，我答应了。

八点多钟回闸北创造社出版部，雨犹未歇。接仿吾来信，说沫若亦有信去给他，骂我做的《洪水》二十五期上的那篇《广州事情》。沫若为地位关系，所以不得不附和蒋介石等，我很晓得他的苦处。我看了此信，并仿吾所作一篇短文名《读广州事情》，心里很不快活。我觉得这时候，是应该代民众说话的时候，不是附和军阀官僚，或新军阀新官僚争权夺势的时候。

晚十二点钟就寝。

三月九日，星期三，天气晴快。(二月初六)

午前因为接到了一封映霞的信，很想去看她，并且天气也很好，但创造社出版部事务很多，所以暂时忍耐着，只上中国银行及邮政局去了一趟。午饭后，怎么也忍不住了，就跑上坤范去找她，约她出来，东跑西走，跑了半天，并且和她上美术专门学校去看了一转，决要她进美专。晚上和她在一家日本菜馆吃夜饭。回家后，又为她写了一封介绍信。我和她的关系，大约是愈进愈复杂了，以后只须再进一步，便什么事情多可解决。今天和她谈我将来的计划，她也很能了解，啊啊，可咒诅的我的家庭。临别的时候，又和她亲了一个长嘴，并且送她到坤范女中的门口。

十日，星期四，晴和，大有春天的意思。(旧历二月初七)

早晨十点前起来，心里只是跳跃不定，觉得映霞定要来看我。上中国银行及邮局去了一趟，马上走回家来，并且买了一本 *Moral Pathology*，系千八百九十五年出的书，著者为 Arthur E. Giles。内容虽则很简单，但是难为他在那一个时候，能够见得到这些精神的现象。读了一遍，很有所得。

午后阳光晒得很和暖，四肢疏懒，不愿意做事情。跑上上海银行去存了些款，就走到尚贤坊去看孙氏夫人。因为她不在，正想走出外去，却冲见了映霞，听她说，她已经上出版部去找过了我。真是喜出望外，就和她一路的上郊外去走。

阳光则虽和暖，但天上浮云很多，坐公共汽车到了徐家汇，走上南洋大学去转了一个圈，上小咖啡馆喝了半个多钟头的茶，天上却刮起风来了。从法界一直走到大西路口，到静安寺叫了汽车，上坤范去约陈女士出来吃晚饭。又去约蒋光赤，周勤豪夫妇，光赤不来，周氏却来了。饭后想去开房间，但先施的东亚，永安的大东，和新新，都已客满了，就只好上周家去坐到更深。

映霞和陈女士要回去，我送她们到梅白克路学校的门前。天上寒云飞满，星月都看不见，似乎要下雪了。从梅白克路回来，又在周家宿了一晚。

映霞告诉我，她不愿意进美专了，因为她也定不下心来。

今天的一天，总算过得很有意义，也是我和映霞的恋爱史上最美满的一页。但因为太满足了，我倒反而忧虑将来，怕没有好结果，啊啊，我这不幸的人，连安乐的一天幸福，也不敢和平地享受，你说天下世上还有比我更可怜的动物吗？

十一，星期五，晴，后雨，二月初八。

午前九点钟起床，回到出版部来，路上经过江西路，到德国书店去买了一本 Hamsun's *Erzählungen*，里边有 *Victoria* 一篇，打算丁空的时候，翻它出来，回到闸北，出版部里，已经有徐葆炎等在等我。

十点前后，孙夫人和映霞来。

中午请她们在新有天吃饭。饭后又和她们回创造社，天下起雨来了。映霞在我的寝室里翻看了我这日记，大发脾气，写了一封信痛责我，我真苦极了。

二点多钟送她们出门去后，只好写了一封长信，哀求她不要生气，写完后，帽子也不戴，冒雨去寄。

夜饭后，又觉得心里难过，拿起笔来，再写了一封信给她，信写好后，心里更是难受，就冒大雨出去，寻到坤范女学去，想和她对面说明白来。身上淋得同水鬼一样，好容易到了坤范，她又不在，我真懊恼之极，便又上尚贤坊去找她。当然是找她不着的，心里愈感到痛苦，周围的事情也愈糟。

天上在下大雨，时间已经晚了，一怕闸北戒严，不能回去，二怕旅馆人满，无处安身，周家我怎么也不愿再去，一个人在风雨交迫的大路上走着，我真想痛哭起来，若恋爱的滋味，是这样痛苦的，那我只愿意死，不愿再和她往来。

啊啊，天何妒我，天何弄我到这一个地步！

我恨极了，我真恨极了。

回来之后，又写了一封信给她，万一她再这样的苦我，我也只有一死，我决不愿意受这一种苦了。

十二，星期六，天还是不断的在下雨。

午前心里不安，便冒雨跑上街去。想去坤范女学，又怕受映霞的责备，只好往各处书店去看书，糊里糊涂，竟买了一大堆无用的英德各作家的杂著。回到出版部来，又接了映霞的一封骂我的信。

中饭后，又是坐立难安，跑上坤范的门口，徘徊了好久，终于没有勇气进去。啊，映霞，我真被你弄得半死了。你若晓得我今天的心境，你就该来安慰安慰我，你何以竟不来我这里和我相见？你不来倒也罢了，何以又要说那些断头话，使我的心如刀割呢？

晚上写了一封信，冒雨去投邮，路上想想，平信终是太慢，走到邮局，想寄快信，已经是来不及了。就硬了头皮，跑上坤范去找她。总算是万幸，她出来见了我，说了两三句话，约她明天到创造社来，我就同遇赦的死刑囚一样，很轻快地跑回了家。这时候，天上的急风骤雨，我都不管，我只希望天早一点亮，天亮后，好见她的面，向她解释她对我的误会。

回出版部后，又编了一期二十七期的《洪水》。我自家做不出文章来，只译了一首德国婆塞的诗，《春天的离别》。

晚上一晚睡不着，看了一篇日人宇野浩二的小说。

十三，星期日，阴晴，（二月初十）。

午前八点钟就起了床，看看天色灰暗，只怕映霞不来。九点后，正在做一篇《创造社出版部的第一周年纪念》，她和陈女士却来了。

和她们谈了半日天，请她们在一家小馆子里吃了中饭，陈女士先走，我和映霞上周家去。又遇着了周家的索债者及勤豪的艺大的风潮消息，两人终不能够好好的谈天，她执意要回去，我勉强的拉她上了汽车，和她上六三花园去走了一转，回来又在北四川路的一家咖啡馆楼上坐了一个钟头，谈了许多衷曲，她总算是被我说服了。

傍晚五点多钟，送她上了学校，又到周家去转了一转，晚上回出版部来，晚饭已经吃过，商务印书馆的一位工人来看我，硬要拉我去吃饭，不得已就和他同去，上他家去吃了一餐晚饭。

在吃晚饭之前，偶尔翻阅商务印书馆的翻译小说书目，见有一本英国 Arthur Morrison's *Tales of Mean Streets*，也已被林纾翻出，我很觉得奇怪，因为他不懂文学，更不懂什么是新的艺术，所以翻的，尽是些二三流以下的毫无艺术价值的小说。而这一本小说竟也会被翻译，我真不懂他所以翻此书的原因，或者是他的错误，或者是书目的错误。我终不敢相信这是真的，狗嘴里吐人言，世界上哪有这一回事情。明朝过商务印书馆的时候，倒想去问个明白。

晚上回来，精神很好，做完了那篇早晨未做毕的文章，又写了四封信，一给映霞，一给北京我的女人，一给广州成仿吾，一给富阳家中的二哥。

今天又买了一本德文小说，系乡土艺术运动时代的作品，女作家 B. Schulze - Smidt 作的 *Weltkind*。

十二点后才上床，从明天起，我一定要努力于自己的工作了。第一先要把《创造》月刊第七期编起，然后再做长篇的东西。

十四，星期一，又下雨，风亦大，寒冷，（二月十一日）。

午前起床，已经是十点前了。因为天色黑暗，所以辨不出时间来。跑上邮局去寄信，并且顺便取了些外来的款项。映霞有信来，又写了一封覆信给她。

中饭在城隍庙吃，买了些书。一本是 John Mansfied's *Complete Poems*，一本是丹麦作家 Laurids Brunn 的 *Van Zunt – en's Happy Days*，此外还有几本德国小说。

午后在家看书，又接了映霞的一封信，作覆书。蒋光赤来看我，和他谈了些文学上的天。

晚上读勃龙氏小说，《万张登的快乐时代》。又因上海艺大的事情，逆寒风去周家一次。周勤豪要我去替他收拾那个大学。但我也有点不愿意，后来被他们苦劝不过，终于答应了。明天午前十一时，当代周去学校一次。入睡前，又写了一封给映霞的信。

十五，星期二，晴了，但寒冷如冬天，绝无春意，（二月十二）。

早晨上银行去拿钱，北新来的期票，也拿到了。顺便上商务去买了一本沈子培的《曼陀罗寱词》。

十一点钟到上海艺术大学，去为他们设法维持学校。学生全体，想拥戴我做他们的校长，我因为事情不好办，没有经济上的后援，绝对辞去。在那里吃过午饭，学生觋我到午后三点，才回家来。午后因为怕映霞要来，所以没有出去，等到六点多钟，她终于不来，只接到她一封很沉痛的来信，她对我的爱，是不会摇动的了，以后只教我自家能够振作，能够慰她的期望，事情就可以成功。

晚上上法科大学去上课，教了他们一首德文诗，以后想去讲点德国的文学史给他们听听。

回到出版部里，已将十点，写了一封信给映霞，约她于明天到创造社来，并约她若事实可能，明天再和她上静处去谈半天天。

晚上早睡，读美国短篇小说集丁 The Great Modern Short Stories。

十六，星期三，晴，（二月十三），寒冷。

早晨十点前就起了床，等映霞不来，读德国 B. Schulze - Smidt 小说 Weltkind。等到中午，实在不能耐了，就跑上酒馆去，在十字路口，等她们来，终于不来。

午后有许多人来会我，并且徐葆炎来借钱，一起借了他二十块，教他弄一本书来出。

更有艺术大学学生来，逼我任校长。

午后两点多钟，她和陈锡贤女士来了。我请陈女士来创造社办事，且请映霞也搬来住。和她们谈了一个多钟头，就和她们出去，到先施去开了一个房间。七点多钟上法科大学去上课，八点回先施大东，约蒋光赤来，为他介绍了陈锡贤女士，一同吃过晚饭，她们先回去，和光赤谈到午前两点钟方入睡。

十七日，星期四，（二月十四），晴爽。

午前十时起床，洗澡后即离开先施，上中美图书馆去了一趟。想买 Morley Roberts 的小说，没有。

回到出版部里，已将十二点了。午后看德国小说《世界儿》，三至四点的中间上艺术大学去了一趟。路过北四川路旧书铺，想买 Henry James 的小说，因为价钱不对，没有买成。今天写了两封信给映霞。

晚上去法科大学教书，十时上床就寝。

十八日，星期五，先晴，后雨。

今天早晨，接到映霞两封来信，约我在家等她，所以不出去。吃中饭后，她果然来了。

和她出去，先上六三花园去走了一趟，更上一家咖啡馆去吃了些咖啡面食。坐谈至二个多钟头，不知不觉，窗外竟下起雨来了。

坐汽车到卡德路夏令配克影戏院，看一张美国新出的电影，名 *Third Degree*。七点钟影戏散了，和她上大世界前的六合居去吃饭。饭间谈到将来的事情，各觉得伤心之至。

冒雨送她上坤范去，在弄口街灯下别去，临别的时候，她特地回过头来，叮嘱我早睡，我真哭了。坐在车上，一路的直哭到家中。到家和新自东京来的许幸之谈到夜半，又写了一封信给映霞，上床在二点钟的时候，我觉得今晚上又要失眠，因为和映霞的事情，太难解决。

十九日，星期六，夜来雨还未晴，（二月十六日）。

早晨起来，就想到了昨晚和映霞讲的话，我问她"我们哪能够就像这样的过去呢？三年等得到么？"啊啊，我真想死。洗脸毕，闷坐在家内，想出去又无处可去。

十一时左右，接到周勤豪的来信，约我去商量善后，就上四马路振华去了一趟。

在酒馆里午膳后，即回到创造社来，因为怕映霞来寻我。等到午后五点钟，她不曾来，就又出去上虬江路的旧书铺去了一趟，看了许多旧书，但一本也不想买，因为这几日来，又为映霞的事情搅乱了我的心意，书也不想看了。

晚上雨霁，月亮很大，写了一封信给映霞，出去寄信，信脚又跑上了坤范，她们的门已经掩上了。在门外徘徊了半日，又只好孤孤冷冷的走回家来，读了一篇无聊的日本人的小说。

二十日，星期日，晴爽，（二月十七日）。

午前在家里候映霞来。并且因出版部同人中有意见冲突的两人，竭力为他们排解。午后，他们大家都出去了，只剩我一个人在家里看守残垒。屋外的阳光很和暖，从窗外看看悠淡的春空，每想跑出去闲步，但我的预觉，却阻止我出外，因为我的第六官在告诉我说：映霞今天一定会来的。

等到三点多钟，她果然来了，真是喜欢得了不得。和她亲了几次亲密的长嘴，硬求她和我出去。

在阳光淡淡晒着的街上，我们俩坐车上永安的大东旅馆去，我定了一个房间住下。

五点前后，她入浴室去洗澡，我自家上外面去剃了一个头，买了些酒食茶点回来。和她一边喝酒，一边谈我们以后进行的方法步骤，悲哀和狂喜，失望与野心，在几个钟头的中间，心境从极端到极端，不知变灭了多少次。

七点钟前，上外边去吃饭，吃了些四川的蔬菜，饭后又和她上振华旅馆去看了周太太。回来经过路上的鞋子铺，就为她买了一双我所喜欢的黑缎的鞋子。

十点钟后，和她在沙发上躺着，两人又谈了些我们今后的运命和努力，哭泣欢笑，仍复是连续不断的变迁消长。一直到眼泪哭尽，人也疲倦了的天明，两人才抱着了睡了三五十分钟。

和她谈了一夜，睡了一夜，亲了无次数的嘴，但两人终没有突破最后的防线，不至于乱。

二十一日，星期一，天晴快，（二月十八）。

早晨十时前就起了床，因为一夜的不睡，精神觉得很衰损，她也眼圈儿上加黑了。

　　我入浴，她梳头，到十一点左右，就和她出去。在街上见了可爱的春光，两人又不忍匆匆的别去，我就要她一道上郊外去玩，一直的坐公共汽车到了曹家渡。

　　又换坐洋车，上梵王渡圣约翰大学校内去走了一阵，坐无轨电车回到卡德路的时间，才得到了党军已于昨晚到龙华的消息，自正午十二点钟起，上海的七十万工人，下总同盟罢工的命令，我们在街上目睹了这第二次工人的总罢工，秩序井然，一种严肃悲壮的气氛，感染了我们两人，觉得我们两人间的恋爱，又加强固了。

　　打听得闸北戒严，华洋交界处，已断绝交通，映霞硬不许我回到闸北来冒这混战的险，所以只能和她上北京大戏院去看电影，因为这时候租界上人心不靖，外国的帝国主义者，处处在架设机关枪大炮，预备残杀我们这些无辜的市民，在屋外立着是很危险的。

　　五点钟后从北京大戏院出来，和她分手，送她上了车，我就从混乱的街路上，跑上四马路去找了一家小旅馆住下。这时候中国界内逃难的人，已经在租界上的各旅馆内住满，找一个容身之地都不容易了。住了片刻，又听到了许多不稳的风声，就跑出去上北河南路口来探听闸北出版部的消息，只见得小菜场一带，游民聚集得像蜂蚁一样，中国界是不能通过去了。谣言四起，街上的游民，三五成群，这中间外国人的兵车军队，四处在驰驱威吓，一群一群的游民，只在东西奔窜。在人丛中呆立了许久，也得不到的确的消息，只好于夜阴密布着的黄昏街上，走回家来。这时两旁商店都已关上了门，电灯也好像不亮了，街上汽车电车都没有，只看见些武装的英国兵，在四处巡走。

　　回到了旅馆里，匆匆吃了一点晚饭，就上床睡了。

二十二日，星期二，（二月十九），天气阴晴。

早晨一早醒来，就跑上北河南路去打听消息，街上的人群和混乱的状态，比昨天更甚了。一边又听见枪炮声，从闸北中国地界传来，一边只听见些小孩女子在哀哭号叫，诉说昨晚鲁军在闸北放火，工人抢巡警局枪械后更和鲁军力斗的情形。北面向空中望去，只见火光烟烽，在烈风里盘旋，听说这火自昨晚十点钟前烧起，已经烧了十二个钟头了。我一时着急，想打进中国界去看出版部的究已被焚与否，但几次都被外国的帝国主义者打退了回来。呆站着着急，也没有什么意思，所以就跑上梅白克路坤范女中去找映霞，告诉她以闸北的火烧和打仗的景状。和她在一家小饭馆里吃了午饭，又和她及陈女士，上北河南路口去看了一回，只有断念和放弃，已经决定预备清理创造社出版部被焚后的事情了。和映霞回到旅馆，一直谈到晚上，决定了今后的计划，两人各叹自己的运命乖薄，洒了几滴眼泪。

吃过晚饭后，就送她上梅白克路去。我在回家的路上，真想自杀，但一想到她激励我的话，就把这消极的念头打消了。决定今后更要积极的干去，努力的赶往前去。

半夜里得到了一个消息，说三德里并未被烧并且党军已到闸北，一切乱事，也已经结束了，我才放了一放心，入睡了。

二十三日，星期三，天上尽浮满了灰色的云层，仿佛要下雨的样子。

午前一早就起来，到闸北去。爬过了几道铁网，从北火车站绕道到了三德里的出版部内，才知道昨晚的消息不错。但一路上的尸骸枕藉，有些房屋还在火中，枪弹的痕迹，党军的队伍和居民的号叫哭泣声，杂混在一块，真是一幅修罗地狱的写生。

在出版部里看了一看情形，知道毫无损失。就又冒险跑上租界上去找映霞，去报告她一切情形，好教她放心。和她及陈女士，又在那一家新闸路的小饭馆内吃完了午饭，走出外面，天忽而下起雨来了。送她们回去，我一个人坐了人力车折回闸北来。到北河南路口，及北四川路口去走向中国界内，然而都被武装的英帝国主义者阻住了。和许多妇女小孩们，在雨里立了一个多钟头，终究是不能走向出版部来了，又只好冒雨回四马路去，找了一家无名的小旅馆内暂住。

在无聊和焦躁的中间，住了一晚，身体也觉得疲倦得很，从十二点钟睡起，一直睡到了第二天的早晨。

二十四日，星期四，雨很大，二月廿一。

早晨十点钟从旅馆出来，幸而走进了中国界内，在出版部里吃午饭。烧断的电灯也来了，自来水也有了，一场暴风雨总算已经过去，此后只须看我的新生活的实现，从哪一方面做起。

阅报，晓得沫若不久要到上海来，想等他来的时候，切实的商议一个整顿出版部，和扩张创造社的计划。

午后，又冒了险，跑上租界上去。天上的雨线，很细很密，老天真好像在和无产阶级者作对头，偏是最紧要的这几日中间，接连下了几天大雨。

一路上的英国帝国主义者的威胁，和炮车的连续，不知见了多少，更可怜的，就是在闸北西部的好些牺牲者，还是暴露在雨天之下，不曾埋葬。过路的时候，一种像 chloroform 气味似的血腥，满充在湿透的空气里头，使行人闻了，正不知是哭好呢还是绝叫的好。

先打算上印刷所去看出版部新出的周报《新消息》的，后来因为路走不通——都被帝国主义者截断了——只好绕过新闸桥，上映霞那里去，因为她寄寓的坤范女中，就在新闸桥的南岸。

上坤范去一打听，知道陈女士和她已经出去了，所以只好上蒋光赤那里去问讯。上楼去一望，陈女士和映霞，都坐在那里说话，当然是欢喜之至。和她们谈到五点钟，就约她们一块儿的上六合居去吃晚饭，因为雨下得很大，又因为晚上恐怕回闸北不便，所以饭后仍复和她们一道，回到蒋光赤的寓里，又在电灯下谈了二三个钟头的闲天。

送她们上车回去之后，更和光赤谈了些关于文学的话，就于十二点钟之后，在那里睡了。系和光赤共铺，所以睡得不十分安稳。

二十五日，星期五，（二月廿二），晴。

早晨六点钟就起了床，天终于放晴了。上印刷所去看了《新消息》周刊，又回到创造社来办了许多琐碎的小事，将本月份的账目约略付了一付，午前十一点前后，仍复绕道回到租界上来。在路上遇见了华林，就约他同道去访映霞，在蒋光赤那里寻见了她，就同华林及她，一块儿上北四川路的味雅酒楼去吃午饭。

天气很晴爽，但觉得有点寒冷。饭后陪映霞上同学的医生周文达那里去为她瞧了病，又和她在街上走了半天。

她本想马上回到杭州去，因为火车似乎还没有通，想去问讯，又经不过租界，所以只好在虹口日本人区域里，看了些卖日本货的店，和买了些文房用具及信纸信封之类。

今天在周文达那里，看见了日本报《上海每日新闻》的文艺栏里，有一封日本记者山口慎一氏给我的公开状，内容系评《创造》月刊第六期的，同时又说到了应该要同情于无产阶级的话。我不知这一位记者是什么人，并且因为还没有看到昨天的那段上段的文章，所以摸不出头脑来。明天打算去查一查清，做一篇答覆他的文章，在《创造》第七期上发表。和映霞别后，就又同逃难似的逃回中国界来。好几日不在出版部睡了，以后想好好的来做一点监督清理的工作。

二十六日，星期六，天气很好，（二月廿三日）。

光阴过去得真快，一转瞬间，阴历的二月，又将完了。

早晨起来，就想出去，坐立都不安，一心只想和映霞相见。到了十点钟前，怎么也忍不住了，就上新闸桥去，过了租界，仍旧在那小馆子里坐下，写信去请她和陈女士来。

吃过了中饭，将近一点的时候，又上昨天去过的日本店里去了一趟，因为映霞要去换口琴，所以陪她走了一阵。二点钟后，回到蒋光赤的寓里去。大家谈了一会，剩下了陈女士和蒋光赤对坐着，我和映霞，从风沙很大的街上，走往法界的一家印刷所去问印书的事情。太阳光虽则晒得很暖，但因为风大，所以也有点微寒。马路上的行人拥挤，处处都呈着不稳之象。我一边抱拥了映霞，在享很完美的恋爱的甜味，一边却在想北京的女人，呻吟于产褥上的光景。啊啊，人生的悲剧，恐怕将由我一人独演了。

和映霞又回上蒋光赤那里去谈了一阵，五点钟前，别了她们，走回家来，路过大观园澡堂，便进去洗了一个澡。

到家已经是将暗的时候了，将今天新自日本书铺里买来的一本小说江马修著的《追放》，看了几张，人觉得倦极，就在九点钟的时候睡了。

二十七日，星期日，（二月廿四），晴爽。

昨晚因为三德里来了一批军队，所以闹得睡不安稳，早晨九点钟起床，就听到了一个风声，说租界上特别戒严，无论如何，中国地界的人，都不能走向英界和公共租界去。心里很着急，怕映霞在等候我。但各处走走，都走不通，所以只好在家里闷坐。

吃过午饭，跟了许多工人上街去游行，四点钟回到出版部里，人疲倦得很。

晚上读《追放》，早寝。

二十八日，星期一，（二月廿五），雨。

午前一早就起来，出去找映霞，走入租界的时候，又受了帝国主义者的兵士们的侮辱，几乎和他们打了起来。

经过了几条障碍墙壁，好容易走到了南站，问火车究竟已经开往杭州去的有过没有？车站上的人说，每天早晨十点半钟，只开一次，可是因为这几日来刚才通车，所以人拥挤得很。得了这个消息，就跑回去找映霞，和她说了这一种情形，她已决定迟几日再走了。

在新闸路的一家饭馆里吃过了饭，天又下雨了，真使人气愤。和映霞冒雨去大马路买了一双皮鞋，很不自然地就和她别去。

在雨中正想走返闸北，恰巧遇见了李某，他和我上快活林去谈了许多国民革命军的近事，并且说有人想邀我去接收东南大学，我告以只能在教书方面帮忙，别的事却不能出力，嘱他转告当局。

回到闸北出版部，已经是午后六时，雨还是下得很大，从前出版部里用过的几个坏小子，仿佛正在设法陷害我，因为我将他们所出的一个不成东西的半月刊停止了的原因。

现代的青年，实在太奸险了，我对于中国的将来，着实有点心寒。万一中国的教育，再不整顿起来，恐怕将来第二代的人物，比过去的军阀政客，更要变坏。

今天邮政通了，接到了许多来信，仿吾也有信来，嘱我努力，我打算此后决计只在文学上做些工夫，飞黄腾达的事情，绝对不想了。明天万一天晴，晚上当去找教育当局者谈话，若天不晴，当于后天上租界上去。

几日来映霞消瘦得很，我不晓她心中在想些什么？今天本想和她畅谈一天，可是不作善的天老爷，又中途下起冷雨来了。她说昨天有一封信写给光赤，我不晓得她在诉说些什么？一个闷葫芦，终究猜它不破，她难道还在疑我么？

　　昨晚上读《追放》至二百七十七页，今晚上打算继续读下去。书中叙述一个文学批评家，思想上起了变动，渐渐的倾向到社会主义上去。同时家庭里又起了变革，弟兄三人，都受了革命的虐待，发生纠葛。已结婚的他的夫人，也无端起了 hysterie，不得不离婚了，离婚后即和一位有夫之妇，发生了恋爱，两人虽同居了几月，然而时时还在受过去的生活的压迫，所以都享不到满足的幸福。正在感到现在的满足的时候，过去的阴影，却又罩上心来了。这是第一编到二百七十七页止的内容，底下还有四百页的光景。作者江马修，本来是第二流的作家，文章写得很软弱，缺少热情，我从前曾经读过他的一本初出世的作品《受难者》。这《受难者》的描写虽幼稚，然而还有一股热情在流动着，所以当读的时候，还时时可以受到一点感动，但这感动，也是十分浅淡的。现在他年纪大了，文章也成了一种固定不动的死形式，《追放》的主意似乎在描写主人公思想变迁期的苦闷，可是这一种苦闷，却不能引起旁人的共鸣共感。江马修终究是一个已经过去了的小作家，我看他以后也没有十分进展的希望了。听说他做了这一篇《追放》之后，已经到欧洲去修学去了，万一他是伟大的说话，应该把从前的那一种个人主义化的人道主义丢掉，再来重新改筑一番世界化的新艺术的基础才对，文艺是应该跑在时代潮流的先头，不该追随着时代潮流而矫揉造作的。

二十九日，星期二，（二月廿六），天雨，后阴晴。

　　读《追放》读到午前两点多钟，一气把它读完了。读完之后，整个儿的评量起来，还不失为一部大作品，还是有它的生命的。中间写主人公被帝国主义资本主义所逼迫，终究不得不走上共产主义的一条路上去的地方，很可以使人感奋，我昨天在读了一半的时候，下的批评，觉得有点不对了。末了又写了一位朝鲜革命青年的自杀，把虚无主义的害毒约略说了一说，我对于这一段，觉得还不满意，因为他没有写得淋漓尽致。

早晨起来看报，知道东南大学已决定聘吴稚晖为校长，这一个光爱说话而不能办事的吴先生，我看他如何的办得动那个积弊难翻的东南大学。

浙江又有筹办大学的消息，我不相信昏迷下劣的杭州那些小政客，会把这计划实现。我想现在的中国人，还是前期遗下来的小政客型的狗东西居多，讲到有气节的清廉的教育家，恐怕还一个也没有。办大学同设衙门一样，不过一班无聊的人，想维持自己的饭碗，扩张自己的势力，在阴谋诡计中间想出来的一个光明的题目而已。唉，黄帝的子孙，中华的民族，我觉得人心已经死尽了，现在的革命，恐怕也不过是回光返照的一刹那，真正的共产政府，真正的无政府的政府，恐怕终究是不会有实现的一日的。

午后出去，上租界上去买了一件春衣，打算今后过极简单的生活，所以想把我自家一己的用费节省下来，这件春衣，只费了六块多钱。

因为晚上要上法科大学去上德文课，并且因有人要约我于今晚谈话，所以于午后二点多钟约了映霞，上远东饭店去开了一个房间。洗澡毕，又和映霞抱住了吻嘴，今天的半天，只算又享受了半天幸福。

晚上映霞回去，和周静豪等谈了半夜天。租界上十点钟后，行人绝迹，一种萧条的景象，大约是有上海以后所不曾看见过的。

三十日，星期三，晴爽，（二月廿七）。

午前出旅馆，已经是十点前后了，映霞也来，就和她们一道上望平街的同华楼去吃饭。饭后因为天气太好，又和她们一道上徐家汇去逛了一趟。

自徐家汇回来，终不忍和映霞别去，就又在一家小旅馆里开了一个房间，和映霞密谈到晚上的七点钟前。

上法科大学去上了几分钟的课，并且想找的一位朋友没有找着，一个人回到旅舍去，觉得非常的无聊，所以又坐了车子，赶上坤范女学去找映霞。但她已经吃过晚饭了，我硬拖她出来，要她陪我上饭馆去吃饭。坐电车到了四马路的言茂源楼上，我和她喝了两斤多酒。酒后闲步街上，于不意中寻见了二兄养吾的来沪，就和映霞别去，上他们的旅馆去谈了一会。到十点钟前，我也就回到法界的小旅馆里去，因为十点以后，交通须完全断绝的原因。

三十一日，星期四，晴。

晨起就回到创造社出版部里来，因为二天不返，在这两天内，又有许多事情和函件堆积着了。清账，批阅函件，一直弄到午前十二点钟才完事。

天气是很可爱的春天，太阳不寒不暖的偏晒在这混乱的上海市上，我因为二兄在那里候我的原因，就出去上四马路他们寄寓的那家小旅馆去。和他们喝了几杯酒，上西门的旧书铺去了一趟，买了些德文译的左拉的小说之类，就回来和他们一道去吃晚饭。又上法科大学去讲授了三十分钟的德文。

二兄及二三同乡，要我打牌，就拢场打到午前二点钟，睡了一二个钟头，又起来打了四圈。

四月一日，星期五，晴，二月廿九。

午前十点钟前后，上坤范去找映霞，和她出来上老半斋去吃饭。吃了一盆很好的鱼和一盆鳝丝。

饭后陪她买衣料书籍等类，足足的跑了半天，从西门一家书铺出来，走过了一个小电影馆，正在开场，就进去看了两个钟头。画名 *Over the Hill*，系从这首有名的叙事诗里抽出来的一件事实，片子很旧，但情节很佳，映霞和我，看了都很欢喜。

本打算和她一道吃晚饭后，再送她回去的，但从影戏馆出来，天忽而下起骤雨来了，所以就只好坐了车回到闸北来，两人在大雨里，在新闸桥上分了手。

晚上人倦极，喝了一瓶酒，就入睡了。

四月二日，星期六，（三月初一）。

夜来风狂雨大，早晨雨虽已经停息，而天上的灰云暗淡，仍是不令人痛快。

早晨八点钟醒来，又起了不洁之心，把一个月来的想努力奋发的决意，完全推翻了。今天打算再去找映霞上旅馆去谈半天天，去洗一个澡，买几本所爱的书，喝一点酒，将我平生的弱点，再来重演一回，然后从明天起，作更新的生活。Ah, tomorrow, the hopeless tomorrow！

闲情日记

(1927 年 4 月 2 日—30 日)

一千九百二十七年四月二日，在上海闸北创造社内。

天气沉闷不快，又加以前夜来的不睡，早晨的放纵空想，头脑弄得很昏乱。

在阴沉沉的房里，独立着终觉得无聊。拿就了更换的衣服等类，正想出去找映霞，却接到了一封北京来的快信。这信是旧历的二月十一发出，今天却是三月初一了，从北京到上海，快信都要费去廿多天，像这样的中国，教人哪里能够安心住下去？

荃君的信中，诉愁诉恨，更诉说无钱，弄得我良心发现，自家责备自家，后悔到了无地。气急起来，想马上跑上银行去电汇一二百块钱去，可是英帝国主义者，四面塞住了我的去路，在银行附近的地方跑了三四个钟头，终于无路可通。我这时候真气愤极了，若有武器在手中，当然要杀死那些英国的禽兽一二名，以泄我的愤怨。

不得已跑上二兄寄寓着的一家小旅馆去，把北京无钱度日的情形说给他们听，在那里的同乡都说我们长兄的不是，不该坐视弟媳的处到这一个穷地。但是我自己呢，却一句话也说不出，因为归根结局，这都是我自己的罪愆，不能怪旁人的。荃君呀荃君，这又是我的大罪了，请你饶我！在那里坐了一会，愤气稍平，就又跑出去找映霞，我告诉她以北京儿女的苦况，她也为她们抱不平，说我不应该不负责任到如此地步，我直想放声高哭了。和她出来走了一阵，买了些东西，在送她回去的路上，却巧遇见了一位姓丁的青年，自杭州来找她回去的。这一位丁君，年青貌美，听说也有意于她，可是她不愿意，所以现在丁君还在献殷勤。她告诉我后，我虽则心里也感到了些胜利者的骄意，但对于丁君，却也抱了不少的同情。

立在马路上，和丁君匆匆谈了几句话，她就决定于明天回杭州去，我也不加以阻难，就又折回到四马路来，替她买了些衬衣点心之类。午后五点多钟，送她上了坤范，约定于明天一早就来送她上车，我就抱了一个冷寞的心，从阴淡的黄昏街上，跑回四马路二兄等在寄寓的小旅馆去，因为和二兄同住的，还有许多同乡在那里，所以就请他们上六合居去吃晚饭。

晚饭后回旅馆，又和他们打牌打到天明。

四月三日，星期日，（三月初二），晴。

一宵未睡，到早晨五点多钟，我就从小旅馆里走出街来，驱车上映霞那里去。天空还没有放明，东方只有几点红点。寒气逼人，两股发抖，在马路上，清清冷冷的只遇见了几个早起的工人。

赶到映霞那里，已经是六点多了，和她们一道坐车到南站，在乱杂的喧叫声和寒风里立了两三个钟头，到了九点多钟，车快发了，我几回别去，几回又走回来，和映霞抱着亲了几个伤心的嘴，我的心快碎，我的神志也不清了。到了九点十几分前，我因为不忍见火车，堂堂地将她搬走，堂堂地将她从我的怀抱扯开，就硬了心肠，和他们别去，然坐在车上，一看到她留给我的信，眼泪终于掉下来了。和她同车去的，还有陈女士等，我心里想，幸亏先跑走了，不然怕又要成了笑话。

在租界上和二兄等吃了午饭，赶回闸北来，看了许多信并处理了许多杂务，到晚上吃晚饭的时候，才有空坐下来写了一封给映霞的信。

晚上九点多钟就入睡了。

四月四日，星期一，晴爽，（三月初三）。

午前一早起来，上银行去汇了钱，并发出了一封给映霞和一封给荃君的信。路过伊文思书馆，便进去买了两本书。

天气很好，中午又上二兄的旅馆去和他们去吃饭。回来买了些旧书，更出去上大东酒楼赴友人的招宴。

晚上在二兄处宿。

五日，星期二，晴，（三月初四）。

早晨去法科大学领三月份的薪水，又托二兄带了三十五元钱去北京给荃君，十一点前送他们上了船。从轮船码头下来，走过了一家书店，顺便踏将进去，又买了下列的几部书：

Caesar or Nothing——by Pio Baroja.

Furze the Cruel——by Trevena.

Old Mole——by Gilbert Cannan.

The Promised Land——by Locurids Brunn.

In the South Sea——by R. L. Stevenson.

Monsieur Ripois and Nemesis, by Louis Hémon.

Anne Marie Von Lasberg——by Von Marie Steinbuch.

这一家书店开在百老汇路公平码头的对过，新书很多，也有杂志等类出卖，据主人说，他家是上海开设西书铺最早的一家，本来开在北四川路，于不久之前迁到此地来的。并且教我以后也常去看看，因为时常有好书到来。

中午在南市一家酒馆里吃了饭，又上邮局去为创造社取了些款子。

回闸北家内，是午后四点钟前，蒋光赤来谈了半天闲天。我于夜膳前，补记这四日来的日记，正想写信给映霞，而出版部的几个伙计约我去吃晚饭，就匆促出去。

晚饭后赶上法科大学去教书，因为学生到的太少，所以不上课，又去那家俄国书铺去买了几本德文的旧小说，一部是 Ber - tha von Suttner's *Die Waffen Nieder*，那里还有一本她的 *Martha's Kinder*，将来也想去买了来。

七点半钟，急忙坐电车赶回闸北来，幸而华洋交界的地方，还可以通。到了三德里前头，却受了中国革命军的窘，因为他们有许多占住在三德里的民房内，晚上是不许旁人通行的。啊啊，我们老百姓，不知要受多少层的压迫，第一层是外国的军阀，外国的资本主义，第二层却是中国的新旧军阀和新旧官僚了。

到家之后，身上淋漓了一身冷汗，洗了手脸，换了衣服，把今天买的书约略看了一遍，又写了一封给映霞的长信，直到九点半方就寝。

六日，星期三，（三月初五），今天是清明节。

阴晴，一早就起了床，走上街去寄信给映霞，后来一走两走，终于走到了北四川路大马路口。在晨餐处吃了饭，又上书铺去看了一回，买了一本英译的 Knut Hamsun's *Victoria*. 午饭前上北四川路的内山书店去。在那里遇见了日本人清水某，他和我谈了许多中国现时的政局。

午后到家里来，却接了一封映霞的来信，又见了许多来客，匆忙写了一封回信给她。晚上天下雨了，并且感觉到万分的无聊，回忆去年今日，正初到广州，很有希望，很有兴致，一年来的岁月，又把我的弃世之心练得坚实了。

晚上作映霞信及荃君信。

七日，星期四，先雨后晴，（三月初六）。

早晨起床，刚在七点敲后，读 Knut Hamsun's *Victoria* 至午后二点多钟，总算把它读完了，倒是一本好书。

午后出去饮酒，又买了二本德国书，一本是 Bertha von Suttner's *Martha's Kinder*，系 *Die Waffen Nieder* 之续，一本是诗集，Albert Sergel's，*Im Heimathaven*。

晚上月亮很好，我从法界，和华林分手后，赶回家来，心里很有许多感慨，明天起，当更努力读书作文章。

八日，星期五，（初七），雨。

早晨起来，头就昏痛得很，因为《洪水》二十九期的稿子不得不交了，所以做了一篇《在方向转换的途中》。

午后出去买了几本书，因为有几个朋友入了狱，出去探听消息，想救他们出来，然而终究办不到。

三点多钟回家来，又作了一篇批评蒋光赤的小说的文章，共二千多字。今天的一天，总算不白度过去。晚上将《洪水》全部编好了。

九日，星期六，（三月初八），阴晴。

午前一早就起来了，早晨就在家积极整理创造社出版部的事情。十点前去银行邮局取钱，付了许多印刷所的账。

午饭后去设法保释几位政治部被拘的朋友，又不行。

上太平洋印刷所去付钱。更去城隍庙买书，顺便去访之音，在她那里吃点心，发了一封给映霞的快信。回来在北四川路上又遇见了徐葆炎兄妹，为他写两封介绍信后，又写了一封信给映霞，托徐葆炎的妹妹亲自带往杭州。

晚上办理创造社公务，至十一点半就寝。

十日，星期日，（三月初九），雨。

早晨一早，又积极的整理创造社的事务，一直到午饭后止，总算把一切琐事告了一个段落。中饭前接映霞来电一通，系问我的安危的。

午后出去打回电给映霞，并洗澡。

晚上发仿吾，资平，及映霞三封快信，办公务至十二点后就寝。雨声颇大，从邮局回来，淋满了全身。

十一日，星期一，雨（三月初十）。

午前一早就出去，至印刷所催印刷品。途过伊文思书馆，买了一部 Jakob wassermann's *Christian Wahnschaffe*，系英译本，名 *The World's Illusion*，translated by Ludwig Lewisohn，有一二两卷，共八百余页，真是一部大小说。

中午返闸北出版部，天寒又兼以阴雨。午后在家做了一篇答日人山口某的公开状。向晚天却晴了，晚饭后又出外去，打听消息，想于明天回杭州去看映霞。

晚上将出版部事情托付了人，预定明晨一早就去南站乘车赴杭州。

十二日，星期二，晴，（三月十一）。

东天未明，就听见窗外枪声四起。起床来洗面更衣，寒冷不可耐。急出户外，向驻在近旁的兵队问讯，知道总工会纠察队总部，在和军部内来缴械的军人开火。路上行人，受伤者数人，死者一二人。我披上大衣，冒险夺围，想冲出去，上南站去乘车，不意中途为戒严兵士所阻。

天气很好，午前伏处在家里，心里很不舒服，窗外的枪声时断时续，大约此番缴械冲突，须持续至一昼夜以上。我颇悔昨晚不去南站，否则此刻已在杭沪道上了。

午后出去访友人，谈及此番蒋介石的高压政策，大家都只敢怒而不敢言。从友人处出来，又上南站去打听沪杭车。晚上天又下雨，至法科大学上了一小时课，冒雨回至英界，向鼎新旅馆内投宿。

上床后，因想映霞心切，不能入睡。同乡陆某来邀我打牌，就入局打了十二圈牌，至午前三时就寝。

十三日，星期三，雨，（三月十二）。

午前一早就醒了，冒雨还闸北，昨天的战迹，四处还可以看见。人心惶惑，一般行人店户，都呈着一种恐慌的样子。我将行李物件收集了一下，就乘车上天后宫桥招商内河轮船码头去搭船赴杭州。因为昨天南站，也有一样的工人和军部来缴械的人的冲突，打得落花流水，沪杭火车停开了。

在大雨之中，于午前十一点上船，直至午后四点，船始开行。一船逃难者，挤得同蒸笼里的馒头一样。

晚上独酌白兰地酒，坐到天明。

十四日，星期四，雨，（三月十三）。

在船上，天明的时候，船到嘉兴。午后天放晴了，船过塘栖。已将近四点，结果于五点半后，到拱宸桥。

这时候天上晴明高爽，在洋车上坐着，虽则心里很急，但也觉得很舒服。

在西湖饭店里住下，洗了一洗手脸，就赶到金刚寺巷映霞的家里去，心里只在恐怖，怕她的母亲，她的祖父要对我辱骂，然而会见后，却十分使我惊喜。

一到她家，知道映霞不在，一位和蔼的中年妇人教我进去坐候，她就是映霞的母亲，谈了几句话后，使我感到了一种不可名状的愉快，因为我已经可以知道她不是我们的恋爱的阻难者。坐等了十来分钟，电灯亮了，映霞还是不来，心里倒有点焦急，起立坐下者数次，想出来回到旅馆里去，因为被她母亲劝止了，就也只好忍耐着等待下去。吃晚饭的时候，她终于来了，当然喜欢得了不得，就和她出去吃晚饭。晚饭毕，又和她上旅馆去坐到十一点钟，吻了半天的嘴脸，才放她回去，并约定明天一早就去看她。

十五日，星期五，晴爽，（阴历三月十四）。

昨晚上因为有同乡某来在旅馆里宿，所以一夜不曾安睡，送映霞出去后，直到午前两点钟才上床。今早又一早就醒了，看见天气的晴朗，心里真喜欢得了不得。午前八点钟前，就去映霞家里，和她的兄弟保童、双庆，也相熟了。

在她的房里坐了一会，等她梳完了头，就请她们上西湖去玩去。等了一忽，她的外祖父，就是她的现在承继过去的祖父王二南先生，也来了。他是一个旧日的名士，年纪很大——七十五——然而童颜鹤发，蔼然可亲。和我谈了半日，就邀我去西湖午膳。和映霞的全家，在三义楼饭后，祖父因有事他去，她们上我的旅馆里去休息了一忽。

因为天气太好，就照预定的计划同她们出去游了半日湖。在漪园的白云庵里求了两张签，与映霞的婚姻大约是可以成的。其后过三潭印月，上刘庄，去西泠印社，照了一张相，又上孤山，回至杏花村吃了一点点心，到湖滨公园的时候，已经是六点多了。

送她们上了黄包车，回到旅馆里来，却遇见了昨晚的那位同乡和他的情人文娟。这文娟，前年冬天，也曾为我发誓赌咒，我也一时为她迷乱过的，现在居然和她的情人同来看我了，我这时心里又好笑，又好气，然而一想到映霞，就什么也冰消了。和她们应酬了一场，又上一位同乡潘某家去吃了晚饭，到十点过后，仍旧踏月去城站附近的金刚寺巷，访映霞和她的母亲等。

在映霞家里吃了半夜饭，到十一点后才回到旅馆里来睡觉，文娟的情人，仍是不去，所以又是一晚睡不安稳。

十六日，星期六，晴爽，三月半。

午前将旅馆的账付了一下，换了一间小房间，在十点钟前上映霞家去。

和她出来，先到湖滨坐公共汽车到灵隐，在一家素饭馆里吃了面，又转坐了黄包车上九溪十八涧去。

路过于坟，石屋洞，烟霞洞等旧迹，都一一下车去看了一趟。

这一天天气又好，人又只有我们两个，走的地方，又是西湖最清净的一块，我们两人真把世事都忘尽了。两人坐在理安寺前的涧桥上，上头看着晴天的碧绿，下面听着滴沥的泉声，拥抱着，狂吻着，觉得世界上最快乐，最尊贵的经验，就在这一刻中间得到了，我对她说：

"我好像在这里做专制皇帝。我好像在这里做天上的玉皇。我觉得世界上比我更快乐，更如意的生物是没有了，你觉得怎么样？"

她也说：

"我就是皇后，我就是玉皇前殿的掌书仙，我只觉得身体意识，都融化在快乐的中间；我连一句话也说不出来。"

我们走到午后三四点钟，才回到城里来。上育婴堂去看她的祖父，却巧又遇见了扫墓回来的她的母亲。因为她祖父在主理杭州育婴堂的事情，住在堂内，她母亲是时常来看他的。

坐谈了半天，我约他和她们上西湖三义楼去吃晚饭。我和映霞先行，打算去旅馆小坐，不意在路上又遇见了孙氏夫人，她本来是寄住在上海尚贤坊的，也可算是我们这一次结合的介绍人。顺便就邀孙夫人也去旅馆小坐，坐到六点多钟，一同上三义楼去吃饭，同席者除映霞的全家外，又加了这位孙夫人，当然是热闹得不堪。

吃完晚饭，看了东方升起来的皓月，送祖父和孙夫人等上了车，我和映霞，及她的小弟弟双庆，又回到旅馆里去。

开门进去，就看见桌子上有许多名片和函件放在那儿，因为怕出去应酬，所以又匆匆和映霞等逃了出来，且将行李等件搬上金刚寺巷，以后拟在她的家里暂住。晚上谈话谈到十二点多钟，很安适的在映霞床上睡了，她把床让给了我，自家却去和她的娘同睡。

十七日，星期日，晴朗，（三月十六）。

早晨起来，因为天气太好，又和她的全家上灵隐去。在灵隐前面的雅园里吃中饭，午后在老虎洞口照了两张照相，一张是我和映霞两人的合照，一张是我和她的全家照的，照片上只少了那位老祖父。

晚上回来还早，又去玉泉，灵峰等处，坐到将晚，才回城里来。今天的一天春游，饱尝了些家庭团圞的乐味，和昨天的滋味又不同，总算也是我平生的赏心乐事之一。

晚饭时和老祖父喝了许多酒，月亮很好，和映霞出去，上城站附近去看月亮。走到十二点钟，才回来睡觉。

十八日，星期一，晴，（三月十七日）。

午前和映霞坐着谈天，本来想于今天回上海，因为她和她母亲弟弟等坚决留我，所以又留了一天。

中午喝酒，吃肥鸭，又和她母亲谈了些关于映霞和我的将来的话。中饭后，和保童映霞又上灵隐去取照相，一直到将晚前的五点多钟，才回到岳坟来赶船。

在湖船里遇了雨，又看了些西湖的雨景，因为和映霞捱坐在一块，所以不觉得船摇得慢。

晚上早睡了，因为几天来游倦的原因。临睡之前，映霞换了睡衣上床前来和我谈心，抱了她吻了半天，是我和她相识后最亲爱的一个长嘴。

十九日，星期二，雨，（三月十八日）。

决定今天起身回上海，所以起了一个早。早饭后冒雨赶车，立候了两三点钟，因为车不开，终于仍旧回到映霞的家里。

午饭后鼾睡了半天，上湖滨去访了几位同乡，晚上早睡。临睡之前，本候映霞来和我亲嘴，然而她却不来，只高声的向她娘说了一声"娘，我睡了"。似乎是教我不要痴等的样子。

二十日，星期三，天大雨。（三月十九日）。

本不想走，然而怕住久了又不便，所以就决心冒雨去赶火车。自十点钟上车，在人丛中占了一席地，被搬到上海来，一连走了十四个钟头才到，到北站，已经是晚上十一点多了。

闸北戒严，不能出车站一步，就在车站上的寒风里坐到天明。

二十一日，星期四，天晴，（三月二十日）。

天明六时出车站，走回闸北的出版部里。大雨之后，街上洗得很干净。寒风吹我衣裾，东方的太阳也在向我微笑，我感到了一种不可思议的力量，大约是生命的力量。到出版部里坐了一忽，就出去洗澡并办创造社的公务。回来又上内山书店去了一趟，买了许多关于俄国的书来。

午后又办了许多创造社的公务，寄款给张资平，付新亚印刷所的印书款等。

在北四川路路上走着，觉得早晨感到的那一种生命力，还在我的体内紧张着，和阿梁上邮局去了一趟，出来就去喝酒，喝得大醉回来，路上上一家旧书铺去买了两册外国书。午后四点多钟，就上床睡了，一直睡到了第二天的早晨。

二十二日，星期五，三月廿一，晴爽。

昨天早晨，发了一封给映霞的快信，今天一早起来，又写了一封给映霞，一封给她祖父的两封信。自家跑上邮局去寄快信，回来买了一张外国报来读。蒋介石居然和左派分裂了，南京成立了他个人的政府，有李石曾吴稚晖等在帮他的忙。可恨的右派，使我们中国的国民革命，不得不中途停止了。以后我要奋斗，要为国家而奋斗，我也不甘再自暴自弃了。

奋斗的初步，就想先翻一两部思想薪彻的书，以后如有机会，也不妨去做实际的革命工作。

午后把创造社积压下来的社务弄了一弄清，并将几日来的日记补记了一下，总也算是我努力的一种表白。

晚上当看一点书，因为好久不读书了，长此下去，怕又要变成一个不学无术的中国式的政客。

我平生最恨的是做官，尤其是那些懒惰无为的投机官僚。中国的所以弄得不好的，一大半就因为这些人过多的原因，而这些人的所以产生，就是因为了少读书。

二十三日，星期六，（三月廿二日），晴朗。

午前一早就有同乡来，想看书却又静不下来，所以只好和他们出去。

先上四马路各家书馆去催账，后又上十六铺乡亲家去托了一点事情。上日清船埠去候郭夫人，未到。

中午回家，午后作账单，直至五时前方出去，觉屋外的自然，分外的可亲可爱，这是劳动的赐物。我以后要劳动了，因为要享乐，先必需劳动，劳动以后的享乐，其味更纯更厚，比无聊过日子，实在要好百倍。

天气很好，傍晚一个人驱车过辣斐德路，看那路旁两排的中产人家，实在可以使人爱慕。残阳碎铺在红色砖瓦上，庭前的泊辣丹奴斯，朴泊辣树叶，都嫩绿了。微风吹来，还带着一点乐音，足证明这是文化的都市，而南京浦口的战事，丝毫不能混到我的脑筋里来。

从辣裴德路一直走往金神父路，去访华林，和他出来吃晚饭，又谈了许多关于爱情的天，并谈了些我这一回到杭州去的经验。

晚上回来，清了这一个月的本部部员的开销，啊，这创造社出版部，今年实在支撑不过去了，我怕要因此而生大病，我又想横竖事业也弄不好，不如和映霞一块儿死了倒干脆。临睡前，又作映霞的信，拟明天去作平信寄出。

二十四日，星期日（三月二十三日），晴朗。

今天是礼拜，午前起来，看了高远的天空，很想跑到郊外去散步，但是出版部的事情，又一刻也离开不得。

看书看到十点左右，出去上租界去跑了一趟。遇见了一位新闻记者，他把许多近事和我说了，使我想起了周静豪夫妇约我去吃午饭的前天的信。和这一位记者去城隍庙喝了半点钟茶，又走了些无头路，于十二点半乘电车去徐家汇。附近的草地绿树，碧桃杏花，真令人有世外之想，可是不知怎么，看了这样大好的春光，我终发生不出愉乐忘我的感情来，决不能回复十数年前，在日本郊外的时候那样的一心一意的陶醉在自然怀里的感情了。大约我是老了，我的自然的天性被物欲所污了。

投映霞的信于信筒去的时候，很想在这一个时候和她在一块儿，因为她若在我的身旁，我的对于自然感受性必要强些，耐久些，猛烈些。

在徐家汇吃了午饭，享受了些绝对和平的乡村都市的静趣，又和他们打牌打到晚上午前的一点多钟。

二十五日，星期一，（三月廿四），晴暖。

真是春天了，但我昨夜似为春寒所中，觉得头痛腰酸，身上在发烧。

在朝阳光里，在两旁的嫩绿的树列下，在乡下的大道上，坐车上华林那里去的时候，身上觉得很不舒服。在华林那里写了一封给映霞的信，并托他为我在他的近边找一间房子，预备不能回华界来的时候好去宿，便于正午前回到闸北来。那些雇用的伙计们又于我的不在中间图谋不轨了，气得我饭也吃不下去。

午前接到了映霞的信，马上覆了她，自家去邮局投寄快信，她已经由杭州转赴嘉兴去就二中附小的教职了，我听了很为她喜。

寄信回来，看看窗外的残阳，都变了红色，我的眼也花了头也晕了，怕大病将作，勉强记完了二日来的日记，或者自明日起要就床了。啊啊，我若就此而死，那么那些去年在创造社出版部里捣乱的卖我的无良心的自命少年艺术家，应该塑成一排铁像，跪在我的坟前。

二十六日，星期二，（三月廿五），晴朗。

昨晚发烧昏乱，从梦中惊醒者数次，发了一身大汗，方才觉得好一点。然而头昏眼晕，一动也动不来，早晨不得已只好依旧起来管理出版部事务，我觉得这一回的病很沉重，似乎要致命的样子。

午后搬上法界去住，因为晚上要去法科大学上课的原因，八点多钟就上床了，翻来覆去，苦闷了一夜。体热增高，发大汗如故。喉头痛腰酸。

二十七日，星期三，（三月廿六），晴热。

病加剧，然仍不得休息，因为出版部里没有人可托付的原因。午前上新群旅馆去看了几位同乡，请他们吃午饭，晚上在英界新群旅馆住。

二十八日，星期四，（三月廿七），晴快。

这几天来，天气实在太好了，可是变得热得很。早晨一早就醒了起来，头空空洞洞，口味只觉得淡得难受，很想吃一点甜的或咸的东西。昨晚上发热，仍复是发得很厉害，因为早晨起来，眼睛还是红红的。

昨天回出版部去，看到了日本文艺战线社的代表小牧近江，和里村欣三来谒的名片，所以去回看了他们一次，并且于晚上请他们在一家广东酒馆内喝了一点酒。他们约我今早午前十一时去，所以一早就赶回出版部里，为他们做了一篇文章，名《诉诸日本无产阶级同志》。并且捡了许多《洪水》、《创造》月刊，预备去送给他们。午前十点左右，在法界一家小照相馆照了一个相，复上田汉家去会了田汉，到十一点半钟，才和田汉到他们寄寓的孟渊旅馆。

天气很热。太阳又晒得太猛，所以中午就在老半斋吃了一次黄鳝饭。

午后上良友印刷所去，又去饮茶，系良友的编辑者梁得所君请的。

三点多钟，去周文达那里，求他为我再诊，因为昨天他为我诊后，今天果然觉得好些了，在他那里坐谈，一直谈到了夕阳晼晚的六点半钟。

复和周文达出来上孟渊旅馆去找小牧、里村，上美丽川菜馆去吃晚饭，吃到十点才送他们上船回日本去。送他们上船之后，我和周文达在蓝色的灯光底下，沿了黄浦江岸走回大马路外滩来，凉风吹上我们的醉面，两人的谈话声也带起倦色来了，我忽而感到了一种莫名其妙的旅愁。走到了爱多亚路口，一个人坐在公共汽车回法界金神父路来的时候，心上的悲哀，更加深了。

二十九日，星期五，（三月廿八日），晴热。

已经是春晚的时期了，残春所剩，不过一二日而已，我倒想为今年将近的春光滴几滴眼泪。

午前也一早就起了床，虽然无事，但路却也跑了不少。几家好久不曾去过的旧书铺，都去走遍了，譬如北京路的几家，卡德路的那家。买了三四本旧小说。其中只有一本还有点意义，是Frank Swinnerton's *Elder Sister*（1925 edition）。

一个人在福禄寿吃中饭，觉得菜并不坏，可是我的身体还没有复原，所以勉强的吃，只吃了一碗饭。

午后回出版部，遇见了自广东逃出来的伯奇。和他谈了一阵，就一道出来上内山书店去。遇见了做那封公开状给我的日本人山口慎一氏。

买了一本《公论》的五月号，里头有佐藤春夫的文艺时评一段，觉得做得很好。

傍晚又上田汉那里去，坐到七点钟，和他们大家出来上天蟾舞台后台去看了琴雪芳、高百岁诸人，就请他们去吃晚饭。

晚饭后，又和伯奇等沿了外滩走了半天路。走到爱多亚路口，大家坐二十一号公共汽车回来。在车上遇见了一位新华艺术学院的女学生，她上车来的时候，对我一笑，我几乎疑她是街上的卖妇了。直到下车的时候，她和我一道在打浦桥学校面前下来，我才晓得她是新华艺术学院的学生，并且晓得她上车来时的一笑，是在和我招呼，因为今早八点到九点，我在那里讲演，大约她是在那里听，所以她是认得我的。

三十日，星期六，（三月二十九日），天气晴热，早晚凉。

早晨春眠贪梦，想映霞想得了不得。一起来就写了一封信给她，并且告诉她我昨天已有一本书寄给她了。

坐公共汽车到拉裴德路，看见了些暑天的朝景，在一家茶馆里喝了半天茶，才去找新亚印刷所。午前十一时返闸北，出版部里坐满了客人，不得已陪他们出来，上五马路来吃午饭。

饭后催对账目，回家后，又开了一次部务会议，决定了些关于创造社出版部大计。

晚饭不吃，因为中午吃了太饱，口胃不好，傍晚七点钟，上租界上来，先往永安去洗了澡，就乘车跑回金神父路来宿。

明天是五月一日，世界劳动者的最可纪念的日子，从明朝起，我相信我的精神肉体，一定还要强速力的进步许多。

一九二七年，四月卅日，晚十时前，记于法界金神父路宿舍。达夫。

五月日记

（1927 年 5 月 1 日—31 日）

一九二七年五月一日，星期日，阴雨，在上海之出版部内。

过去的种种情形，现在不暇回顾，我对于过去，不再事伤叹了。要紧的是将来，尤其是目前。数日来因为病得厉害，所以什么事情也没有做。这一回病好之后，我的工作，恐怕要连日连夜的赶，才赶得上去。

天气阴森晦涩，气氛不佳，今年的五月节，太寂寥了，真太寂寥了。

早晨一早起来，冒微雨赶回闸北，在北四川路，又遇了英帝国主义者的阻难，几乎不能过去。到了闸北出版部，看了些来书，办了些琐事，在午前中仍复走了出来。今天头痛胃缩，身体很不好，午后睡了一个午后，晚上吃了一碗粥，还觉得不能消化。

二日，星期一，（阴历四月初二），晴朗。

因为病得太郁闷了，所以一早起来，就上龙华去散了一回步。身体觉得倦怠得很，心里的郁闷，仍复是开放不了，到午前十一点左右，才到出版部里。

看了些来书和映霞的信，就走到北四川路来，在咖啡馆里吃了两杯牛肉茶和四块吐丝面包。

午后又在艺术学院宿舍内睡了一觉午睡，晚上上大世界前的天津馆去吃了一盘水饺。

回来遇见出版部里来的两个人和自广东来的王独清，陪他们去吃晚饭后，又谈了一忽，到十点钟才就寝。

三日，星期二，（阴历四月初三），晴爽。

早晨一早就去出版部，见了一种荒废的空气，弥漫在出版部里。中午从法科大学会计处取了些钱来，请伯奇独清等吃饭。

午后出去走了半天，晚上回来，又听见出版部伙计们中伤我的谤毁。

病稍微好了，只是消化不良。夜七点到九点，去上了一点多钟的德文课，十点后方就寝。

四日，星期三，（四月初四），晴爽。

早晨也于六点钟起床，觉得病已经好了八九分了，因为昨晚上听见的消息，所以和独清一道去闸北出版部开了一次全体职员大会。

对他们披沥尽了肺腑，教他们好好的为创造社尽一番力，我几乎自家的眼泪都掉下来了。

中午和独清出来，上一家广东菜馆去吃了中饭。天气很好，所以和他自北四川路，一直走向南来。路过伊文思，进去买了几本书：*Horizon* 系书评的集合本。*Art in North Italy*，系介绍威匿思等处的艺术的。*Fires*，Gibson 的叙事诗集。*The Natural Philosophy of Love*，By Gourmont，系 Ezra Pound 的英译本。

一路上走来，看了些熙来攘往的春日的世界，心里总觉得不快乐。和独清上伯奇那里去坐了一会，请他们在天宝池洗了澡，又仍复回到闸北去。

在出版部里接了些来信，上郑心南那里去了一趟，坐到傍晚，一个人出来上一家日本馆子去吃了晚饭。

晚饭后返出版部，才知道北京的二哥哥来了，马上出来上旅馆里去看他，见了侄儿侄女和他的新娶的第二夫人。十点前，仍复回到新华艺术学院里来宿。

五日，星期四，四月初五，晴快。

夜来小雨，然而我起来的时候，天已经放晴了。坐车上丰林桥去看了几位朋友，都没有遇见。折回法界去旅店看二兄养吾。和他出去买了些物事，回来就请他们吃饭，送他上南站的火车。

路上很想起了我的年老的娘。可是因为她待我的儿女太不近人情了，终于不想回去看她。我又想起了呻吟于产褥的北京的女人，就写了一封信去安慰她。

午后自火车站回来，在一家旧书铺里，又买了一本英译伊罢纳兹的小说 The Enemies of Women，此书我从前本来有过的，后来似乎被人家借走了，所以只好再买一本。

回到出版部里，见了一位新自日本回来的学生，他和我谈了许多艺术问题。我教他不要先决定目的，应该多致力于创作。傍晚上新亚印刷所去，告以印全集的次序。

晚上有新月一弯，挂在苍蔚的天里，我自法科大学教书出来，也感受了一点春夜的寒意。明天立夏，一九二七年的春天，今天尽了，可怜可叹。叹我一春无事为花忙，然而这花究竟能够不能够如我的理想，一直的浓艳下去，却是一个疑问。因为培护名花，要具有大力，我只觉得自家的力量还有点不足。今天早晨也曾发信寄照相给她过。

六日（四月初六），星期五，晴快。

连日的快晴，弄得我反而悲怀难遣，因为我有我一己之哀思，同时更不得不加上普世界的愁闷。时局弄得这样，中华民族，大约已无出头之日了，我所希望的，就是世界革命的成功。然而人心恶劣，中外都是一样，机会主义者，只晓得利用机会去升官发财，同人的利益是不顾着的，哪里还谈得上牺牲？谈得上革命？

午前又上印刷所去，教他们在全集第一页上，加上一个 Dedication："全集的第一卷，名之曰《寒灰》。寒灰的复燃，要借吹嘘的大力。这大力的出处，大约是在我的朋友王映霞的身上，假使这样一本无聊的小集，也可以传之久远，那么让我的朋友映霞之名，也和她一道的传下去吧!"

十点钟前回到出版部里，知道内山书店昨晚着人来叫我去。到了内山书店，却见郭夫人和她的四个小孩来了。为她找旅馆，弄行李，忙了一天。午后王独清又来，同在虹口跑到晚上，洗澡，吃饭，十点钟回金神父路去睡觉。

七日，（四月初七）星期六，晴。

晨七时前起床，上河南路旁五芳斋去吃早饭，回到出版部里，已经是十点多了。写了一封给映霞的信，就有来客，系同乡张某，和他谈到午后的两点钟才去。

午后又想上租界去乱跑，因为天气寒冷，就没有出去。又有人来访，和他枯坐到晚，苦极了。

傍晚的时候，因为天气太好，就坐车上江湾去了一趟。回来在一家小馆子里吃晚饭，又觉冒了风寒。

晚上出去访郭夫人，仍至新华艺术学院宿。

八日，晴朗，（四月初八），星期日。

早晨写了一封给映霞的短信，出新华后，又上五芳斋去吃早饭。回出版部后，看了许多信，想执笔做文章，苦无兴致。

午后上北京大戏院看电影，系伊凡纳兹的作品《妇人之仇敌》。从影戏院出来，在北京路旧书铺里买了一本但丁的意大利文

《神曲》及其他的小说二三册。

晚上懒极，早眠。

九日，星期一，今天是国耻纪念日，夜来雨，阴。

晨起，觉满身筋骨酸痛，想去买一本德文小说来读。因为前天早晨，自五芳斋出来，路过璧恒公司的时候，看见有一本俄国 Bunin 的小说，系译成德文者，似乎很有一读的价值。

十点钟到德国书铺，买了两本书，一本是 Bunin's *Mitia's Liebe*，一本是 Berhard Kellermann's *Die Heiligen*。又到法界去看了几位朋友，他们都到南京去了，没有会到。中午在新半斋吃鳝鱼，吃了一个醉饱。

午后看婆宁的小说，作映霞的覆信一封。

晚上去新华宿，月亮很好，步行至郭复初寓，和郭太太谈了一阵就走了。随后又到同福里的李宅，谈了半个多钟头，在那里遇见了陈方，将浩兄的事情托了他，他也已答应，因而就写了一封信去催浩兄到南京去。创造社事，也弄稳固了，大约被封总不至于的。

十日，星期二，晴朗，今天要去法科大学上课。

午前起来，天气很寒冷，并且雾很大。走到霞飞路坐电车，商家店门都还没有开，买了一大张《大陆报》看，今天的论文里却有非难蒋介石处，真奇怪极了。

中午去赴宴，会见端六杏佛诸人。据说当局者可以保证创造社的不封，但要我一个交换条件，去为他们帮助党务，托病谢绝了。

午后请修人等去吃晚饭，有同乡陆某，也邀在内，陆要回浙江，送了他十元路费。晚上会光赤，谈到十时去新华艺术学院宿，人颇觉疲芳，病了。

十一日，星期三，晴快。

一早就醒，觉得病得很凶，腹泻不止，午前和王独清走了半天，觉得两只脚有一千斤重，似乎是将死的样子。

午后又和独清及同乡张某纠缠到四点钟，人倦极了，但不能脱身。

接到映霞的信数封，快慰之至。就马上写了一封回信给她。

晚上去法科大学上课，读 Ouida's *In a Winter City*，仍在新华宿。

十二日，星期四，雨。

觉得病加剧了，午前将《洪水》第三十期编好，后出去为张资平侄事冒雨跑了半天，终没有结果。在一家北京馆吃中饭，午后回家睡了半天，晚上过俄国旧书铺，冒雨上法科大学去签了一个名，又回到新华去宿。

十三日，星期五，晴。

早晨，在新华候独清，至十点钟前方出去。伯奇也来了，三人就走在一道。

十二点钟至四马路光华，为独清索取《圣母像前》之稿费，中午在四马路一家广东馆名杏花楼的楼上吃饭。价很贵而菜不好吃，又上了一回当。

午后回家，在出版部里遇见了自富阳来的二哥哥。和他一道出去，办了些事情，傍晚就在四马路的澡堂里洗澡。浴毕去饭店弄堂吃晚饭。

晚饭后，和独清伯奇等别去，我和二哥哥回出版部，他们去出席文艺座谈会，我答应他们一点钟后就去。

回到出版部里，匆忙看了一封信，才知道映霞到上海来了，惊喜交半。上内山书店楼上的日本人组织的文艺座谈会去坐了一坐，就雇车奔跑到三马路东方旅馆去找映霞，她系于午后一点钟到的。晚上和她谈到半夜，就在那里和衣而宿。

十四日，星期六，晴。

早晨一早就起了床，和映霞出去上北万馨去吃早点心，伙计都惊讶我们的早起。劝映霞迁了一个旅馆，又和她说了一阵话，即跑上闸北去看二哥哥，他已经走出去了。就马上回来和映霞作伴，中午约了华林又上饭店弄堂的那家小馆子去吃饭。座上说了许多到欧洲去的话，映霞也觉得很快活。

从饭馆出来，又上新华艺术学院去看了一趟，出来直回旅馆，一直谈到半夜。

十五日，星期日，晴快。

早晨起床，想到吴淞去玩。因为肚子痛，映霞劝我上周文达那里去看病。二哥哥已于今天早晨回浙江去了，所以两人终究没有谈天的机会。

在周文达那里和映霞坐到十一点钟，出来就在晋隆番菜馆吃午饭。饭后在大马路上闲走，为她买了一件衣料，修了一修手表。回旅馆后，看报上的广告，见有《白蔷薇》的电影，在北京大戏院上演，就和她去看去。看到五点多钟，散场回来。映霞上陈锡贤女士那里去取裙，我也新华去了一趟，约好于七点钟再在旅馆里会。晚饭在大马路浙江路口那家小馆子里吃的，又在街上走了一会，就回来睡了。

十六日，星期一，晴。

早晨起来，两人都有点依依难舍的神情，因为她要回嘉兴去。正在互相搂抱的时候，她看出了我眼睛里的黄色。她硬要我去另找一个医生看病，我勉强上钱潮那里去看了一看，果然决定了我所患的是黄疸病。

十点左右，两人又去北四川路配了药，中午十二点钟，才送她上北火车站去赶快车。

午后回到闸北，觉得人更难堪了，就把创造社里的事情，全部托付了出去，一个人跑回新华来。晚上睡得很不好，精神也萎靡不振之至。

十七日，星期二，晴。

早晨和画家陈某及王独清一道，来法界金神父路的广慈医院，进了东院第二号的二等病房。

睡了一天，傍晚起来上法科大学去了一次。

十八日，星期三，晴。

医生禁我吃咸的东西，肉，蛋之类，都不能吃，一日只许饮牛奶五杯，面包数块而已。睡了一天，读岛崎藤村的小说集《微风》。傍晚又上法科大学去了一次，顺便也去访问了李某。

十九日，星期四，晴。

病体还是那样，不过病院生活的单调，有点使我感得不自由起来了。终日读《微风》。

傍晚出去，上出版部去了一趟，接了两三封信，一封自嘉兴的映霞那里来，一封是她的母亲来的。

回病院的途中，又上法科大学去转了一转。

二十日，星期五，晴。

午前医生许我吃素菜了，但病症仍没有丝毫进步。有一位招呼我的道姑要去"避静"，我也想和她一道的出这一个病院。

陈锡贤女士来看我，说明天映霞又要上上海来。我心里真感激她，可是有点觉得对她不起，午前李某也来了。

午后补记了几日来的日记，人倦极了，明天等映霞来后，我打算迁移一个病院。

二十一日，星期六，晴快。

午前在病院读书，把 Ouida's *In a Winter City* 读了一半。

中午的时候，天气很热，人亦倦得不堪。在沙发上躺了一会，愈觉得这一次进病院的不对。病体依旧，而钱却花了不少了。

等到午后三点钟前，华林来了，映霞和锡贤也果然来了，我真喜欢得了不得，就叫了一乘汽车出了病院。

这一晚在远东饭店宿，和映霞去看 Barrie's *Little Minister* 的电影，到十一点送她上坤范去后，才回旅馆睡觉，很不安稳。吃晚饭的时候，我又请他们大家吃了一顿。

二十二日，星期日，晴热。

早晨一早就睡了，候映霞来，到了十点，搬往振华去住，住在后面我曾经住过的那一排屋子里。

午前和映霞杂谈，在家里坐着无聊，便走上城隍庙去散步，顺便去访问了之音等姊妹三人。在他们家里，和她们吃中饭。

下午在旅馆里不出去，傍晚为映霞买了些鞋袜，便和她上禅悦斋去吃晚饭。

饭后又在电灯光亮的马路上走了一阵，九点过后，送她上坤范女学去。我一个人，在振华宿，睡得很好。

二十三日，星期一，阴。后雨。

午前在旅馆里候映霞来，九点过后，她送药来了。吃了最后的这一服药，便和她上新亚去看《达夫全集》的第一卷。印刷已经有一半多了，不过封面还没有送去，当催伙计去买好送去。

车上遇买票的人，告我医黄疸病的医生，就上六马路仁济堂那里去，候了半天，又跑上西门医生家里去了一趟，才开到了一个药方，回来在路上买了药回旅馆。

午后一点多钟，送映霞上火车站，天竟下起雨来了。在闸北出版部里煎了一剂药，服后去商务印书馆找郑心南问资平的版税事，又去访婀娜。晚上有人请我，当去赴宴。

在新新酒楼吃晚饭，遇见胡适之，王文伯，周鲠生，王雪艇，郭复初，周佩箴诸人。主人李君极力想我出去做个委员，我不愿意，后来他又想请我教周某及其他几个宁波新兴权势阶级的儿子的书，我也没有答应。

晚上在新华睡，因为蚊子臭虫太多，睡不安稳。

二十四日，星期二，晴热。

午前一早醒来，就上虹口去打听《文艺战线》六月号到未？问了两家，都说还没有来，大约明天总可以到上海，我的危险时期，大约也在这十几天中间了。

孤帆教我去躲避在他的家里，但我却不愿去连累及他，所以仍想上西湖去住几天。

中午带早膳，是在一家日本铺子里吃的，吃了一碗母子饭及一碗田舍汤。

昨天接到我北京女人的信，很想覆她，但没有写信的勇气。

午后在出版部睡觉，服中国药一剂，读了 O. Henry 的一篇无聊的小说，作映霞的信。

二十五日，星期三，晴。

因为久不在出版部里睡了，弄得臭虫很多，昨晚几乎一宵没有合眼。早晨起来，做了许多事情，上虹口一家日本馆去吃了一顿朝餐，很觉得满足。好久没有尝那酱汤的滋味，今朝吃起来觉得很合我的胃口。吃早饭后，又上仁济堂去看了一次医生，午后回来，又服了一剂中国药。

王独清来出版部里，杂谈了一阵，和他出去走走，走到傍晚，去日本馆子吃母子饭一碗。晚上上法科大学去上课，仍回出版部宿，发映霞及北京的快信各一。

二月十六日，星期四，晴。

早晨去虹口，想去日本馆子吃早饭还早，所以就上五芳斋去吃了些汤团之类，又觉得吃坏了。

回来接到许幸之自狱里的来书，就上上海县衙门监狱里去看他。他见我几几乎要放声哭了，我答应他设法营救，教他再静候几天。

买了许多旧书回来，出版部里一个人也没有，看了半天书，晚上一个人上北四川路去吃鸡饭。饭后上内山书店，不意中遇见了一欧。我告诉内山，一欧就是黄兴的儿子，他睁圆了眼，似乎感动得很，日本人的英雄崇拜之心，实在比中国人强。

晚上上法科大学去上课，结束了这一学期的事情。

二十七日，星期五，晴。

早晨又上虹口吃了一碗母子饭当早餐。上书铺去看了一趟，买了一本 L. H. Myers 的小说 *The Orissers*。迈衣爱氏是一个新进的作家，他的小说雄壮伟大有俄国风，中国人大约还没有人介绍过他的东西，我打算读完后，为他介绍一下，可使中国目下的那些文学家多认得一位异国的作家。

回到出版部里，接到映霞的来信，约我明天早车去杭州。为许幸之等写了一封信给东路军总指挥处的军法科长，要求放免许等三人。

午后去访适之，告诉他将往杭州去养病。

晚上读 *Orissers*。去南市换钱。

二十八日，星期六，晴。

昨天晚上睡不稳，中夜起来了好几次。天未明，就把书籍衣箱等检就，预备上车，终于六点钟前到了车站。

等车等了两个多钟头，人疲倦极了。车上遇见了许多朋友，有师长某，五六年不见了，倒还认识我。

午前十一点过，车过嘉兴，下车去寻映霞。在长廊上来回寻了两次，都不见她，心急上车，她却早在我的车座前坐下了，自然喜欢得很。和她一路上来，忘掉了病，忘掉了在逃难，午后一点多钟，到城站。

在站上找二哥养吾不见，大约他今天早晨已乘早车到上海去看我的病了。真有点对他不起。

去映霞家，见了她的祖父母亲，都说我病势不轻，马上去请集庆寺僧来诊视，晚上服药一剂，早眠。

二十九日，星期日，晴。

早晨一早，就去西湖，遇黄某于途，他告诉我浙江大学预备聘我来掌教，并且劝我在杭州静养，为我介绍了医师一人，我没有去看。

在湖塍闲步，遇见了许多同乡，他们大约是在谋事情，可惜我力量薄弱，不能够一一荐引他们。

十点钟前回到金刚寺巷来服药，午后睡了一觉，出去买了些吃的东西来。又去旧书铺买了几部诗集，及苏曼殊的诗小说集一本。

晚上早就寝，觉得病好了许多了。

三十日，星期一，晴。今天是阴历四月的末日。

午前一早就醒了，在床上读了两篇曼殊的小说，早膳后，做了一篇《杂评曼殊的作品》，共四千字，至中午十二时脱稿。

午后服药，觉得头痛，精神不爽，大约是午前做文章太过的原因。睡了一个下午，傍晚出去候上海车来，想等二家兄下车，等不到。

晚上天闷热，晚饭后，和映霞出去上城站空地里去散了一回步。

三十一日，星期二，晴热，闷人。

五月又于今天尽了，这一个月里，什么事情也不做，只弄得一身大病。

日本的《文艺战线》六月号，前天可到上海，大约官宪当局又在起疑神病了。

午前去西湖会黄某，谈及病状，又蒙他们注意，劝我安心静养。上湖塍旧书铺去看旧书，没有一部当我意的，午后服药。

得上海信，前天果有人去出版部搜查了，且在调查我的在杭住址。作覆信一，要他们再为我登报声明已到日本的事情。

今早把那篇评曼殊的文章寄出，又要做月刊的文章了，大约在这两日内，还要做两三万字才行。

午后上大街去购物，也曾上车站去候车，二家兄没有回来。

读《笃旧集》中张亨甫诗选，晚上和映霞去城站散步，九点钟就寝。

客杭日记

（1927 年 6 月 1 日—24 日）

一九二七年六月一日，星期三，晴（旧历五月初二）。

前月二十八日，早晨和映霞坐车来杭，半为养病，半为逃命，到今朝已经有五天了。梦里的光阴，过去得真快。日日和映霞痴坐在洞房，晚上出去走走，每日服药一帖，天气也好，饮食也好，世事全丢在脑后，这几天的生活，总算是安乐极了。记得 Dowson 有一首诗，是咏这样的情景的，前为王某译出，错了不少，我为他指出错误，原文印在《文艺论集》里，现在记不清了。

午前不出外去，在家候二兄到来，中午上海快车来后，却遇见了一位自北京来的学生，以二兄的手书来投，说他将乘夜车来杭。

午后集庆寺和尚来复诊，又给我了一包丸药吞服，我真感谢映霞的祖父的诚挚。因为这一回的劝我来杭，和介绍和尚，都是他的主张。

晚上出去候上海快车，二兄于八点钟到，和他去看映霞的祖父二南先生，谈到十点钟才回来就寝。

六月二日，星期四，（旧历五月初三）天晴，有雨意。

早晨送二兄至江干。送伊上船后，我就回旗下去聚丰园定菜，决于阴历五月初六晚请客一次，将我与映霞的事情公布出去。午后为发帖等事忙了半日，傍晚出去买了些杭州官书局印行的书，有几部诗集，是很好的版子。又制夏衣一袭，预备在宴客那天穿的。

晚上去会黄某，大约是他不愿意见客，所以被挡了驾。小人得志，装出来的样子实在使人好笑。

三日，星期五，阴，微雨。

早晨又去看黄某，又被挡驾，在湖塍上走了一趟，气倒消了，就回城站来买书。买了一部《百名家词钞》的残本，版子很好，可惜不全了，只有四十七家，中有《菊庄词钞》之类，大约是乾嘉以前刻的。

午后微雨，上海有钱汇来，日本的杂志《文艺战线》六月号，也于昨天寄到了。

三点钟的时候，又上官书局去买了些书，候上海来的朋友不到。

晚上浩兄书来，说初六那天来不来不定，为之不悦者通夜，和映霞对泣移时。决定明天坐汽车回富阳去一次，无论如何，总要催他到来。啊，求人真不容易，到今朝我才尝着了这求人的滋味。

四日。星期六，阴晴。天上微云遮满，
我求老天爷不要在今明两天下雨才好。

昨晚不能入睡，想到世态人情的炎凉易变，实在不得不令人高哭。早晨五点多钟就起了床，读昨天买来的《啸园丛书》一册。病体似乎好了些，只是眼白里的黄色还没有褪尽。

今朝是旧历的端午节，龙儿死后，到今天正是一周年了，早晨在床上回忆从前，心里真觉得难过。

昨晚因为得了二兄的信，说明天我与映霞宴客之夕，也许不能来，所以早晨就坐汽车到富阳去。

杭富路一带，依山傍水，风景实在灵奇之至，可惜我事拥心头，不能赏玩，坐在车里大有浪子还乡之感。

十点钟到了富阳，腰也坐痛了。走到松筠别墅，见了老母，欲哭无声，欲诉无语，将近两年不见，她又老了许多。我和她性情不合，已经恨她怨她到了如今，这一次忽然归来，只想跪下去求她的饶恕。

吃了午饭，上故园的旧地去走了一遭，在傍午的太阳中，辞别母亲，仍复坐汽车回到杭州来，到涌金门头，已经是午后的四点多钟，湖上的游人，都在联翩归去的时候了。

晚上又到各处去请客，走到八点多钟，倦极思眠，草草服了丸药，就上床去睡。

五日，星期日，旧历五月初六，先雨后晴。

早晨起来，见天空里落下了雨点，心里很觉得焦急。坐在屋里看书，十点前后，黄某来看我，谈到傍午方去。又有两位女子中学的先生来看，便留他们在映霞家里吃饭。饭前更上西湖圣武路旧六号去看了蒋某，途上却遇见了北京的旧同事谭氏仲逵。

午饭后，天放晴了，小睡了两点钟，上涌金门去候二胞兄的汽车，久候不到，顺便又上湖边上的旧书铺去看了一趟，一共买了七八本词集，因价未议定，想于明朝去取。

六点钟上聚丰园去，七点前后，客齐集了，只有蒋某不来，男女共到了四十余人。陪大家痛饮了一场，周天初——映霞的图画先生——和孙太太——我俩的介绍人——都喝得大醉，到十二点前才安排调妥。

和映霞的事情，今夜定了，以后就是如何处置荃君的问题了。晚上因为人倦，一上床就睡着。

六日，星期一，旧历五月初七，晴。

晨起送二胞兄上汽车回富阳去，路上的店家还未起床哩，买了些烟及饼干，托转送母亲。

别了二哥哥，转身就上西湖去买就了昨天未买的词集，又去看那醉饮的两个人，他们因为醉得太凶，昨晚不能回去，所以我就送他们在菜馆附近的旅馆里过夜。今朝他们都已醒了，侍奉了一场，送她——孙氏的夫人——先上了车，映霞也到，更看视了一番周氏醉醒的状态，我和映霞就上集庆寺去看医生。

阳光太热，中午自集庆寺回来，觉得坐车也有点不耐烦了。

午后又睡中觉，上西湖去回看了几个人，周天初和我们走了许多的路。和映霞在留芳照了几张照相。

七日，星期二，阴，晨雨。

今天已与天初约定，一早就上他那里去，因为他要为我们照相。很想和映霞及他，上六和塔去，不晓得去得成否。

在床上读了几页日文小说，很有技痒的意思，明后天当动笔做《创造》七期的稿子。

因为午前阴雨，所以映霞不愿意出去，在房里蛰居了半日。午后王母（映霞母）上亲串家去回拜去了，与她约好在西湖西园茶楼会齐，去游西湖。

二点钟左右，我和映霞去西园，天已放晴了。在西园稍坐了一忽，王母来了，就和她一同坐船去西泠印社，吃茶一直吃到五点多钟才回来。晚上早睡。

八日，星期三，晴，热。

天渐渐有点夏天的意思了，我真自家不信自家，在这半年里会这样的一点儿成绩也没有。

午前仍复在家里，看了几本笔记小说，一部是上海对山毛祥麟著的《墨余录》，一本是杭州人著的《苦海新谈》。《墨余录》十六卷，每卷各有记事若干条，多咸同间时事。笔墨很好，可惜抄袭处太多。《苦海新谈》，虽则文笔不如《墨余录》，然而有几条记事，却很富有艺术性。

接上海来信，中间附有上海小报一张，五月三日的小报上记有《郁达夫行将去国》一条，记载得还不很坏，小报名《福尔摩斯》。

午后和映霞出去，太阳晒得很热。先坐车到三元坊的光华书局，知道《达夫全集》第一卷《寒灰集》已经来了。拿了一本全集，想和她上六和塔去的，因为等汽车不来，所以又上西湖船去。我和映霞两人游湖，始自今日，从前上湖船去，大抵总有人在一道的。

上孤山去饮新龙井茶，在放鹤亭边却遇见了我在武昌的时候教过的学生，他们现在浙江当委员，为我照了一张照相。从小青坟下出来，更上岳庙前曲院风荷去走了一圈，打桨归来，斜阳已落在两峰的阴影下了。

晚上本欲和映霞出去散步，因为她明天要去嘉兴，所以留在家中，和她话别后的事情。紧抱了许多回，吻了不计其数的嘴，九点前就各自分散睡了。

九日，星期四，旧历六月初八，晴，热。

早晨起来，就有点心神不定，因为映霞今天要去嘉兴。本来打算和她再去玩半天的，因为她要整理行箧，所以终于不去。午饭前和她去买了些饼干之类来送她，草草吃完了午饭，睡了一个钟头，就送她上车站去。

午后两点钟开车，在车站上又遇见了许多朋友。她去了，我想这几天内赶紧做一点文章出来。

傍晚去看了一位住在西湖客栈里的朋友，回来读了一篇俄国新小说。

今天又洗了一个澡，觉得身体轻快了不少。明天早晨可写五千字，晚上可写五千字，大约在三日之内，一定可以把两万字的一篇小说做成。

晚上上街去购物，想念映霞不置，读《辽文》数则，盖缪荃孙所编书也，虽只薄薄两本，搜辑之苦，可以想见，古人之用心，诚可佩服。

十日，星期五，阴晴。

晨六时就起了床，看天空暗淡，似有雨意。近来干旱，一月余未下雨，老百姓苦死了，秧禾多还没有种落，大约下半年，又要闹米荒也。

在床上读俄国新小说集，然引不起兴致来做东西，自今天起，想蛰居不出，闭门硬做，把那篇两万字的小说做成它。

这半年中，恍如做梦，一点儿成绩也没有，若这一回做不出一篇大文章来，那我的生命就没有了，努力努力，还是要努力。

午前集庆寺僧来看病，说病已轻了许多了。中午有同乡周某来看我，谈了一回，就和他去访问同乡李某裘某，又上西湖去走了一回。

午后睡午觉，醒已将晚了，读德文 Bunin's *Mitja's Liebe*。这篇小说，系在沪日未读竟者，大约明天可以把它读毕。映霞来信，禁我出去，我也写了一封回信给她，教她安心从事于教授，我的病可以请她放心，又写了一封信去给富阳的孙氏，告以和映霞的关系。晚上早眠。

十一日，星期六，旧历五月十二，晴。

今天是入霉的节气，大约今后是一年中最闷人的天气了，我的病体，不知道如何的捱得过去。很想到北京去过夏，但是这几个月的生活费，又从何处去取？

午前在家里不出去，午后又睡了一觉午觉，傍晚上城站各旧书铺去走了一回，晚上早眠。

十二日，星期日，梅子黄时，晴雨不常，天闷热。

晨起就觉得无聊，很想出去闲步，因为没有伴侣，所以跑上了涌金门头。想坐汽车到梵村，汽车不来，就坐了洋车，到龙井去玩了半天，十一点半钟才回到家里。

几天来想做文章，终于做不出。

午后和王母上西湖去，天时晴时雨，我们在三潭印月，杨庄，孤山，平湖秋月等处，玩到晚上才回来。

晚上一早就入睡，睡得很舒服，因为今天白天运动得适当，已经疲倦了的原因。

十三日，星期一，阴晴，热（五月十四）。

午前苦欲执笔撰文，终究做不出来，没有法子，又只好上西湖上去跑，并且顺便去取了照相。和映霞二人合照的一张照得很好，我一个人照的一张半身却不佳。

午后在家睡午觉，傍晚起来，出去上各旧书铺去走了一遍。买了几本旧小说，和一部《有正味斋日记》。

晚上十点钟才上床。

十四日，星期二，晴雨不常，闷热。

午前在家不出，读 Bunin's *Mitja's Liebe* 毕，书仅百页内外，系描写 M 之初恋的。初恋的心理状态总算描写得很周到，但终不是大作品，感人不深，不足以动人。还不如作者的其他一篇小说 *Der Herr aus San Francisko* 更为有力，更足以感人。

书中第二十八章，描写 M 与农妇 Aljonka 通奸处很细致，我竟被它挑动了。像这些地方，是张资平竭力模仿的地方，在我是不足取的。

午后当出去洗澡，将数日来的恶浊洗尽了它。

读吴毅人《有正味斋日记》，很觉文言小品的可贵，想做一篇论文，名《日记文学》，为三十二期《洪水》的冒头。

午后在家不出，做了一篇文章，名《日记文学》，供《洪水》卅二期的稿子，自午前十一点半做起，做到午后三点钟止，马上出去付邮，大约今天晚上可以到上海，明天当可送到。洗澡回来，又去问八字，晚上在院子里纳凉，听盲人说休咎。十时就寝。

十五日，星期三，昨晚闷热，早晨微雨，旋即晴。

天旱得久了，农民都在望云霓，不晓得什么时候得下大雨。我记得在 Knut Hamsun's *The Growth of the Soil* 里，有一段记天旱的文字，写得很单纯，很动人。

今天药已经完了，打算一早就上集庆寺去求复诊。病已愈了八九分，大约这一次药方服后，以后可以不服药了。作映霞信，因为她昨天有信来，我还没有覆她。

傍午有同乡来访，系求荐者，就写了一封信给他。送他出去后，即乘汽车至灵隐集庆寺，时王母已先在候我了。问寺僧，知主持僧已先我们而入城去了，只好匆促回城内，在梅花碑育婴堂里，受了和尚的诊断，顺便去买药回家午膳，饭后睡到四点钟才醒。

醒来后，觉得天气还是闷热，写了一封给东京冯乃超，一封寄北京，一封寄武昌黄素如的信后，就出外上湖滨去闲步纳凉。夜饭前回家，读《有正味斋日记》上卷一册。

晚上大风雨，几日来的暑热一扫而尽。十点钟入睡，窗外的雨声，还在淅沥响着。

十六日，星期四，仍雨未歇。

今早睡到七点钟才醒，在床上读了一篇翻译成中文的小说，味道同吃糖皮一样，干燥而讨厌。

午饭前又读《有正味斋日记》下卷，觉得有趣味得多了。

接北京及上海来信，稿子还是做不出来，焦灼之至。荃君亦在担心我的病状，幸而昨日我信已发出，否则又要添她的愁虑了。

午后在家里坐听雨声，看了一册《有正味斋日记》下卷。日记里满载着行旅的景状，和入京后翰林儒臣诗酒流连的雅趣。内共有日记三篇，曰，《还京日记》，曰，《澄怀园日记》，曰，《南归日记》，时有骈俪写景文杂于其间，不过考证地名，及详述运河堤堰名等处，太使读者感到厌倦，从此可以知道考据家的难做。

傍晚接映霞来信，即作了一封答函，冒雨去寄出，并往小学同学某处坐谈了半个多钟头，因为小学校同学有许多聚合在那里。晚饭时，饮了一杯绍酒，服丸药后，就睡了，那时还不过九点钟，天气凉冷如秋。

十七日，星期五（旧历十八日），雨尚未歇。

来杭州已经二十天了，而成绩毫无，不过病体稍愈。早晨睡在床上读法文名人短篇集，很想做一篇小品，为《创造》七期撑撑门面，不晓得今明两天之内，也能够写成功不能。和映霞约定于后天早晨坐早车去上海，临去前，总要写成一篇东西才对。看从前所记日记，头昏痛了。

急了一天，又做不出东西来。午前去大方伯访友，不遇，顺便过书店去看了些新出的书籍。与同乡李氏谈，陆某亦来。

午后在家里睡午觉，晚上读法国名人小说集，早就眠，时尚未九点。临睡之前，映霞忽自嘉兴来。

十八日，星期六，晴雨不定，黄梅时正式的天气。

午前闷坐在家，映霞劝我去剪发，就到城站前去理发，一直到十二点钟。

午后天略放晴，有孙氏夫人来访，三点后和王母、映霞及宝童等出游西湖，先至三潭印月，后过西泠印社、平湖秋月。天上淡云微雨，时弄游人。傍晚归来，看见东北半天晴色，淡似虾背明蓝，保俶塔直立在这明蓝的画里，美不可以言喻。到湖滨后，雇车到金刚寺巷，已经是野寺钟声齐动的时候了。

十九日，星期日，阴晴，时有微雨，旧历五月二十日。

午前在家，看小说名《海上尘天影》。著者自署为梁溪司香旧尉，有王韬序文，书出于清光绪二十年。楔子章回，体裁结构，全仿《红楼梦》，觉得肉麻得很。不过以当时上海妓女们作大观园里的金钗十二，可以看出一点当时上海妓院的风俗来，书的价值，远不如《海上花列传》。

午后稍睡，有留学时同学陈某来访，三点多钟，就和映霞及客出游，乘汽车到梵村，看一路风景。在梵村遇了雨，向一家茅亭里沽酒饮少许，就又坐了汽车回湖滨。上西园三楼吃茶，到夜才回来。

二十日，星期一，晴雨不常。

因为映霞来了，又加以上海有信来警告，嘱我行时谨慎千万，所以上海之行，暂作罢论。拟至本礼拜日，再潜行赴上海也。昨天早晨，又寄了一篇《劳生日记》去，可以作《创造》七期稿用的，信也已经发出了。

午前湿云低迷，空际不亮，和映霞出至清波门外散步。出涌金门后，步行至钱王祠。柳浪闻莺处荷花已开满，荷叶上溜珠点点，昨晚上的雨迹，还在那儿。

十一点前后，天又下雨，急忙赶回家来。本来想到虎跑去饮清茶，终于没有去成。今朝是夏定侯出殡的日子，街上士女的聚观者倾巷塞途，杭州人的见识陋狭，就此可以想见了。

午后在家中坐雨，和映霞谈以后立身处世事。生不逢时，想来想去，终没有一条出路，末了两人都弄得盈盈欲泣。午后的几个钟头，正如五分钟的长，一转瞬就过去了。映霞的祖父来，就和他对饮到夜。

晚上复和映霞谈到十点钟，儿女情浓，英雄气短，今天身尝尽了。约于这一个礼拜天，坐夜车去上海，她在嘉兴车站候我。

二十一日，星期二，雨。

午前开了一回太阳，青空也露出了半角，本想劝映霞不去，再上湖中去玩半天。吃午饭的时候，忽而又云兴雨作，她就决意去嘉兴，午后两点钟，送她上了车，我一个人回来睡午觉。

报上登有冯玉祥和蒋介石在徐州会谈消息，大约两人间默契已成，看来北方军阀是一定可以打倒了。

晚上早睡。

二十二日，星期三，旧历五月廿三日，雨。

晨起一阵急雨，午前或者雨点会停，当去虎跑寺走一遭。在杭州的余日，已无多了，这两三天内，当尽力游览一番。病似已痊愈，身上脸上黄色褪尽，只有眼白里黄丝未褪，但只须保养，可以勿再服药。

早晨后，冒险出游，天上黑云尚在飞舞，但西南一角，已放光亮，可以慰行旅人的愁闷。风死雨停，闷热得很。有时亦露一条两条淡黄日光，予游人以一线希望。赶到杭富车站，正八点钟，头班汽车还没有开。

先坐车到闸口，上六和塔去看了一回旧题壁的词。一首是《蝶恋花》，是给前年冬天交结的一位游女的：

> 客里相思浑似水，
> 似水相思，也带辛酸味。
> 我本逢场聊作戏，
> 可怜误了多情你。
>
> 此去长安千万里，
> 地北天南，后会无期矣。
> 忍泪劝君君切记，
> 等闲莫负雏年纪。

一首是《金缕曲》，当时病倒在杭州，寄给北京的丁巽甫（《一只马蜂》的著者）、杨金甫（《玉君》的作者）两人的：

> 兄等平安否？
> 记离时，都门击筑（丁），汉皋赌酒（杨）。

别后光阴驹过隙，又有一年将旧。

怕说与"新来病瘦！"

我自无能甘命薄，

最伤心，母老妻儿幼。

身后事，赖良友。

半生积贮风双袖，

悔当初，千金买笑，量珠论斗。

往日牢骚今懒发，发了还愁丢丑。

且莫问，"文章可有？"（二君当时催我寄稿于《现代评论》）

即使续成《秋柳》稿，

语荒唐，要被万人咒。

言不尽，弟顿首。

因为当时正在读《弹指词》，所以不知不觉中，竟抄袭了梁汾的腔调。两词抄在当时的日记里，在此重抄一遍。

从六和塔下来，坐车到小天竺小息，就到虎跑寺去访毛某，谈了半日的禅道，十点钟前，辞别回到城里来。

午后天又下雨了，睡到四点多钟，出到女师访夏莱蒂，和他出来喝酒，他喝醉了，扶他回去，费了许多周折。

二十三日，星期四（五月廿四），晴。

夜来大雨，早晨起了一阵凉风，霉雨似已过去，天气有点儿干燥起来了。

午前出去，上工业专门学校去访朋友，又过旗下湖滨，买了许多咸同之际的小家词集。

午后天阴气爽，又约王母等出至湖上。先上白云庵月下老人处问前程，得第五十五签。

> 永老无别离，万古常圆聚。
> 愿天下有情的多成了眷属。

过高庄蒋庄小坐饮龙井茶，又上公园等处玩了半天。我到高庄，是在十五六年前，这一回旧地重游，果然是身世飘零，但往日同游伴侣中之位至将相者，有许多已经不在世了。感慨无量，做了两句诗："十五年前记旧游，当年游侣半荒丘"，没有续成。

舟返湖滨，已经是七点钟前。西天落日，红霞返射在葛岭山头。远望湖上遥山，和湖水湖烟，接成一片。杭州城市，为晚烟所蔽，东南一带，只见几处高楼，浮耸在烟上。可惜湖滨多兵士，游人太嘈杂，不能细赏这西湖夏日的日暮的风光。后日将去上海，今天的半日游，总算是我此次客杭一月来的殿末之游，下半年若来，不晓得人事天然，又要变得如何了。

晚上接嘉兴来信，映霞的同事们约我于星期六早车去禾，写日记写到晚上的十二点钟。

二十四日，星期五，天晴了，很觉得快活。

早晨一早就醒，看窗外天气，真晴爽如二三月，以后大约总无久雨了，可喜。

接映霞快信，感慰之至，她真是我的知己。作覆信一，告以将于明晨去上海，在嘉兴落车。

午前，收拾在杭州所买书籍，装满两藤篮，还觉搁不起，大约共计买书数十元，因为是中国书，所以有如此之多。

访前在北京时所授徒，伊等已在杭州抢得一个地位了，谈了半天，自伤老大。

天气很好，热而不闷，且时有和煦之风吹来。午饭时饮酒尽一壶，饭后洗澡睡午觉。五点钟醒，仰视青天，颇有天下虽大，我欲何之之感。

　　在杭州住将一月，明日早车即去禾，大约在嘉兴游鸳湖一周，将附夜车到上海，客杭日记一卷，尽于今日。

　　一九二七年，六月二十四午后，五点钟记于杭州金刚寺巷映霞家。

厌炎日记

(1927 年 6 月 25 日—7 月 31 日)

六月二十五日，星期六，旧历五月二十七日，雨。

晨五时即起床，因为昨夜睡得很早。梳洗毕，正在吃早饭的时候，天忽而下起雨来了。今天一早就要乘车去嘉兴，所以郁郁不乐，觉得天时在和我作对。

七点钟冒雨去城站，来送者有王母及祖父王。映霞的二弟保童和我同行，十点钟到嘉兴。映霞在站上候我，车到站后，雨却停了。在城外走了一阵，就上城内庆丰楼去定座请客，请的都是映霞的同事，吃到午后两点，大家方才散去，那时候天又下起雨来了。

在一家小旅馆听雨候车，望烟水里的南湖，终究不曾去得。

四点五十分，杭州开来的车到了，就和映霞、保童一道上车，晚上七点半钟到上海北站，天已经黑了，雨仍旧在丝丝落着。

坐汽车到四马路的振华旅馆，住九十一号房，我和映霞一夜不睡，谈到天明。

二十六日，星期日（五月二十八日），晴。

因昨晚事，映霞今天疲倦之至。

午后去访郭某李某及石某，都不见到，今天星期，他们都已

154

去应酬去了。

上内山书店，遇见了斯某，谈了些衷曲。晚上在六合居和映霞等吃饭，饭后又去看李某，托保童事，已成功了，明天午前十至十一点的中间，当和他去黄浦滩十五号访李。

今天路过西门，又买了几部旧书，一部是 Catherine James'*Before the Dawn*，一部是德国 Lisbet Dill's *Eine Von Zn Viele*。

晚上仍和映霞同床宿。日本林房雄有信来，托译《中国左翼文艺集》一册。

二十七日，星期一（五月二十九），晴。

是真正的夏天天气了，海上时有凉风吹来，太阳光里行动时，大半的人都汗流如雨下，可是晚上仍是很凉快。

午前去高昌庙看蘅青，不遇。十一点的时候，送保童去考中央银行的练习生，见了文伯、孤帆诸人。午后在家小睡，又和映霞上周文达那里去，行走到夜。

夜饭在福禄寿吃，和映霞买了许多东西，谈到将去北京一节，她哭了好多时。

入睡已经是二点多了，她明天要乘早车回嘉兴去。

二十八日，星期二，晴。

早晨五点钟就起来梳洗，送映霞上火车站去，买了票，送她上车去坐好，我就回到出版部去看了些信和书。又过各旧书铺，买了几本不必要的小说和诗集。午后有暇，当去访适之及他们的新月书店。

新月书店，开在法界，是适之志摩等所创设。他们有钱并且有人，大约总能够在出版界上占一个势力。

适之住在极司菲而路四十九号甲的洋房里，午后三点多钟到他那里，他不在家，留了一个名刺给他和惠慈。

晚上访王独清华林等于金神父路，买了一本 Wilkie Collins 的小说，名 *No Name*。柯林斯的小说，结构很好，是后来许多通俗小说家的先驱，虽则不是第一流的作家，但是在小说匠的流辈里，也可算得一位健将。他的 *The Woman in White*，已经是妇孺相知的通俗书了。

读一位无名作家的小说到九点钟，就上床睡觉。

二十九日，星期三（旧历六月初一日），阴晴，晚上雨。

晨起就往虹口，看了些新出的日本杂志，买了一本《文艺春秋》。在一家日本馆子里吃了一顿饱饭，走上出版部去。

有许多函件来稿，带了到旅馆里来。这几天完全思路不清，头脑昏乱，所以做不出东西来，从明天起，当勉强写几篇小说出来卖钱。

午后约一位商人在六合居吃饭，饭后睡了半天，晚上天潇潇下了微雨，心里很是悲凉，映霞的胞弟保童明天要回杭州，写了一封信托他带去，教他在嘉兴车站上转交给映霞。

三十日，星期四（旧历六月初二），晴，时时下几点雨。

昨晚上因为看书看到了十二点多钟，所以今天觉得心神不快。早晨八点前，送保童上沪杭车站去了一趟，就跑上出版部去。在虹口走了一圈，买了些日文旧小说，回来到旅馆，遇见了独清。他来警告我行动须秘密一点，不要为坏人所害。

和独清在一家扬州馆吃中饭，回来睡了一觉，直到午后四点钟才起来。

出去看了适之，和他谈了些关于浙江教育的事情，大约大学院成立的时期总还很远，因为没有经费。

顺便又到法院旁的陈通伯家去看了一趟，遇见了陈小姐，和她谈了一个钟头。

从陈家出来，太阳已经将下山了，复回创造社去了一次，接到了几封杭州嘉兴来的信。

晚上去内山书店，又上沧洲旅馆去看王文伯，没有遇着，回来写了一封给映霞的信。

今天天气很热，路过大华饭店，见有电影名《巴黎的夜半》，很想进去看看，因为怕遇见熟人，所以不去。

六月又于今天尽了，明天起，已是炎热正盛的七月，我不晓得入了七月以后，自己的思想行动，有没有一丝进步。从明朝起当写些东西。

七月一日，星期五（旧六月初三），闷热。

天气闷得很，是霉雨时候特有的气象，弄得人真真气都吐不出来。

早晨蛰伏在旅馆里，十点前后出去吃早餐，流了一身的汗，昨夜来似乎伤了风，所以汗格外出得多。头脑有一点昏，想做文章却做不出来。

早餐后上书店去看了一回新到的洋书，有一部中国小说第二才子《风月传》的英译本在书架上，翻下来一看，原来是从法文重译过来的，英译名 *The Breeze in the Moonlight*，书名真译得美丽不过。

上各处去走了一趟，就买了一部《风月传》来读，一直读到将夜。这书的著者不详，然而旧小说中像这样 romantic，perfect 的东西，实在少有。我初见外国译书的名目的时候，以为总不外乎一部平常的传奇小说罢了，然而打开来一读，觉得作者笔致的周到，有近代中国各作家所万赶不上的地方。空的时候当做一篇文章来介绍介绍，好教一般新作家得认识认识这位无名的作家。

晚上大雨，我一个人在酒馆里吃晚饭，倒也觉得清闲自在。饭后回来，又看了一篇日本人做的小说，十点钟敲后上床就寝，窗外的雨还未歇。

二日，星期六（六月初四），热而且闷，大雷雨。

早晨写了两封信，一封给映霞，一封给杭州映霞的祖父的。饭后上出版部去了一次，接了几封映霞的来信。

午后无聊之至，想做文章又做不出来，不得已只好乱读了些西洋的作品，俄国爱伦婆尔古的小说《勿利奥·勿来尼特及其弟子等》今天开始读了。

晚上上新旅社去看了几位同乡，和他们打牌打到了半夜才回来，睡的时候，人倦极了。

三日，星期日，晴，后雨（六月初五）。

晨起已经是十点多钟了，上城隍庙去吃中饭，并且买了些书来，读到将夜出去。

先到内山书店，然后去访了一位朋友郑氏，又过法界新月书店去看了一趟。和独清伯奇两人吃晚饭，谈到半夜，他们才回去。

四日，星期一，雨。

自早晨落雨，落到晚上，一刻也没有停过。

看了一日的书，觉得很头痛，几天来似乎伤风了，总觉得不舒服，做文章也做不出。

楼建南来看我，午后和他去洗澡。

晚上很想念映霞，写了一封信给她，中间附词一首：

扬州慢

客里光阴，黄梅天气，孤灯照断深宵。记春游当日，尽湖上逍遥。自车向离亭别后，冷吟闲醉，多少无聊！况此际，征帆待发，大海船招。　相思已苦，更愁予，身世萧条。恨司马家贫，江郎才尽，李广难朝。却喜君心坚洁，情深处，够我魂销。叫真真画里，商量供幅生绡。

五日，星期二，大雨终日（六月初七）。

因昨晚上睡不着，今早九点钟才起床。窗外头雨脚正繁，很想出去，但又不能。

到中午的时候，天晴了半刻，就上创造社出版部去，遇见独清也在那里。

早晨做了一篇仓田百三的《出家及其弟子》译本的序文，总算是这一次到上海来后，做的第一篇文章，共有二千字内外。

和独清出来，在美丽川菜馆吃饭。饭后又上出版部去了一趟，办理了些杂务，二点多钟，上内山书店去，杂谈到夜。田汉伯奇等也在那里，就一道出去吃晚饭，饭后去中央会堂看新剧，遇见了志摩等，到十二点钟，冒雨回旅馆，读书读到午前二点。

六日，星期三，大雨（六月初八）。

睡到十点钟起来，无聊之至，上中美书店去买了两本英文小说。一本是 James Joyce's *Dubliners*，一本是 George Gissing's *New Grub Street*。又过德国书店买了一本德文近代短篇小说集。读书读到午后，又出去了一趟。

上创造社去，接到了映霞的两封信，知道她想到上海再来看我的病状。晚上写了她的覆信，因为无聊，就出去上大世界去听戏，到十二点才冒雨回来。

七日至十五日，天气炎热，天天晴。

住在旅馆内，无聊之至。八日映霞自嘉兴来，和她玩了三五天，曾到半淞园、法国公园等处看月亮。十二的晚上，佐藤春夫到上海，和他玩了半夜。

十三日午后，映霞乘晚车赴杭，送她到车上，回来洗澡更衣，休息了两天。

今天是七月十五日了，昨天接到北京荃君来信，就写了一封快信去覆她，答应她于一二星期后赴京。今天又接北京曼兄来信，大骂我与映霞的事情，气愤之至。

午后上佐藤春夫处，伊已出外去了，就在鸭绿路一带闲走了两个钟头，看见了许多盐酸梅。

晚上凉快，拟于这两日内做成一篇小说去卖钱。好搬回闸北去住，大约住到月底以后，可上北京去。今天接到映霞自杭州来信，写了一封覆信给她，保童的事情，已经决定了。

十六日，星期六，旧历六月十八日，晴，热。

数日来连夜月明，所以晚上睡得很迟，弄得身体坏极了。今天晨起就做小说，一直写到午后五点多钟，写成了一篇七千余字的小说，名《微雪的早晨》，打算去卖给《东方杂志》，或《教育杂志》。晚上在南洋西菜馆吃晚饭，遇见适之，和他约定合请佐藤春夫吃饭。他说除礼拜一二外，每日都有空的。

接映霞信，她说她很想我，我也在想她。明早当写一封信去。

十七日，星期日，阴晴，有点儿闷（六月十九）。

今天是六月十九，民间传说是观音菩萨的生日。我想起了儿时故乡当这一天的热闹。我想起了圆通庵里看女子的事情。我更想起了少时我所遇见的第一个女人，在桥头立着的风神。

天气很闷，时雨时晴。午前在家里睡觉，因为昨天写了一天小说，今天觉得有点疲倦。大约是睡眠不足的原因。十一点钟的时候，上新闸路去把映霞为我缝的两套绸衣取了来，就在旅馆前面的那家酒馆里吃了午饭。

午后出去，上内山书店坐了半天，买了几本日文小说。在那里遇见了日本报《上海每日新闻》的记者，他告诉我说，明天在日本人俱乐部开会欢迎佐藤春夫，要我也一定去参预晚餐会，并且要我去邀欧阳予倩等也加入。

午后三四点钟回到旅馆来睡觉，不久许杰来谈，谈到晚上的九点多钟。

许杰去后，出去上法界吉益里的予倩家内，告诉他以明天的事情，更顺便去邀了独清田汉等。回来看昨天做的小说，修改了一下，换了一个题目名《考试》，打算明天去卖给商务印书馆的《教育杂志》。上床就寝，已经是十二点钟过了。

十八日，星期一，晴，热（六月十二日）。

晨起就到出版部去，已经将近十点钟了。将那篇小说拿到商务印书馆的《教育杂志》编辑处去，卖了四十块钱。

又接到映霞的来信，托我买布，在上海各铺觅遍，不能得那一种花样的纱布，所以只买了三百支烟，托伙计到杭州去的人带了去。

午后在家睡觉，明天打算搬到创造社出版部去住。将晚的时候，上法界的俄国书铺里去，买了底下的三册书：

Von Trotz und Trene，Bogislow V. Selchow.

Summer，R. Rolland，The second volume of *The Soul Enchanted*（English）.

Memoirs of My Dead Life, George Moore.

摩亚的《过去记》里，很有几篇好小说，打算译一点出来。罗曼罗兰的《夏天》大约也是一部好书，打算就在这几天读它完来。晚上日人招待我与佐藤春夫，主办者为《上海每日新闻》社，到了欧阳予倩，荻原贞雄及《大阪每日新闻》上海支局记者等二十多人。

在日本人俱乐部吃完晚饭后，又到六三亭去喝酒，喝到午前二点，才坐了汽车回来。我的对酌者为"马妹洛姑"，在上海总算是第一流的日本妓女了。

约定于二十日晚上，再招佐藤来吃晚饭，当请志摩、适之、予倩，等来作陪客。

十九日，星期二，晴，热（六月二十一日）。

午前八点过起床，就上出版部去取了商务印书馆送来的四十块钱。弄到午前十一点半，才把振华旅馆里的账算清，并且把行李搬出，搬上出版部去。

因为天气太热，黄包车夫敲竹杠，气不过，就雇了一辆马车搬运行李。

午后出去同佐藤春夫及他的太太、妹妹上城隍庙半淞园去玩，吃茶谈天，一直游到六点多同回他们的旅馆。洗澡吃晚饭后，又有两日人来访佐藤，同他们一同出去上六三花园去征妓喝酒。月儿刚从东方树林里升起来，在六三花园的楼上远望过去，看见晴空淡白的中间，有一道金光在灿射。四面的树梢静寂，夜半人稀，黑黝黝的一片，好像是在海上的舟中。和妓女等卷帘看月，向天半的银河洗手，开襟迎半夜里的凉风，倒也有一点趣味。写了几张作合书的邮片寄东京的作家菊池宽等，一直到十二点钟过后才坐汽车出来。

风凉月洁，长街上人影也没有一个，兜了一圈风，又和佐藤、荻原等上青鸟馆，虹口园及卡而登跳舞场去。遇见了些奇怪的舞女，一位日本的女青年和一位俄国的少妇，和我们谈天喝酒，一直闹到早晨的四点。同佐藤并坐了一辆小汽车，于晨光曦微的早市里跑回虹口的旅馆去，心里却感到了一点倦游的悲怀，在佐藤房里的沙发上睡了一觉，七点钟就跑回到出版部来。

二十日，星期三，晴，热极（六月二十二日）。

早晨看见报上有我们前晚在日本人俱乐部照的那张照相，从火热的太阳光里走上法界的各处去请客。午后一点多钟，在田汉家里又遇见了佐藤夫人，和她及田、唐两太太坐汽车去先施、永安买了些东西，在福禄寿的客堂里吃冰闲谈，坐到晚上。

回佐藤的旅馆去坐了一会，于向晚的时候又和佐藤及唐太太等去坐汽车兜了一圈风。

八点钟到功德林去，适之、通伯、予倩、志摩等已先在那里了。喝酒听歌，谈天说地，又闹到半夜。

在福禄寿饮冰水，等到十二点后，上天蟾舞台去看了许多伶人的后台化装，送佐藤到旅馆，回家来睡，已经是午前两点多钟了。

二十一日，星期四，晴，热极。

午前为创造社公务忙了半天，午后在家里整理来稿，汗淋了一身，补记两日来的日记，写了一封信给映霞，告以这两天的忙碌，和没有工夫写信给她的苦衷。信写完后已经五点钟了。

拿了这封信跑出去，天上的太阳，还晒得人头昏眼晕。先上佐藤那里去了一下，又往各处去走了一遍，到七点钟才上新新公司去吃晚饭，是现代评论社请的客，座上遇了适之、蘅青、复初等许多人。

吃完晚饭，又和田汉去大华饭店看电影吃冰水。一直到午前一点钟。

二十二日，晴热，午后大雨，星期五。

早晨起来，就有许多人来访，和他们出去，上婀娜那里，听到了许多不愉快的话，把我气死了。

和伯奇独清等上虹口日本菜馆去吃饭，饭后上浴室洗澡，遇着了大雨。

晚上上佐藤处，和他们走走，到十二点后回出版部。

二十三日，星期六，晴，热。

七点半起床，作映霞信，因为她昨天来了快信。

早晨所以起得这样早的原因，就因为昨晚上和佐藤约定，一早就去打听他上南京去的事情的。九点钟的时候，上佐藤那里，和他一道出去，去访法界的田汉。田汉本约定亲自陪佐藤去南京的，延宕到了现在，有十几天了，终究没有去成，佐藤也等得心焦了，他的夫人也在埋怨佐藤了。和田汉谈了一会，决定了明早动身北去，我们到午前十一点左右，就和一位德国夫人及一位康女士，一道出来吃饭。在四川路一家外国饭馆，名奇美的饭店里吃饭。

吃完中饭，又到佐藤的旅馆里去，他太太大发脾气，一直坐到日暮，才和她们一道出来，上永安公司去买物购衣，末了，又上美丽去请他们吃晚饭。

吃完饭后，走了一圈，仍复上法界田宅去问讯。决定明早一定起行，我因为上南京去不得，约定于明早八点，上车站去相送。晚上送佐藤夫妇回旅馆后，又和那位德国夫人坐汽车兜了一圈风。

二十四日，星期日，晴，热（旧历六月廿六日）。

早晨八点钟，赶上火车站去送佐藤，谁知田汉又改了行期，佐藤以汽车来接我去商量办法，不得已就只好和他及他的夫人妹妹一同先到杭州去玩。

九点十五分开车，一直到午后五点钟才到杭州城站。路上军人如臭虫，层积累堆。坐的车位，也为这一个阶级占据尽了。我说中国军队，如臭虫一样，并不是骂他们，实在觉得这譬喻还不大相称，因为臭虫只能吮吸人血，不能直接使人死亡，而军人恐怕有使中华民族灭亡的危险。这军人系指新旧的军人一概而言，因为国民革命军人和其他军人，都是一样的腐败，一样的恶毒。军人不绝迹，中国是没有救药的。

午后五点钟到了杭州，先送佐藤氏三人上西湖饭店去住下，我一个人然后到映霞的家里去和她相见。她不幸不在家，我等了一会，只好仍复出来上西湖饭店，去陪佐藤夫妇吃饭游湖。

游到晚上十点钟，才回到映霞家里，她病了，睡在床上。又是十几天不见，使我在灯光下看了她的清瘦的面容，不知不觉的又感伤了起来。谈到十二点钟，才上东床去睡，觉得牙齿有点痛。

二十五日，星期一，晴，热（旧历六月廿七日）。

早晨和映霞去访佐藤于西湖饭店，在湖滨知味观吃饭，十二点前后，坐汽车上灵隐去。在灵隐寺里走了一圈，又坐肩舆上韬光去喝茶。太阳光很大，竹林里吹来的凉风，真快活煞人。

下韬光后，在灵隐老虎洞前照了一张相，仍复坐洋轿上清涟寺、紫云洞等处。六月的深山洞里，凉冷如秋。今天是中伏的起头一日，路上来往烧伏香的人不少。

上岳庙后，就在杏花村吃晚饭，饭后摇到三潭印月，已经是满天星斗了。

星光映在池里，她们都误作了萤光，在那里捉逐。

晚上回湖滨小坐，到家睡觉，已经是十点钟敲过后了。

二十六日，星期二，晴，热（旧历六月廿八日）。

本打算今天早车去上海，因为要买物购书，所以又耽误了一天。

早晨和他们去杭州市大街买绸缎等类，中午上映霞家去吃饭。爹爹二南先生撰诗两首，写了三幅字送给佐藤，宾主尽欢而散。

午后三点多钟，坐汽车到六和塔去，坐到五点多钟，回湖滨。改坐湖船仍旧上三潭印月等处去喝茶。晚饭在楼外楼屋顶上吃，十点钟回家就寝。

二十七日，星期三，晴，热。

一早就起来，上西湖饭店去催他们起床。坐汽车到城站，乘七点四十分特别快车回上海。映霞来送我，离亭话别，又滴了几滴伤心的眼泪。到上海已经是午后二点了，上佐藤旅馆去坐谈到夜，出席文艺漫谈会。十二点多钟，上澡堂去洗了一个澡，回出版部来睡，已经是一点多钟了，牙齿痛，蚊子也多，睡不安稳。

二十八日，星期四，晴，热（旧历六月三十日）。

早晨起来，就上法界田汉家去。又遇见了那位德国夫人，她一定要跟我出来，和她跑了一天。

晚上送佐藤上南京去，在车站上遇见了北京的朋友邓某。从车站出来，先在马路上和德国夫人兜了一圈风，就去法界霞飞路东华电影院看电影，晚上回家来睡觉，已经是十二点多了。

二十九日，星期五，晴热（旧历七月初一日）。

早晨独清来，和他出去走了半天，在日本饭馆里吃午饭。同去访佐藤夫人，答应她晚上去和她看电影。

午后在澡堂里睡了一觉，洗澡后出来，已经是四点钟了。访陈通伯，谈了一忽。

回出版部来，接到了北京的一封信，心里很是不快活。补记六天来的日记，在出版部吃晚饭。

饭后出至佐藤氏寄寓之旅馆，和他的太太及妹妹出至大世界游。在露天茶园里遇见之音，两月来不见。她却肥得多了。

送佐藤夫人回旅馆后，又上振华旅馆去访周静豪，托以丁某在狱事。回出版部已将近午前两点，一味秋意，凉气逼人。

三十日，星期六，晴热，旧历七月初二日。

阅报知北京今年大热，我很为荃君辈担心，昨天接她的来信，又觉得心里发火。但是无论如何，她总是一个弱女子，我总要为她和映霞两人，牺牲我的一切。现在牺牲的径路已经决定了，我只须照这样的做去就行。

晨起就写了一封给映霞的信，想作小说，因为楼上太热，不能执笔，午前在家中读摩亚氏小说《过去的回忆》。头上一段 Apologia 很有趣味。此书我在十几年前头曾经读过，现在已经是读第二次了。

午饭后小睡，因天热直到午后四点多钟方出去。上佐藤夫人处小坐，又上通伯那里去旁听《现代评论》社的开会。他们都是新兴官吏阶级，我决定以后不再去出席了。

晚上回家来吃晚饭，路过北河南路，见有盂兰盆会的旗鼓，很动了一点乡愁，想到小的时候在故乡市上看放焰口的光景。又是七月底了，夏天尽了，今年又是半年过去了。

晚饭后出去至佐藤夫人处，陪她们去看电影，在海宁路一电影院内，影片名 *Midnight Sun*，是美国的出品，系叙一舞女与一陆军将校毕业生的恋爱的。中间写有俄国革命以前的贵族的腐败情形，及革命党初期的牺牲热忱，尚不失为一好影片。

影片看完，送佐藤夫人等返旅舍，已经是十一点半了。一路上坐黄包车回来，颇感到了身世的不安，原因似乎在北京荃君给我的那封威胁信上。我想万一事不如意，情愿和映霞两人去蹈海而死，因为中国的将来，实在没有什么希望，做人真真没趣。不过在未死之先，我还想振作一番，奋斗一番，且尽我的力量以求生，七月只剩明天一天了，从八月一日起，再拼命来下一番死工夫。

三十一日，星期日，晴热（旧历七月初三日）。

早晨八点钟就起了床，听见仿吾已经来上海，因即去大东看他。谈到了中午，回到出版部吃午饭。饭后去访佐藤夫人，四点多钟，和她们去城隍庙玩，回到陶乐春吃夜饭。饭后回出版部，谈整理部务计划。

夜十时谈到了北京分部的事情。决计于二星期后北去。一则略略料理一点家务，可以安心去国，作异国永住之人。二则可以将创造社出版部事务全部交出，亦可以从此脱手。

七月日记，尽于今日，天风习习，天貌沉沉，我对于将来，对于中国，对于创造社，都抱一种悲戚的深愁。但愿花长好，月长圆，世上的人亦长聪明，不至再自投罗网，潦倒得同我一样。

一九二七年，七月三十一日夜十时记

附录 《日记九种》后叙

半年来的生活记录，全部揭开在大家的眼前了，知我罪我，请读者自由判断，我也不必在此地强词掩饰。不过中年以后，如何的遇到情感上的变迁，左驰右旋，如何的作了大家攻击的中心，牺牲了一切还不算，末了又如何的受人暗箭，致十数年来的老友，都不得不按剑相向，这些事情，或者这部日记，可以为我申剖一二。

文人卖到日记和书函，是走到末路的末路时的行为，我的所以到此地步，也是由于我自己的生性愚鲁，致一误于部下的暗箭，再误于故友的违离。读到歌德晚年叙 *Faust* 的卷首之诗，不自觉地黯然泪落了。

唉，总之做官的有他们的福分，发财的有他们的才能，而借虎威风，放射暗箭的，也有他们的小狐狸的聪明。到头来弄得不得不卖自己的个人私记，以糊口养生的，也由于他自己的愚笨无智。

我不怨天，不尤人，更不想发牢骚，不过想自己说说自己的倒霉行径，请大家不再要去蹈我的覆辙。

编完了半年来的日记，茫茫然，混混然，写这几笔字好作个后叙。

一九二七年，八月十四日，叙于上海的寄寓中。

断篇日记二

（1927 年 8 月 1 日—11 月 8 日）

一九二七年八月一日

……

在出版部吃中饭，饭后又上北四川路的内山书店去。佐藤尚未从南京返沪，是以又陪佐藤夫人上大马路去买了半天的东西。

……

八月二日

……

中午的时候，独清、伯奇、仿吾等全到齐，又开了半天会，议创造社出版部改组事。正在开议，接到映霞的信两封。午饭过后，忽来了一个自称暗探者，先说要检查书，后来又说要拘人，弄得出版部的伙计们逃散一空。最可恶的，就是司会计的那个人，把出版部的金钱全部拿走了。

午后大家不敢回出版部去，我在外面托人营救，跑了半天。

八月三日

……结合在一起，大家非议我，说我不负责任，不事预防，所以弄出这样的事情来。我气极了，就和他们闹了一场，决定与创造社完全脱离关系。

……

一九二七年八月十八日，星期四，晴，但也很热（七月廿一）。

蒋介石下野后，新军阀和新政客又团结了起来，这一批东西，只晓得争权利，不晓得有国家，恐怕结果要弄得比蒋介石更坏。总之是我们老百姓吃苦，中国的无产阶级，将要弄得死无葬身之地了。

午前太阳已经晒得很可怕了，在虹口日本菜馆吃早饭后，又上法界的旧书铺去买了两本书，一本是 Somerset Mangham's *The Moon and Sixpence*，一本是 *Poems*，by Adam Lindsay Gordon，另外还有一本 *Diaries of Court – ladies of Old Japan*，盖系更科日记和泉式部日记、紫式部日记的英译。

回来看了半天 *The Moon and Sixpence* 同乡汪君来谈，说要于今夜回浙江去，就托他带了一盒烟和一封信去给映霞，叫她于明早坐快车来沪，我好上南站去等她。

午后在寓不出，看了几本英文小说的批评。晚上又上内山书店去坐谈，归途遇见了一位小朋友，他约我于明天早晨来访，因为他要为我介绍几位朋友。

八月十九日，星期五（阴历七月廿二）晴，热。

午前，那位小朋友和他的友人来谈，决定出一个周刊的事情，刊物名《民众》，是以公正的眼光，来评现代的社会革命的。约定于星期六的晚上，在兴华菜馆吃晚饭，再议详细的事情。

中午去南站候自杭州来的车，车到了而映霞却不来，懊恼之至。从车站回来，道经西门，去旧书铺买了一本 *The Foundations of*

English Literature，by Fred Lewis Patten。

从西门走回家来，已经是午后三四点钟了，又遇见了那位小朋友来投请帖，同时也看见了映霞写给我的一张名片，说她已来上海，住在三马路一家旅馆内。

傍晚出去访映霞，为她去北站搬了些寄存着的行李，在快活林吃晚饭。

八月二十二日，星期一（七月廿五），晴。

早晨起来，就有几位朋友来访，得到了许多消息，大约上海市民有欢迎孙传芳来沪的事情，研究系又在活动了。谈《民众》周刊的事情，大致已经决定，于九月一号出版。

午前十一点和映霞出去吃早午餐，回来买了一部 Darley 的诗集，这是十九世纪英国的一个小天才，可惜他的名声不彰，空的时候，当为他介绍一下。

午后去印刷所，谈出周刊事，大约每期需印刷费、纸费八十多块。

晚上去出席聚餐会，遇见了许多人，其中尤其以冰心女士为我所欲见的一个。她的印象，很使我想到当时在名古屋高等学校时代的一个女朋友。

十点后，喝醉了酒回来睡觉。

八月二十七日，星期六（八月初一日），晴。

天气还热。早晨就出去买了几本书，一本是 E. M. Forster 著的小说 *A Passage to India*。

午后回来，又发见我的衣裳被窃，这一回是第二次了。明明知道是同住的人对面某所偷，但因为没有证据，所以不好对他说话。共计前后被窃两次，偷去衣服，价值五十多元。我很可怜他，但也不敢公然把钱给他，所以只好任他来偷。

今天南京被孙传芳兵夺去，听说蒋孙又有合作消息，军阀的肝肺，真和猪狗一样。

晚上在四马路大新街一家新开的北京菜馆请客，菜也坏，招呼也不好。

《民众》周报，改出旬刊，预定于九月五号出创刊号，明天要做七千字的一篇文章。

八月三十一日

……我在这八月里，又是一点儿成绩也没有，以后当更加努力，更加用功。……

九月二日，星期五，晴而不常（八月初七），热。

天气还是很热，中午时候，下了一阵雨，总算凉了许多。王母昨日自杭州逃难来沪，三十一军早在杭州奸淫房掠了。

午后在振华旅馆和她们闲谈到夜。

晚上余泽鸿同学来谈，作文章到翌日午前五点，把《民众》稿子全部做好了。我作了一篇《发刊词》，一篇《谁是我们的同伴者》。

九月三日，星期六，晴而不常（八月初八），雨，凉。

天气凉了，是这几次下了雨的原因。

午前只睡了两个钟头，去送王母搬家至民厚里，中午回来，睡了两个钟头。

午后又做了一篇《农民文艺的提倡》，约千余字。邵洵美氏来访，和他一道去创造社拿了几本书送他，后又和他上雪园去吃饭。

晚上倦极，十点钟上床睡觉。

九月六日，星期二，（八月十一），晴爽。

天气自昨晚晴起，真正变成了很好的秋天了。早晨起来，看见了悠久的天空，又作了许多空想。

午前来客不绝，午后睡了一党，起来已经是四点钟了。把 Madame de Cottin 的 *Elizabeth* 读完，内容很简单，叙述也很朴素，当是家庭间的好读物。

女主人公 Elizabeth 是流人夫妇之女。她四岁的时候，跟她父母被流到西伯利亚去。三人相依为命，夫妇父女母女中间的爱情，真是天上天下找不到譬喻的好。Elizabeth 渐渐长大，才知道了她们父女三人的地位。平时见了她父亲的垂头丧气，她就私下起了决心，想徒步上京城圣彼得堡去谒见皇帝，求他的赦免。在流所过了十二年，终究遇到了 Tobolsk 的总督 De Smoloff 的儿子。他有一次救了她父亲的性命，因此就到他们的配所去了一次。Elizabeth 就以往京城求皇帝赦免的事情和他商议。后来，Smoloff 去京城作禁卫军，她也跟了一位神父徒步去圣彼得堡。途中吃尽了千辛万苦，带她去的神父，在半路上死了，她好容易到了墨斯哥，正遇着新皇帝 Alexander 在墨京行加冠之礼。她于行加冠式之日，上御前去代父求饶，羽林军里走出来一位青年将校，就是 De Smoloff 总督的儿子。后来她父母终得了皇帝的赦免，仍复回到波兰的故国去做代王，De Smoloff 少将就和她结了婚。

因为这书的情节简单，而又很含有教训的意思，所以在十九世纪前半，一时曾风行过。但是以艺术的价值来讲，这书远不及 *Paul and Virginia* 的浑成自然，描写也没有 St. Pierre 那么的美丽。

九月十一日，星期日（八月十六），晴爽。

晨起回到老靶子路寓居，又有周君等来访，系来催《民众》

的稿子的。

译 Storm's *Marthe und ihre Uhr* 到午，回哈同路去吃饭。饭后睡午觉未成，就出来上四马路购鞋洗澡。

晚上仍在哈同路宿。

九月十二日，星期一（八月十七），晴爽。

午前五时半起床，坐头次电车回到老靶子路来。街上的店家都还未起，日光也只晒到了许多高楼的屋顶。到寓居后闭门译书，译到中午，将 *Marthe and ihre Uhr* 译完，共有四千字的光景。中饭在饭店弄堂里一家小馆子里吃的，上开明书店的新书铺去了一趟。

午后想睡觉，又遇见了汪静之，就和他一道去看美术联合展览会，见了许多画家。

晚饭上哈同路去吃，八点前回来，看见月亮大得很，东方的光明，正未可限量，看我们的努力如何，或者可以普照大地。

晚上想作《民众》第二期的文章，但写不成功。

九月十四日，星期三（八月十九），晴，热。

仿佛是要下雨的样子。午前光赤来，托我为他卖诗稿，但卖来卖去卖了一天，终于卖不出去。

午前中又写了一篇《乡村中的阶级》，共一千五百多字，总算把《民众》第二期编好了。

乘电车去哈同路的途上，遇见了一位文学青年，告诉我一段诗人王某，如何的和两人共谋，当作一位富室的公子，将一位有夫之妇略有几个钱的妇人，设法吊上，然后敲剥她的金钱，弄得她的妆奁卖尽。这一位诗人，也是我的朋友，平时却老说什么"不幸"，"恋爱"，"牺牲"的，不知道他竟会卑陋至此。他的诗叫什么"死之前"，也没有一读的价值。

九月二十日，星期二（八月廿五），晴爽。

读报知道唐生智的原形毕露了，这一种毒物，要拿他来斩肉酱。

南京国民政府，党部又改换了一批新的投机师进去，在最近宣布就职，成立了。几日来没有看报，这一批东西竟闹得这样了。

午前在家里坐着，写了一篇《如何的救度中国的电影》，寄给良友的《银星》杂志。发了一封信给开明，又将 A Waitress 的译文抄了一本副本，寄给《小说月报》去了。

午后读《老残游记》，愈觉得它笔墨的周到老练。从前在十七八岁时候，曾经读过一次，觉不到它的好处，现在年纪大了，看起来真是入味，犹如前次再读《儒林外史》的时候一样，可见得年龄阅历和欣赏了解，有绝大的关系。此后想更把从前当娱乐品读过的许多中外小说，再来细心重读一遍。

十月二日，星期日，（九月初七），晴爽。

午前为《民众》四期做了一篇《俄英若交战》。看见无政府主义者等发行的杂志《革命》周报上，有一篇批评我与《民众》的文章。

午饭前去内山书店，买了两本书，一本是《社会意识学（ide-alogie）概论》，一本是《大正文学十四讲》。

午后做了一篇《关于〈风月传〉》，系应北新书局之索，做新式标点《风月传》的序文的，大约先要在《周报》上发表一下，傍晚过北四川路，买了一本 Life and Art, by Thomas Hardy 和一本 Blind Maro's Buff, by Louis Hémon。Louis Hémon 的小说，实在做得好，可惜原书买不到，所以只能读他的英译。我已读过一册他的 M. Ripois and The Nemesis，还有他的名著 Maria Chapdelaine 却还没有读过，总要去买到它来一读。

晚上在陶乐春吃晚饭，是北新老板请的客。回来的时候，天上的新月一弯，早已西沉。苍苍的天盖里，只有些灿烂的星光在那里微笑。

十月四日，星期二（九月九日），阴雨。

昨天天气闷热，今天果然下雨了，头痛，心里也有点难过，大约是伤了风。

午前帮映霞她们从楼下搬到了楼上，中饭前出去拿了日本《大调和》杂志寄来的二百五十块钱，大买了一天书：

R. L. Stevenson：*Amateur Emigrant*；*Silverado Squatiers.*

Laurido Brunn：*Van Zantens Inselder*；*Verheissung Heimwärts.*

Louis Hémon：*My Fair Lady.*

James Stephens：*Deirdre.*

Edward Booth：*Fondie.*

Liam O'Flaherty：*Spring Sowing.*

午后雨很大，在途上遇见了几位学生，他们多问我以《民众》旬刊的事情，不可不好好的干一下，使他们年轻的学生，有所指归。

晚上头痛，读今天所买的各种小说，打算译一点出来。

托汪某汇了一百块钱去富阳，系叫荃君作两月用费的，作给荃君的信。

十月五日，星期三（九月初十日），阴雨。

午前觉天色阴闷，所以在家不出，将《过去集》校稿第二、三两篇读了一遍。

十一点左右，送校稿去闸北，回来的时候遇了大雨，顺便过北四川路书铺,又买了一本 Lytton Strachey's *Books and Characters*。

午后睡了一觉午觉。午睡醒来,有北新书局的请客单到来,请我去吃夜饭。

六时余到四马路去赴约,席上遇见了鲁迅及景宋女士诸人,谈了半宵,总算还觉得快活。

昨夜来似乎伤风加重了,今天一天心绪不佳。晚饭后在四马路闲步,买了一本文艺阁的《云起轩词钞》。

十月六日,星期四(九月十一日),阴雨,天气很闷。

午前头痛,心里想吐,勉强为《人道》写了一篇文章,名《人权运动》,不上千字。

中午请鲁迅等在六合居吃饭。饭后去访许杰,送以日记一册,及《人道》的文章一篇。归途在旧书铺里买了几本美国作家 Carl Van Vechten 及 Hergesheimer 的小说和另外的几本什书。

Joseph Hergesheimer:*The Happy End.*

Carl Van Vechten:*The Blind Bow – Boy.*

Ren'ce M. Deacon:*Bernard Shaw.*

Swinburne:*A Note on Charlotte Brontë.*

自十月十日去杭州以后,至今日(十一月八日)止,中间将一月,因事务忙乱,没有工夫记日记。这中间只续做了五千余字的《迷羊》,翻译了一篇 Liam O'Flaherty 的小说 *Spring Sowing*,译名《最初的播种》。

《迷羊》(*Stray Sheep*)自十一月一日起,连续在北新书局的《北新》半月刊上登载,预计在三个月中间,写它成功,大约可以写成六七万字。

译稿 *Spring Sowing* 送登《民众》第六期,大约将收入《奇零集》内。

外间大有人图依，因为《民众》被认为 C. P. 的机关杂志之故。然而我们的努力却不会因此而少怯，打算将《民众》改名《多数者》，以英文 *The Mass* 为标题，改由一家书店印行，大约自十期起，可以公开销售了。

大前天，昨天，一时兴会到来，写了两篇滑稽小说，名《二诗人》、《滴笃声中》，大约可以写十多篇，集合起来出一部书。

这一回在杭州住了八天，遇着天气的骤变寒冷，就于十九那天赶回上海。到上海后，又将二十天了，买了许多书，读了许多小说。这中间觉得最满意的是 Emile Zola 的一篇小说 *The Girl in Scarlet*，系 *Rougon Macquart* 丛书的第一册，写法国大革命时 Rougon Macquart 一族的阴谋诡计，和兄弟诸人不同的性质。背景在法国南部的 Plassans，以革命热情家 Miete（女孩）和 Sylve're（男孩）二人为开场收束的人物。她和他的爱情纯洁，变幻颇多，两人终为革命而死。其间有 Rougon Piérre 阴险的凶谋，有 Adelaide 变态的性欲，实在是一部很大的小说，有翻译的价值的。

自昨天起天气又忽而变寒，晚上又要盖重衾了。然而太阳依旧照在空中，天色也一碧到底。

今天是旧历十月十五日（阳历十一月八日），星期二，我今后打算再努力一点，在这两个月里，写成它一两部小说。

午前在家不出，读 Bartsch 著的 *Elizabeth Koeth*，打算作《迷羊》的参考。

午后去街上闲步，买了些新出的小说，以英美新作家者为最多。

断篇日记三

（1928 年 1 月 1 日—2 月 28 日）

一九二八年正月初一日（旧十二月初九），星期日。元日快晴，风凉，但不甚冷。

昨晚上北新请客，和鲁迅等赌酒，喝了微醉回来，今晨还觉得有点头痛。

一月六日

上虹口去看了些日本新出的杂志、小说，在《上海每日新闻》（日人办的日文报）的元旦号上，看见了一篇日本人评中国作家在一九二七年一年所作的东西。我的《日记九种》及《过去》都在被捧之列。

正月九日（十二月十七），星期一，阴晴。

昨夜来的雨，已收敛起了，地上空中还流泛着一道湿气。早晨起来之后，就出去买书，一直买到午后，买了底下的一列英文翻的欧洲小说，和美国作家的新著：

Dekobsa：*The Madonna of the Sleeping Cars*（Payson&CIarke Ltd）．

Concha Espina：*The Red Beacon*（D. Appleton&Co）．

Mary Borden：*Four O'Clock*（Doubleday Page&Co）．

Rölvaag：*Giants in the Earth*（Harpers）.

Rölvaag 系 Norway 作家，生于四月二十二日，一八七六年，在 Dönna 岛上一渔村里长到了二十岁。才和其他的移民一道到美国西部作农夫，且从事于读书，终在大学毕业，一直到现在，还在母校的 St. Olag College 里教授挪威文学。《地上的巨人》系以挪威文书成，叙述美国西部 Norway 移民的生活，和前回我读过的 Willa Cather 女士著的 *O'Pioneers!* 同工而异曲，文字更富丽，惜篇幅太长（全部有大版的五百页左右），不能为他介绍。

午后过北四川路，知道去年作的小说《过去》已由山口君译成日文，载在南满铁道会社发行之杂志《协作》的正月号上。译文很流畅，我真佩服他的用心之苦，但也有小错数处，暇当为他订正。

晚上天寒欲雪，饮酒数杯，又向四马路等处去走了一圈，十点钟上床，一睡就睡着，是数日来未有的酣睡。

正月十二日（旧十二月二十日），星期四，晴，寒冷。

早晨起来，就出去买了那两本美国作家的旧书来。一本是 Frank Stockton's *The Associate Hermits*，一本是 S. O. Jewett's *The Life of Nancy*，读了一遍，觉得 Stockton 的 narrative 又 simple，又 humorous，并且又 powerful。Jewett 的艺术，虽赶不上 Mary E. W. Freeman，但也是很 light，很 plain，也不失为一个女作家中的铮铮者。她的小说里，表现地方色彩很浓厚，不过力量弱一点，我只读了一篇四十余页的她的这 *The Life of Nancy*，就能够知道她的全部作品的趋向实质了。她的名著是 *The Country of the Pointed Firs*。午后想写一篇短篇小说，但写得出写不出还是问题。

正月二十五日（正月初三日），星期三，阴晴，时有雨点。

午前在家，把光赤做的《短裤党》读完，实在是零点以下的艺术品，我真想不到会写的这样之坏，说到艺术，恐怕赶不上他的《野祭》，若这一种便是革命文学，那革命文学就一辈子也弄不好了。

上午上邓铁家去喝酒，一直到午后才回来，晚上邓家的几位朋友来访我于哈同路，谈到夜半别去。

买了一册 Michael Fairless 的初版 *The Road Mender*，打算去送给邵洵美氏。

二月一日（正月初十），阴晴，寒冷。

午前太阳时出时没，和映霞坐在前楼享太阳。中午钱杏邨和孟超来，和我商订出《达夫选集》的事情，并为作介绍书数封。

午后上虹口去，向各日本店内买了些东西。路过商务印书馆西书部，买了下列的三本书：

Maxim Gorki；*Decadence*（McBride）.

Thornstein Veblen；*The Theory of the Leisure Class.*

London's *Essays of Revolt*（Vanguard Press）.

Gorki 之 *Decadence* 英译本，不晓得是哪一年的作品，内容系叙一家俄国农夫家的兴起和殁落的。依广告上的文句看来，似乎是 Gorki 的新作，说这书的价值远在他的一切作品之上，总之内容二十万言，隆隆的一本巨制，以量来说，也可以使我们佩服这一位老作家不止了，等脸上的伤处平复一点之后，就想开始来读。

晚上觉得眼睛更痛了。所以晚饭后就上床睡觉。

二月五日（正月十四），雨，星期日。

天气渐似春天的模样了，像今天那么的雨，差不多就可以算是春雨了，因为今天是立春的节气。从此春天回复了阳和，我也该努力于我的工作。眼睛里的充血未退，几日来书也不读，字也不写，思想也没有运用过。脸上的擦伤，已完全恢复了。

午前冒雨去剪了发，是今年第一次的理发，午后更想上四马路去洗澡去。

午饭毕后，冒雨至三马路，洗了一个澡。坐电车上北四川路，先到春野书店去一看，有人以今天《时事新报》上攻击我的文章送来给我，改日当做一篇答辩。傍晚过北四川路底，在内山书店见了鲁迅，谈了一个多钟头。他想译 Knut Hamsun 的 *Hunger*，问我借德文本作底本，答应以明天送去。晚上神经兴奋，一宵睡不着。

二月八日

……总之是我的倒霉，我都承认了。……

二月十二日，星期日（阴历正月二十一日），晴。

今天忙了一天。早晨因为太阳出来了，空气澄明，很想出去走走，所以就拿了 Storm 的几本全集，打算出去找着了那位借书给我的周君，去还他的。谁知到了北京路，踏进几家旧书店铺去一看，竟看见了许多德文的旧小说。猫猫虎虎依了书铺主人所索的价钱给他，一下子就买了二十几本德文小说：中间重要的几本是 George Ohnet's *Beste Romane*，Sacher - Masock's *Die Republik der Weiber feinde*，Gustav Wied's *Die Leibhaftige Bosheit*，Johannes Scherer's *Schiller*，Clarice Tartufari's *Der Brenneude Busch* 及其他 ullrtein 的红面小本小说四五册。手里提了这些书，上周君那里去还了他三本 Storm 的全集，一边更托他写信给赵夫人——那位德国夫人——催她将向我借去的那些书全部还我。

午后又出去了一趟，上同孚路大中里 472 号的一位同乡那里去，托他汇了五十块钱回家。又上鲁迅那里去了一趟，借给他一册 Molo 译的 Knut Hamsun's *Novellen* 并送给他一本 Iwan Bunin 的小

说 *Mitja's Liebe*。路过四川路虹口一带，向日本书店的店头立了好久，看了些新出的杂志，买了一册二月号的《解放》回来。

我觉得混在人丛中，一个人上街头去走，是作家的最上的修养，因为在漫步的中间，可以观察社会，观察人生。这一个一个的观察，和外界给我的印象，在做小说的时候，马上可以用出来。我的过去的小说中的材料，差不多都是在这些无目的的漫步中得来的。当然一个人单身出去旅行，也是一个积经验练思想的好机会。但是出门百步，离家一天，就须有金钱和时间的余裕才行，现在像我们这样的穷作家，是怎么也办不到的事情，所以最便宜最简单的修养，还是这一种夹在小市民中间的漫步。我今天在虹口，就看见了一个少年，挑了一担糖担，打着一面铜锣，在沿街卖糖做的人物虫鱼，当时见了他我就想把他来做主人公写一篇小说。

晚上在灯下看杂书，很想做一篇新的小说技巧论，以后在读书和出外的中间，当留意于此，逐日的写一点下来。

接到北新催稿子的信，明朝当做完那篇答覆的文章。以后就要赶做《蜃楼》及《春潮》两篇中篇。

二月十三日（阴历正月廿二），星期一，阴雨，寒未褪。

午前想坐下来做文章，但心总不定，所以就冒雨出去，上法界霞飞路去走了一圈，又重买了三本书，因为价钱便宜，并且北京的存书一时搬动不来，所以只好重买一遍。

Dostoeiffski's *Crime and Punishment*.

Jack London：*Martin Eden*.

Chaucer's *Complete Works*（Oxford Ed.）

Martin Eden 是 London 的最带自叙传色彩的小说，我虽于

两三年前买过一本，但没有读了，这一回因为发了把一切过

去的大作重读一遍的心愿，所以打算慢慢的从头至尾读它完来。

午后因琐事起了争执，家内空气压迫的厉害，不得已又只好出去避开半天，在 Isis Theatre 看了半天影戏，是 Lord Lytton's *The Last Days of Pompei*，五点钟过后，从电影院出来，顺便上春野书店去了一趟。

从灰暗的大街上，在湿空气里慢慢走向停车站去，不意中却遇见了一位文坛上的论争敌手，幸亏他不看见我，免了一场无谓的酬酢。

晚上和映霞出去，上马路的酒家去喝酒，喝了一斤，陶然醉了。回来把杨邨人的小说集《战线上》读了。虽系幼稚得很的作品，但一种新的革命气氛，却很有力的逼上读者的心来，和钱杏邨的《革命故事》一样，有时代的价值的。总之他们的这一代 younger generation 里，这两本可以算是代表的作品，幼稚病不足为他们的病，至少他们已经摸着了革命文学及内部暴露的路了。

二月二十二日，晴，星期三，旧历二月初二日。

午前上虹口商务印书馆去了一趟，买了三本书，一本是 Charles Reade 著的 *The Cloister and The Hearth*，一本是 Ben-jamin R. Tucker 的 *Individual Liberty*，一本是 Everymans Library 中的 Gorki 的小说 *Through Russia*。将书搁上书架，又看见了前天早晨从银行出来过伊文思买来的两部书，一部是 Hugh de Sélincourt 的战时小说 *A Soldier of Life*，一部是塞耳维牙文学批评家 Janks Lavrin 著的 *Dostoevsky and His Creation*。

今天把《七侠五义》读完了，究竟是旧小说，单调的描写和架空的设想，现在连小学生看了都会生嫌，我想这书终是要受时间的淘汰的。说 romantic，还赶不上《风月传》，说个性的描写，远不及《水浒》、《三国》，说事件的错杂，当然也不如前举两书。

我真不信此书何以会流传到今。头上有曲园的词引在那里，大约总是四五十年前的著作，当初的风尚，正是在流行侠义小说的时候，所以有此书出现，大约百年之后，此书怕只有书名残剩了。

午后在家里看家，略把 Gorki 的 *Through Russia* 短篇小说集读了几篇。

二月二十四日，晴和，星期五（旧历二月初四日）。

打算今天搬家，但诸事未妥，所以仍旧搬不成功，午前唯将书籍搬了一点过去。

读 *Mammonart* 第九十六章，题名 *The White Chrysanthemum*，系评论 James McNeill Whistler 的事情的。这一位 Artfor Art's Sake 主义的画家，有一本名 *Ten O'clock* 的艺术论印在那里，当然是和 Upton Sinclair 的主张相反的，然而 Sinclair 评他的话，却很公正。

钱杏邨及孟超来谈，与谈新文学的革命性及革命文学的技巧问题。我以为革命文学之成立，在作品的力量上面，有力和没有力，就是好的革命文学和坏的革命文学的区别。

二月二十七日（阴历二月初七），星期一。阴晴，太阳时出时没，暖风醉人。

午前十点钟的时候，去北四川路，买了两本日文的书。一本是苏俄共产政府的文艺政策，一本是 Bakunin 主义信徒的活动，两本都是日文译本。前者系苏俄政治当局的人们关于文艺政策的辩论，后者系 Engels 所作，攻击 Bakunin 的论文。

访钱杏邨于他的寓居，他借给我一本 Floyd Dell 氏著的 *Upton Sinclair，A Study of Social Protest*。系美国 George H. Doran Company 出版（1927），作者 Floyd Dell，于 1921（？）年曾著有半自传式的小说 *Mooncalf* 一册，轰动一时，以诗人而来评论诗人，当然是最适当的工作。在电车上一路回来，已经读了四十余页了，午后当读它完来，全书共一百八十余页。

到晚上止，读了一百页，午后因为整理书籍，所以没有工夫读书。今天的一天，总算完全将搬家的事情弄完结了，昨天并且付了两个月的房租，一个月是小租，一个月是阴历二月份的租金。

二月二十八日，星期二（二月初八），阴晴。

早晨七点钟就起了床，看日本报，知道谭平山、邓演达辈又在勾结军阀，组织第三政党，想假革命之名来升官发财，中间的阴谋者也有某氏在内。这些无耻的假革命家，不晓得要把中国的民众杀戮到如何的地步，压榨到如何的状态，才肯甘休。我以后不得不努力，第一要唤醒民众，不要去上他们的当，第二要把他们从中国的革命舞台上赶出去，民众才有出头的日子。若以小说来达这目的，那恐怕非要学先进者 Upton Sinclair，Frank Norris，及 David Graham Phillips 等的手法不可。

午后出去洗澡，在无意中买到了许多德国书。像 Kleist，Lenan 等的全集及 Otto Weininger 的 *Geschlecht und Charakter*（25. Auflage）等，倒还普通，最难得的是一册 Kierkegaard 的书的德译，德国的译名为 *Entweder*，大约是 either……or 的意思，内容有论文五六篇。我想中国人的中间，读过这一位思想家的书的人，古今来怕只有十几个人，而我却可以算这十几个人的中间的一个了，岂不是一件很可引为荣幸的事情吗？

洗完澡后，又喝了半斤多酒，今天的一天，总算过得快乐的很。

Floyd Dell 著的 *Upton Sinclair，A Study in Social Protest* 读完了。很简练，大约是评传中间一部很好的书，现在把它的要点抄在下面。

第二章 *Southern Beginnings*。

Upton Sinclair 于 1878 年九月（Sep.）二十日生在 Baltimore，Maryland。他父亲是 one of the Norfolk Sinclairs。母亲是 one of the Baltimore Hardens。他十岁的时候，他们全家才迁往纽约。他的祖父是 Civil War 中的一位海军司令。父亲以贩卖酒类为生，家里也不甚好，母亲是一家中富人家的出身，她的姐妹有嫁给富豪的。1888 年 Sinclair 全家迁往纽约，他才第一回入了 an east side school，1892 年进了 the 5 - years course of the college of the city。他自小就爱读书，在学的时候就卖文为活，赡养母亲了。他十八岁的时候，在 college 卒了业，入 Columbia University 研究法律。21、22 岁的时候，他的作家的冲动已经是很强了。1900 年（他 22 岁的时候）的春天，他就脱离了一切关系，以他私下积下来的几个钱作了资金，一个人到 Quebec 的林间，去修练他的作家的技艺（He went to Quebec, found a lonely shack in the woods, had provisions brought to him twice a week, and wrote madly.）。（55 页）

这些事情都在他的一部自传式的小说 *Love's Pilgrimage* 里写在那里。

这一年的夏天，他母亲和一位女朋友来 Quebec 地方，这女朋友的女儿，因为时常送饭来给他吃，两人就恋爱成了。在 *Love's Pilgrimage* 里，男主人公的名字是 Thirsys，女主人公的名字是 Corydon，系由希腊罗马的 pastoral 中取来的。1900 年的 October 里两人就结了婚。

1901 年春天自费印行了一册 *Springtime and Harvest*。

1901 一年 December，他生了小孩，名 David，这一年他又写成了一本 *Prince Hagen*（1903 年印行）。

1902 年，写 *The Journal Of Arthur Stirling*，翌年发行，因此而得和一位社会主义者 George D. Herron 相识，他的后半生的变为 socialist 是受这一位 Herron 的影响的。

1904 年，*Manasas：A Novel of the War.*（本有三部作的计划，没有实现。）

1905 年，在一社会主义周刊上（*Appeal to Reason*）发表他的大作 *The Jungle*，就一跃而为世界闻名的文人了。可是因为作品里揭发了屠牛公司的罪恶，吃苦也吃得不少。

正在这时候，1906，俄国 Gorki，为募集基金以从事于俄国解放运动而来美国。但适逢西部矿山中的两位左翼斗士 Mayer 及 Haywood 因反抗矿主而在生命危急之秋。社会主义者同人托 Gorki 打电报去安慰他们。这电报打后，美国的资本家就四出运动，和俄国皇帝的大使结合在一处，压迫起 Gorki 来了。结果 Gorki 只好离开美国，终不能完成他的使命。

1907 年，*The Metropolis*。

1908 年，*The Money-Changers*。

1906 年他以 *The Jungle* 的版税三万多美金，在 Englewood，New Jersey，组织了一个新村，Helicon Hall，但到 1907 年的 March，一天晚上被火烧光了。The Helicon Home Colony 完结之后，他就一无所有，上了飘泊之途。

1907 年的夏天是在 Point Pleasant（New Jersey）过的，冬天在 Bermuda，第二年夏天在 Adirondacks。1908—1909 年的冬天，在 California，这中间他组织了一个宣传社会主义的剧团。然后他又和他的家族上 Arden，Delaware，去住了三年。

1910 年，*Samuel The Seeker*。

1911 年，*The Fasting Cure*。

这中间他女人跟人跑了，他因为在美国不能得到离婚的许可，应了荷兰文学家 Frederick Van Eeden 之招，到荷兰去。

1913 年在荷兰作了一册 *Sylvia*。

1914，*Sylvia's Marriage*。

1913 年回了美国，又和 Mary Craig Kimbrough 结了婚。当时 C
- olorado 的矿工罢工，新闻杂志秘不登载。他与富豪
JohnD. Rockefeller Jr. 宣战，把这资本家的惨无人道，虐杀劳工的
事情揭发了出来，这是他的第二次的 muck - raking。他虽然入了
狱，然而他的新夫人却继续替他奋斗，结果他终究战胜了资本家
和资本家的走狗。当时的那些言论机关，记载此事的，有 1919 年
的 *The Brass Check*。

1915 年他印行 *The Cry for Justice*，稍后他就把当时在 Colorado
得来的经验写了一篇 *King Coal*。

在南方 Gulfport, Miss. 过了一冬，1915 年他就上 Califor - nia
去，就在 Pasadena 组织了一个家庭，一直住到了现在。

欧洲大战起来的时候，他主张加入对德的联合战线，与左翼
的 socialists 和平论者违离。后来因为 Wilson 的主张不彻底，对苏
维埃俄国出兵的事情发生了，他才痛改前非，又和那些 pac - ifists
联合起来了。

1918 年作 war novel *Jimmie Higgins*。

1920 年作 100％：*The Story of a Patriot*。

1921——1922，*The Book of Life*。

以后就是许多 pamphlets 和戏剧的撰著，最近在去年印行了一
本 *Oil*，是可以驾 *The Jungle* 以上的大小说。他今年只有四十九岁，
以后的成功，还不可以限量呢。

断篇日记四

（1928 年 3 月 6 日—7 月 31 日）

一九二八年三月六日，星期二（二月十五日），阴，午后雨。

午前读 Gorki 之作 *Decadence*，实在是一部大作，读到中午，到了第五十八页。

午后去北新拿稿费，共得二十二元。预支百元之版税，北新答应我于二日后去拿，当于八日午后去取。稿费拿到后，就去中美图书馆，买了一本 John Erskins 的 *The Literary Discipline*，当于空下来的时候读它一读。

过鲁迅处作闲谈，他约我共出一杂志，我也有这样的想头，就和他约定于四月六日回上海后，具体的来进行。

晚上雨很大，想去看电影不成功，以后当不再出去看电影了，因为太费时间。在大马路王宝和饮酒一斗后冒雨回来。

三月三十一日

……

午后出去，上北四川路去了一趟，和日本作家国木田虎雄、宇留河、本间久雄等约定于后天在陶乐春请他们吃饭，并约鲁迅、张资平等也来。

……

四月一日

……

午后出去上三马路陶乐春定菜，不在中，北新送了日记二版的版税及稿费来。

四月二日，星期一（闰二月十二日），阴雨，后晴。

晨起就听见风声雨声，心里很是不快。到了十点钟出去，先到银行汇了一百块钱去给荃君，后又过别发书店。想买 Giovanni Verga 的小说，终于买不到。又想买一本 Vanguard Press 的 *Art and Culture in Soviet Russia*，也没有。看了一遍他们行内所有的书，终觉得是没有一本可买的。

中午在陶乐春请客，到了鲁迅及景宋女士，与日本的本间久雄氏、金子光晴氏、国木田虎雄氏与宇留河氏。午膳毕后，又请他们去逛了一趟半淞园。

回来在小有天吃晚饭，到日本人五十多人，总算是极一时之盛了，闹到晚上的十二点才回来。

四月二十一日

……

傍晚去看日本国木田虎雄氏，他病了，在石井医院内，遂偕其夫人及金子氏出，在禅祝斋吃晚饭。晚饭后又陪她们去看中国戏看到午前二点钟。

四月二十三日

……

午后小睡，因为头痛，所以没有读书。写了一封信给日本横光利一氏，约于星期三午后去看他。

……

四月二十四日，星期二（三月初五），阴晴。

大约是气候的关系吧，人的头脑总是昏昏想睡的样子。午前看报，知道全集第五卷《敝帚集》已经印好，就去现代书局去拿了二十本来，并取得壹百块钱的版税。

午后出去买书，买了一本 London Heineman 的 *Great Short Stories of The World*，一本 *Reminiscences of Tolstoy*，*By Gorky*，和一本 *The Theoretical System of Karl Marx*，*By Boudin*，共用了十一块钱。

鲁迅和我合出之杂志第一期，打算译一篇 Turgenieff 之 *Hamlet and Don Quichotte*。

四月二十五日

……

午后去内山书店，得了一封信，是洪灵修给我的，教我为他介绍一本创作去卖钱者，我真想不出方法来。顺便去访国木田氏，他们已经去杭州了，在横光利一氏处坐了一会，天下雨了，就坐汽车回来。

……

四月三十日，星期一（三月十一），雨。

早晨天色阴暗，闷人得很。出去定了一份日本现代长篇小说全集的一圆本。已出两册了，大约有二十册的光景。另外又买了一本《解放》四、五月号和一本《历史的唯物论》日文译本（原著者为俄国 Bucharin）。午后小睡，起来读 *Abbè Constantin*，打算今晚上把它读完。

阳历四月又尽头了。明朝是五月初一的劳动祭日，我也打算于明日起，改换精神，再来奋斗。

五月九日，星期三，（三月二十日），晴。

译书译到午后五点钟。总算把 *Hamlet and Don Quichotte* 译完了，共有一万七千余字，在附言里又发了几句牢骚。

今天是五九国耻纪念日，日本人和蒋介石串通了关节，来占据山东，且杀死了三四千中国人，凡在山东的冯系的人都被蒋介石和日本的兵合起来杀尽了，实在是人道上的一出大悲剧，而无耻的那些自称革命文学者，还在那里求作蒋介石的走狗呢！

晚上送稿子去，和鲁迅谈到九点钟才回来。

五月十日，星期四（三月廿一日），阴，后雨。

日兵已侵入山东，中国又是一块土地断送了，可恶的是新卖国贼蒋介石。

今日剃头洗澡，上各处去走了一天。

午后小睡，读新买来的 *London Mercury*。

晚上雨大，早睡，明日当译一章《拜金艺术》。

五月十一日。

……

晚上受钱杏邨之招，去吃晚饭，在酒馆里坐到八点多钟。从酒馆出来，就去看国木田夫妇。武雄君不在，只和他夫人谈了一个多钟头，到十点钟才回来睡觉。

五月十二日。

……

从早晨起，头就很昏痛，想不出去，又因昨天和国木田夫人约了，失约是不行的。吃午饭之后，还是鼓着勇气出去吧。

午前记。

午后照预定的计划出去，和映霞及国木田夫人去看 Carmen 片子，并不好。

晚上约国木田及他的夫人在王宝和喝酒，喝醉了，冒着寒风回来。昨夜来的感冒，今天加剧，弄得心神不快之至。

……

五月十三日

……

午前因宿醉未醒，早晨起来的时候，就非常的难受，又兼以咳嗽，头痛，弄得胃口也不好了，食欲一点儿也没有。

勉强上邮船码头去送国木田的行，船开的时候，满船都是五色的纸彩，Tape 的彩网罩满了江头。回来在虹口走了一圈，想买一本《大阪每日 Sunday》，却买不到，因为在那里有一篇金子氏的文章，似乎是说到我的。

……

六月三日，星期日（四月十六），晴。

今天人也稍微觉得好些了，午前出去买了两本书来，一本是 Edgar Saltus's *The Imperial Orgy*，一本是 James Joyce's *The Portrait of an Artist as a Young Man*。

午后打了四圈牌，想睡睡不着，出去看鲁迅，还以 Max Stirner 的书一本，谈了一小时的天。临走他送我一瓶陈酒，据说是从绍兴带出来者，已有八九年的陈色了，当是难得的美酒，想拣一个日子，弄几碟好菜来吃。

晚上饮啤酒一瓶，出去散了一回步，就回来睡觉。

六月七日，星期四（四月二十日），晴。

自早晨起就译 Rudolf Lindan 的小说 *Der Glückspendel*，当于三日内译完它，作《奔流》月刊第二期的稿子。译名《幸福的摆》。

译到午后四点多钟，只译了三千多字，大约这篇稿子是要七八天后才能译完的了，所以就写了一封信去给北新。

晚来天气清明，南风凉得可人，去走了三个钟头。

今天北京被阎锡山占去，万恶的军阀张作霖于四日前为自己部下的阴谋者所炸，死了。

六月十二日。

……

接日本佐藤智慧子的信。

六月十九日，星期二（五月初二），闷热，后雨。

今天一天精神不快活，大约是天气不好的缘故。

午后总算把《幸福的摆》译完了，共有二万三千多字。像这样的小说再译一篇，又可以出一单行本了。

送稿子去鲁迅那里，坐谈了一个多钟头。下期的稿子打算于两星期后送去。明日起当即动手翻译。

七月一日（五月十四），阴晴，闷热。

今天是星期日，所以街上的行人很多。午前译完了《拜金艺术》第八章，午后送到北新去，接到了许多来信及一本革命文学论文集。

读《实话》第七期，很想以《血洗》为题，做一篇国民党新军阀惨杀农工的小说。

读《拜金艺术》第九章以下的书，想决定以后选择的标准。

七月五日，星期四（五月十八），晴朗。

以后大约是夏天的晴日了，乡下人这时候正是忙煞的时候。

午前上北四川路去，看了些新出的刊物。

午后为《奔流》三期翻译的事情，颇费了一番思索，结果还是打算译 Havelock Elis 的 *New Spirit* 中的一章 *Ibson*。

上城隍庙去了一趟，买了一本德文小说 *Alraune*。

七月六日，星期五（五月十九），先晴，后雨。

午前出去看旧书，买了一本 Paul Morand 的 *Leuris and Irene* 和一本 Granville Barker 的戏剧及 Maupassant 的小说集第二卷 *Pierre et Jeane* 的一卷。

午后为《奔流》三期事去看鲁迅，谈到傍晚。回家后遇雨，不快之至。

七月七日

……

中午北新书局宴客，有杭州来之许钦文、川岛等及鲁迅、林语堂夫妇。席间遇绿漪女士，新自法国回来，是一本小品文的著者，文思清新，大有冰心女士小品文的风趣。

七月二十二日，星期日（六月初六），晴热。

早晨有王佐才君来谈，系关于出一刊物的事情。十点钟后去石井医院求诊耳朵。又过内山书店和一位日本的研究中国事情者谈了一个钟头。访鲁迅，决定第四期《奔流》的稿子之类。

午后不出，傍晚又有人来访。并出去访问了几位朋友，和邵洵美氏在 Café Federal 吃点心。

八点多钟就上床睡了。

七月二十三日，星期一（六月初七日），晴，热甚。

这几天天气大约都有华氏九十三、四度内外，今天怕要到九十五度以上。

早晨有钱杏邨来访，送来了一册《太阳月刊》。

七月三十一日，星期二（六月十五），雨。

昨晚上因为兴奋了，到天明不能安睡，想了许多事情。将出的月刊，我想名它为《大众文艺》。这四字虽从日本文里来的，但我的解释是，——文艺不应该由一社或几个人专卖的。周刊我仍想名它为《多数者》，我以为多数者的意见，或者是可以代表舆论的。

一年已经过去了大半了，今天是八月将来，七月最后的一天。恰好这日记簿也将完尽，从明天（八月一日）起，当记入另一本新的日记簿去。

早晨照例去看了耳朵。上创造社去问了一回事情。

午后下雨，冒雨出去，买了一本 Clemence Dane 的小说 *Legend*。

今年下半年的收获不晓得如何，但上半年的确是太不努力，太懒惰了。

断篇日记五

（1929 年 9 月 8 日—10 月 6 日）

一九二九年九月八日（阴历八月初六日），星期日，晴爽。

于八月十二日去杭州，打算做《蜃楼》不成，至二十后，又因北新与鲁迅清算版税事冲突，回沪来为两者调解，迄今二十多天，一点儿事情也不做，身体坏到了万分，今晨起，稍觉舒适，故而开始重记这一本已断绝了许久的日记。

一星期前，算来开明的版税二百多元，买书二十几元，中有几册好书，是想买得很久的，把它们记在下面：

Mark Rutherford：*The Revolution in Tanner's Lane.*

Masters：*The New Spoon River.*

Norman Douglas：*In the Beginning.*

Lovett：*Edith Wharton.*

Willa Cather：*Youth&the Bright Medusa.*

Knut Hamsun：*Children of the Age.*

Francois Mauriac：*Destinies.*

Erskine：*Adam&Eve.*

V. Sackville West：*The Dragon in Shallow Waters.*

Carl Van Vechton：*The Tattooed Countess.*

共计十册。

当可于这一个秋冬佳日中读尽它们的。

几日来天气日日晴，每日去郊外散步。然而消化不良，饮食不能多摄取，头昏痛，睡眠不稳，大约是因夏天暑热，现在忽然凉冷下来之所致。

昨天楼建南、史济行自宁波来，和他们谈到了夜。

今天当在家不出，静卧一天。

九日（八月初七日），星期一，晴。

晨起去理发，见理发铺壁上挂着一幅字，写的是一首《摸鱼儿》词，句隽而雅，可惜记不出来了，大约是宋人之作。

午后出去洗澡，绕大马路北京路一周，买了些饮品食物回来。

晚上月亮很好，走到十点钟上床就寝。

十日（旧历八月初八日），星期二，晴。

身体的疲倦如故，觉得精神总灰颓得很。午前上四马路去走了一趟，买了好几支的钢笔杆回来。

午饭后小睡，睡不稳，三点多钟又出去，看了几位朋友。晚上和夏先生上徐家汇去看了半夜月亮。明天早晨起来，当写周启明的信一封，他住在八道湾十一号。

十一日（初九），星期三，晴。

早晨起床后，写了一早晨的信，周作人先生处也已经有信去了。午饭前出去走了一回，买 Hanns Heinz Ewers 著之 *Indien und Ich* 一册。读了两三节，很有趣味，而最有趣者，却是 Zum Geleit 的一篇序文。午后去北四川路，有朝鲜京城大学文科讲师辛岛骁来访，询以中国新文艺的事情。

晚上早睡。

十二日（初十），星期四，晴爽。

早晨十点半钟就醒了，终于睡不着，就起来上近郊去走了半天。买美学教本一册，系一位美国教授所编。

午后小睡，三点钟的时候，出去访徐志摩，过四马路现代书局去看了一回。

九月十三日（阴历八月十一），星期五，晴。

晨起读短篇小说数篇，为《奔流》五期找材料也。看来看去，看了半天，终于找不到适当的东西，闷极出行，上街去走了半天。午后睡了一小时，仍复翻读各短篇小说集到夜。

十四日（八月十二），星期六，晴爽。

午前汪静之送了一张建设大学的文学系主任的聘书来，我打算于一两天后送回去还了他们。

汪静之在我这里吃的中饭。

午后陶晶孙来陪我到江湾吴淞去玩，一直到晚上才回来。

晚上月亮很好，但因身体倦了，所以九点钟就上床睡了觉。

十五日（八月十三），星期日，晴爽。

午前不出去，在家里读了一篇贺川丰彦的小说《偶像支配的地方》。不甚好，没有可以感动人的地方，结构也很散漫。

晚上打算出去看鲁迅一次。

九月十六日（阴历八月十四），星期一，晴暖。

天上飞满了云层，但缺处也时有日光透射出来。从早晨起，翻了半天的书，找出了许多短篇小说集来。有 *Das Skandinavierbuch* 一册，材料很多，大约是总有一两篇可取的。我所比较得满意的是：J. P. Jacobsen，H. Pontappidan，J. Aho 等三数人，不过收集在此册内的小说未通读过，如何取去，还不敢说。

午后因为怕有不愿见面的客人来访，所以出去跑了一个下午，在一家新开的澡堂内洗了一次浴，傍晚回来，人已倦极了。晚上复打牌打到十一点钟。

九月十七日（旧历中秋节），星期二，小雨，时晴。

今天是中秋节，一天自朝至暮，只为拜节饮酒忙。

午后接安徽省立大学来电，聘为文学教授，月薪三百四十元。想了半天，终于答应去教半年试试。就覆了他们一个电报。晚上因为想将来的计划，睡不着觉。

十八日（旧历八月十六），星期三，阴晴。

早起即出去到书铺去买书，是预备带往安庆去的。
午后接安庆来电并电汇薪水一月三百四十元。
大约这几天又须忙杀我也。

十九日（八月十七），星期四，阴晴。

早晨发安庆快信一封，拟去中国银行取钱。午后接北京周作人先生来书，即作覆函一，亦寄快信。买了两册德文小说，拟在船上阅读者。

下半年事情总算已经决定，以后就是行期了，打算于二十四五动身。

二十日（旧历八月十八），星期五，晴。

早晨起就动手译 Juhani Aho 的 *Ein Wrack*，打算于三四日中译了它。

二十一日（八月十九），星期六，晴爽。

午前译书译了两千字，已经译好了一半了。午后出去，遇见了日本近代生活社的新居格及山田一夫氏，就陪他们去玩了一个午后。近代生活社在东京市牛込区南榎町七十一号，到安庆后当写信去给他们。

新居格住东京市外高円寺。

二十二日（八月二十），星期日，晴爽。

午前又译了两千字的光景。午后小睡，醒来已将五点，上新开河口去看了一次船，到安庆的官舱，为十四円五角。大约三日后可以动身，当待江顺来也。

九月二十三日（八月廿一），星期一，晴。

自朝至晚，译了一天，将 *Ein Wrack* 一篇译毕，共计万余字。

二十四（八月廿二），星期二，晴，后雨。

买行李船票烟酒等，忙到了夜，决定于二十六日晚上船，坐江安去安庆。晚上写快信一，去安徽大学通知。

九月二十五日（阴历八月廿三），星期三，雨，后晴。

整理带赴安庆之书，忙了一日，晚上陶晶孙请客。购 Moulton 的 *The Moral System of Shakespeare* 一册。

二十六日（阴历八月廿四），星期四，晴。

午前装行李，午后三时左右登船入大餐间第一号房。晚上上海文艺漫谈会设宴送行，并欢迎新居格及山田一夫氏。因座中所遇之人多系无聊的新闻记者，所以未终席即上船。后又有夏莱蒂、李守章两上船来探望，与谈到十二点多钟，并出新购之御选《历代诗余》阅读数调，时正残月初升，江边寂寞的当中，黄浦江头，人影正在减少下去也。

二十七日（旧历八月廿五），星期五，晴爽。

船于午前五时起锚，出口时太阳已晒满了东舷。因一夜的兴奋，到天亮还没有退，所以六点前就起了床，洗澡剃须，此后两日，只好在 saloon 里过去。听说明天一早就可以到南京，到码头后，当上去寄几张邮片。

午后因饮酒过多，稍觉头痛，睡二小时，起来已经可以吃晚饭了。晚上十点后，船到镇江。

二十八日（八月廿六），星期六，晴。

晨六时起床，洗澡一。以后就等船到南京了，当上码头去一趟。

船于九点钟到南京，即上岸去寄出了几张明信片。

午后小睡，将夜过芜湖，晚上过大通。

九月二十九日（旧历八月廿七），星期日，阴，晴。

午前十一时到安庆，遇政变兵变，受了不少的惊慌，午后三时，才到百花亭安徽大学内住下，人倦极，作上海信一封。

三十日（八月廿八），星期一，晴爽。

是一天清秋的好天气。午前在街上空跑了半天，买《戴南山集》一部，蔡子民的奇怪的文选两本，名《文变》，肉麻文选也。

午后又搬了一间房，大约是可以定住下来了。人倦得很，拟去洗澡。

发鲁迅，周作人，李小峰，映霞，吴自伟，陶晶孙等的信。

十月初一日（旧历八月廿九），星期二，晴朗。

早晨仍于七时起床，一天晴色，实在令人欢喜。昨晚上接北大来电，促我北行，除已令学校打电报去外，因又作书一封寄陈伯年。

今天拟出东门去跑它一天。

作寄映霞书。

几日来，来访者多，颇以为苦。

中午在清真馆吃中饭。

作寄夏莱蒂信，附上了四句诗：

大海浮萍聚一年，秋风吹散野飞烟。

别来颇忆离时景，扬子江头月满船。

比之汪水云的"京口沿河卖酒家，东边杨柳北边花，柳摇花谢人分散，一向天涯一海涯。"当然逊色多了。

晚饭后，偕同学数人，上东门城上去走了一圈，倒很想起了《茫茫夜》里的一点描写。

今天读《历代诗余》中的词话三卷，总算读完了那部词话。一无所得，不过看出了前在杭州买的那部《本事词》，是抄这词话的一点。

十月初二日（旧历八月三十日），星期三，晴爽。

午前六时即起床，读《戴南山文集》数册，《孑遗录》一篇，简要通彻，真大作也。

作映霞，陶晶孙，内山的信。

午后出去跑到了晚，晚上去看了半宵的戏，到午前一点钟才上床睡觉。

初三日（旧历九月初一），星期四，晴爽。

午前正欲多睡一下，忽被敲门者催醒，为编级试验，须出题目也。

题目出了之后，出外去走到了午后。

预科功课表已排定，我答应去为他们教两点钟文学概论。

初四日（九月初二），星期五，晴。

今天又搬了一处住房，大约总已搬定了。

午后接映霞书，是到安庆后第一次接到的回信。

洗澡一，改《幸福的摆》，就过去了一天。

十月五日（阴历九月初三），星期六，晴，热。

此间气候，真奇怪得很，天热犹如七月初的样子。

午前改《幸福的摆》，午后为换眠床等事忙了半天。支到薪水一百元。此后若节省用去，当可用至十一月底。

接映霞信，即作覆信一。

买帐子一顶。

晚上约旧友两人吃晚饭，谈到十年前旧事，黯然神伤矣。

后天要开课了，生活的行程，怕又要变一变过。

十月六日（九月初四），星期日，雨。

从安庆坐下水船赴沪，行李衣箱皆不带，真是一次仓皇的出走。

断篇日记六

（1930 年 1 月 1 日—31 日）

一九三〇年一月一日（旧历十二月初二），星期三，雨。

今天是元旦，我们寓里一切如常，并没有贺客往来。中午约邓铁、王老来喝酒，喝到了夜。

晚上去林语堂家吃饭，饭后杂谈了两三小时，就一道去大厦大学看大厦剧团演《子见南子》的话剧。作者为林语堂氏，出演者系大厦全体的学生，成绩很好。我到今日为止，所看见的剧团演剧，此是第三次，前两次都不好，只有这一次比较得最好。觉得他们很有成功的希望，所以对演者一团不觉进了许多激励他们的忠言。看完剧后，冒大雨回来，已经是十一点多了，因为兴奋了一点，到十二点后才睡着。

一月二日（十二月初三），星期四，大雨。

早晨起床，已经是九点多了，早餐后出去，上虹口去走了一趟，因为大雨的缘故，一点儿兴致也没有。回来喝酒，尽一斤，上床睡觉，一直睡到了午后五点多钟。

晚上也不作一事，在民厚里一家认识的人家坐到了夜半。回来的时候，又遇大雨。

一月三日（十二月初四），星期五，雨。

起床已经是午前十点钟了，读 Gower 著的 *Con fessioamantis* 一卷。John Gower 系 Chaucer 之友，此书也是仿 *Decameron* 式之 *Tales of the Seven Deadly Sins*，盖和 *Canierbury Tales* 是一类的东西，文字奇古，不明处甚多，总要再读三读方能了解。

午后睡了三四小时，傍晚起来，雨已经不下了，却起了北风，大约明天是总会晴的。

四日（十二月初五），星期六，晴。

久雨之后，见日轮正如逢故友，欣喜之至。午前上河南路北之一家书铺，想买一部德国的大字典来，但终于买不成功。

午后想写一篇大厦的剧评，没有写成。上北四川路去了一趟，遇见今关及鲁迅，就和他们一道去吃了晚饭。

回来后又去访高一涵氏，谈到十点。

五日（十二月初六），星期日，晴，风大。

今天一天精神不爽，大约是睡眠不足的缘故。午后冒寒风出去走了半天，花钱花了不少，但一点儿满足也得不到。

晚上周君志初来访，谈到十点多钟，想候夜报来看一看政治的消息，可是终究没有到来。

六日（初七），星期一，晴。

午前睡到十时才起床，因为昨晚入睡太迟的缘故。午后饮酒一斤，出去走了二十分钟就上床睡，睡到了晚，晚上又于九点钟上床。

七日（旧历十二月初八），星期二，雪后晴。

午前为寄信出去，但终没有寄成，到城隍庙去走了两三个钟头。傍晚回来，到一家相识的人家去混到了夜，遇见了不少的不快之事。

晚上在新世界饭店开了一间暖房洗澡。中夜两点钟才坐汽车回来睡觉。今天发电报一，去安徽索薪水。

八日（十二月初九），星期三，晴朗。

午前出去买了十几册书，中有一册 *The Nature of a Crime*，系 Joseph conrad 与 Ford Madox Hueffer 合作者，似系一本很好的散文。外更有 Norman Douglas 的 *They went* 一册。

午后在北四川路，买 W. L. George 的 *Blind Alley* 及 Mary. E. Wilkins 的 *The Heart's Highway* 各一册。

九日（十二月初十日），星期四，晴。

今天拟去剃头。昨晚因饮酒不佳，很懊恼。买酒不好，比到买书被骗，还要不快。这几天中想加上速力，将这一坛坏酒喝它完来。

午后陶晶孙来，就和他一道出去，走到了夜。买 *Allge - meine Kunstgeschichte* 一册。

十日，星期五，晴。

大多数同时代的人会笑我，会诽谤我所说的和所做的一切事情。但是时间是最好的公证人。我只寄希望于后代的人们。让那些当代英雄们去逞英雄。等着吧，昔日的积雪是会消融的。

It's a long time since the publishing of my last article in the weekly

Peishin（北新）；retired from all the worldly activities，and observing all the ups and downs of the day with an extremely cold attitude，one is easily to become fastidious；such is the mood of my mind of late. No wonder，then，that most of my contemporaries should laugh at me，and scandalize every thing that's said or acted by me. But time is the best judge. I have hope only in the generations to come. Let the Heros of the day play heros，and wait till the snow of yester – years thawing away.

Tomorrow is saturday again. Before the old – year – days expired，I would stick to my work *The Mirage*.

【译文】

我的最后一篇文稿在《北新》周刊发表已很久了。从尘俗中退却下来，冷眼旁观时世的浮沉，一个人就很容易变得吹毛求疵。这就是我近来的心境。无怪乎我辈中讥笑我者，对我的一言一行加以诽谤者，大有人在。但时间是最好的裁判者，我只能把希望寄托于后代。让现今的英雄们去充当英雄吧，等着瞧，隔年的积雪总要融化的。

明天又是周末，在旧年将尽之际，我将全力写作《蜃楼》。

Saturday，January 11 th

Snowed last night. With fine，white grains everywhere，the interior of the house looks brighter even than sunny days.

Tired of reading and writing，I went out for the whole afternoon.

Visited some frequented places，bought 3 books by 3 not well known authors.

【译文】

一月十一日，星期六。

昨晚下雪了，到处都是好看的白雪，屋里比晴日还要亮堂。

懒于看书写作，到外面走了一个下午。

走了几个常去的地方，买了三本书，作者皆为不知名者。

Sunday, Jannary 12th, Fine

Not got up till 11 a. m., a student came to see me. We talked about sundry topics on the new literature of China's to come.

Went to dinner at friend's home, there passed the whole day in idle gossiping.

【译文】

一月十二日，星期日，晴。

午前十一点钟才起床。一个学生来访，我们交谈了有关中国未来新文学的种种话题。

在朋友家里吃晚饭。一整天在闲聊中度过。

一月十三日（旧十二月十四日），星期一，阴晴。

似乎有雪意，午后拟出去看看鲁迅及李小峰等。

傍晚邓仲存来，大雪。

十四日（十二月十五日），星期二，晴。

日来饮酒过多，身体不适，因而做工也做不成，以后想节制一点，多读些书。午后在城隍庙买唱片四张。

十五日（阴历十二月十六日），星期三，雪。

午前睡到十一点才起床，外间大雨杂雪，冷得很。午膳后发快信一封去安庆催款，并去看鲁迅。

北新账已算来，但尚未对过。据北新说，结清后还欠我千二百多元，存书除外。

十六日（十二月十七），星期四，雨，杂雪。

午前睡到中午，午后也不做一事，明日送王老去后，打算就动手为北新译一篇短篇。

十七日（十二月十八），星期五，晴。

午前未明时即起床，送王老去北站，回来已经是中午的时候了。买 Robert Herrick 著的 *Wanderings* 一册。

午后小睡，晚上出去闲走，买英译 F. Nietzsche 的书简集一册。看了一遍，打算明天就译几篇出来给北新。作李小峰书一。

十八日（十二月十九），星期六，晴。

早晨去内山书店，知去安庆的屠孝黉已回来到了上海。午后去看他，晓得了安徽大学的一切情形，气愤之至，我又被杨亮工卖了。

晚上神州国光社请客，对许多安徽人发了一大篇牢骚。

十九日，星期日，晴。

昨晚上睡不安稳，今天饮了一天的酒，人颇疲倦。晚上早睡，什么事情也不做。

二十日（十二月廿一），星期一，晴。

译了一天的 Nietzsche 的书简，将他给 Madame Luise O. 的书简七封都译出了，名《超人的一面》。

晚上送稿去北新，大约明后天他们总就会送钱来。

自明天起当读一点小说，预备续写《蜃楼》。

二十一日（十二月廿二日），星期二，雨。

今天是映霞的生日，玩了一天，晚上十点上床。

二十二日（旧历十二月廿三日），星期三，阴晴，后雪。

早晨陶晶孙来约我去陶乐春吃晚饭。午后小睡，六时半出去，在陶乐春吃饭，坐到了半夜，冒雪回来，到家已将十二点了。

作杭州张、镇海徐的覆信。

二十三日，星期四，阴。

上西门去走了半天，买书十余册。

二十四日，星期五，晴。

早晨一早上虹口公园去走了一圈，买绿豆烧三瓶。午后史济行来坐到了夜。

二十五日（十二月廿六日），星期六，阴。

昨晚上睡不着，今天六点钟就起了床，冒寒风出去买羊肉，回来大嚼。

这几天，消化不良，身上时发瘢块，痒得很。

读德国 Ludwig Ganghofer 的 *Edelweisskönig*。

二十六日。星期日，阴。后雨。

昨晨去一家旅馆开了一间房间洗澡。闹到了晚，因水不热，懊丧之至。今天气力全无，只在家里睡觉。

午后有同乡两人来访。发李小峰信一。

二十七日（阴历十二月廿八），星期一，晴暖。

晨睡至十点起床。

午后去城隍庙，买酒一坛回来。

李小峰送两百块钱来。

二十八日（旧历十二月廿九），星期二，晴。

十日来为预备年事，及各处债务，忙而且乱，一事也不作。

今天已经预备好了，以后当好好的用一点功。

一月二十九日（旧历除夕），星期三，晴。

去访一位新自安徽来的人，安徽大学只给了我一百元过年。气愤之至，但有口也说不出来。

买新书十余册，几乎将这个冤钱花去了一半。

三十日（旧历庚午年元旦），星期四，晴。

饮酒终日，也曾上城隍庙去看了一次热闹。

一月三十一日（庚午年正月二日），星期五，晴爽。

想起安徽的事情，恼恨到了万分。傍晚发快信一封，大约明后日总有回信来，我可以决定再去再不去了。

断篇日记七

（1930 年 2 月 1 日—28 日）

二月一日，星期六，旧历正月初三，晴爽。

是春天的样子了，三月后就立春，我希望自己的创作力也能够从此而脱出冬眠的绝境。

今天读一位女作家 Muriel Hine 的 *The Flight*，觉得还有点趣味。总之女性的心理描写，是有些地方非要由女子来描写不可的。从前曾读过一篇这女作家的 *Autumn*，也是水平线以上的作品，读了还不觉得是被骗了。无名作家的创作，大约像这样的总也不少，可惜没有工夫来多读一些。

午后有安徽大学的代理人来访，说明该大学之所以待我苛刻者，实在因为负责无人之故，并约我去吃了一餐晚饭，真感到了万分的不快。

二月二日，星期日（初四），阴晴。

午前陶晶孙来访，托卖译稿一部，就和他出去走了半天。

晚上吃得太饱，出去走了半天，遇见了一位日本人，花了好几块钱请他吃了一次晚饭。这一次和他的遇见，说起来实在也是一件奇妙不可思议的事情。

晚上一晚睡不着。

二月三日，星期一（正月初五），阴晴。

又把《西部战线》从头至尾看了一遍。作者 Erich Mari Re -
marque 终究是一位虚无主义者，而这一篇 *Im Westen Nichts Neues* 也
决不是一部不朽的大作品。

作四川吴宁中的覆信。他的地址是成都红照壁街十五号附三号。

四日，星期二（初六），雨。

自昨晚下起，濛濛的细雨一直没有止过。一天在无聊中过去，
只读了三十余页的小说，名 *The Unbidden Guest*，著者是 Silvio Villa,
大约系一位从意大利的 Piedmont 移往美国去的移民。小说并不好，
不过是一个很 simple 的 life story 而已，然而有几节也颇有诗意。

今天发信两封。

五日，星期三（旧正月初七），阴云。

夜来起了北风，雨在天亮的时候止了。大约晴是不会晴的，
雨却可以不下，倒也是使人感到舒适的一个转变。

续读 *Unbidden Guest*，大约今天一天，可以读了这一本 *Ameri-
can - Italian* 的小说。

六日，星期四，阴，然而不下雨。正月初八。

午前起得很晚，出去买了两本小说回来，一本是曾得到 Gon-
court Prize 的 *Jerôme*，著者为 Bedel，一本是 *A Nightingale*（*A Life
of Chopin*），著者系一无名的女性。后又去兴业银行押了一点款来。

午后不出去，有人来坐了半天。

七日，星期五，阴晴。（初九）后雨。

终日不做一事，只出去看了几个朋友。预备于三四日后回富

阳去一趟。

八日，星期六（正月初十），阴晴。

为欲去故乡，终日为购物洗衣剃头忙。然忙里偷闲，也买了两部好书，一部是 Windelband 的 *Einleitung in die Philosophie*，一部是 Longmans&Co. 发行之 *Professor Max Müller*，系他的夫人编辑之一部传记，上下两册，共一千余页。我久欲译他的 *Deutsche Liebe*，得此书后，当可作一篇详细的介绍。

晚上洗澡，定于后日坐早车去杭州。

九日，星期日（正月十一），晴。

终日为预备回籍事忙。午后去接王老爹爹，在车站上守候了三个钟头，仍接不着，倒看了半部 *The Ordeal of Richard Feverel*。此书是 George Meredith 小说中最好的一部。前在日本做学生的时候，也曾看过一遍。因当时语学浅薄，看不出好处来，现在却觉得愈看愈有味了。此外，Meredith 还有一篇论文，名 *Essay on Comedy*。在美国，Charles Scribner's Sons 公司的 *The Modern Student's Library* 里有单行本印行，闻系他对于小说主见之结晶论文，暇时当去买来一看，很可以帮助读他小说时的鉴赏也。晚上早睡。

十日，星期一（旧历正月十二），晴爽。

早晨八点，去北站乘特快车去杭州，一路上平安无事。到城站有宝姌来接，与谈数语，就坐原车至江干。二点半钟坐快班轮去富阳，到家已经在午后五点后了。

晚上有人请吃饭。

十一日，星期二（正月十三），晴。

中午有人请吃饭，晚上我自己请客。喝醉了酒，碰破了头。

十二日，星期三（正月十四），晴。

终日为吃饭饮酒见客忙，决定于明日去杭州。

十三日（废历正月十五），星期四，晴爽。

早晨坐早班船到杭州去，到杭州已经是午后两点钟了。访了几位亲戚朋友，就去西湖，自孤山绕道至西泠印社公园等处走了一圈，傍晚回来。

晚上早睡。

十四日，星期五（正月十六），晴快。

早晨去城站买书，买了一部定远方濬师著的《蕉轩随录》，是同治年间的笔记，笔墨很好，掌故也很多，刻本也好，只花了六块大洋。此外又买了一部吴修龄氏的《围炉诗话》，此书盖可与贺黄公《载酒园诗话》、冯定远《钝吟杂录》鼎足而立者也（见他的自负语）。

十五日，星期六，晴。

午前游紫阳山一周，午后去西湖，为拓碑事并到艺术院去了一趟（《永福寺碑》）。

晚上回来，发现乳母窃取金钱的事情。

十六日，星期日（正月十八），晴。

为乳母事，闹了一日，到晚才了结。晚饭后复去西湖闲步，遇见了老同事谭仲逵君。饮酒一斤，回来睡觉，决定明天坐早车回上海。

十七日，星期一（正月十九），晴暖。

大有春天的样子了。坐在车里觉得热得很。

几日不看报了，到了嘉兴，急欲知道一点外界的消息，买《字林西报》一份，读后才晓得中原又将大战了。蒋交易所政府，前次不倒，这一次大约总靠不住了，且看看阎老西的法宝如何罢。

晚上到家，人也倦极。晚饭饮酒一斤，醉倒了，早睡。

十八日，星期二（正月二十日），阴晴，似有雨意。

早晨去北四川路，打听安徽的消息，即发电报一通，去问究竟。

午后小睡，复去访高一涵氏。

晚上十一点半上床。

十九日，星期三（正月廿一），阴，后晴。

早晨去亲戚家办了一点小事。回来的路上，买英国新出的小说数册。

回来后补记了十日来的日记，以后拟定心定意的读我的书，做我的事了。

傍晚接安庆来电，谓上期薪金照给，并嘱我约林语堂氏去暂代。去访林氏，氏亦有去意。

二十日，星期四（正月廿二），晴。

午前出去买报。蒋阎的战争，似已不可免了。过虹口，买小说数册。

午后访鲁迅氏，谈到了夜。

晚上雨。接北大来电，催我动身。

二十一日，星期五（正月廿三），晴。

早晨又去打了一个电报去安庆，系催发薪水者，大约三四日后，总有回电到来。

约林语堂去代理的事情，大约是不成功了。

中午约同乡数人在正兴馆吃中饭。午后洗澡。傍晚去看梅花，在光华大学附近，系徒步走去者，所以走得很疲倦，到家已经晚了。

二十二日，星期六（旧历正月廿四），雨。

早晨三点钟就醒了，中夜起来，重看了一遍译稿。《小家之伍》一书，译文共五篇，打算于这六七日内整理好来。目录如下：1.《乌有村》 （*Germelshausen*）。2.《幸福的摆》 （*Das Glückspendel*）。3.《一个败残的废人》（*Ein Wrack*）。4.《一位纽英格兰的尼姑》 （*A New England Nun*）。5.《浮浪者》 （*The Tramp*）。

二十三日，星期日（正月廿五），阴，后晴，热得同五月一样。

自昨天起到今天止，看了两篇译稿。Germelshausen 及《幸福的摆》已经看毕，明天但须将两篇短一点的稿子再看一次就可以交出去了。看完之后，还须做一篇序文。

午后出去走了一转，买德国 J. E. Poritzky 著的论文集 *Die Erotiker*。一册，Snorri 的 *Prose Edda* 一册。

二十四日，星期一（旧历正月廿六），阴雨。

今天头脑昏痛，不能做事情，午前去西门走了一趟，午后小睡。起来后杂读了两三篇日本人的小说。

北大周作人先生又有信来催我北去，覆了一个电报，明天想写一封快信给他。

二十五日，星期二（正月廿七），阴后晴。

午前将《小家之伍》的稿子集好，写了一个译者小序。午后将稿子交去给北新。又作周作人先生的快信一封。

买 D·H·Lawrence 的短篇小说集 *The Prussian Of ficer* 一册。

晚上读 *Civic Training in Soviet Russia* 到午前一点，大约此书三日内当可以读了。

二十六日，星期三（旧历正月廿八日），晴。

午前读了一本无聊的小说。将吃午饭的时候，出去走了一趟，买杂品若干。

午后发武昌王星拱快信一封。

二十七日，星期四，阴晴（正月廿九日）。

午前早起，因昨晚睡眠不足，颇觉不快。早餐不吃，出去走到了中午。过内山书店，买 Emile Zola 的小说 *La Faute de L'Abbé Mouret*（1875）日译本一册。晚上将此书读了七十几页，很有点像 Hudson 的 *The Green Mansions*，盖系描写 Abbé Mouret 之对一自然少女"亚儿苹"之爱的东西，结局是很悲惨的。

二十八日，星期五（旧历二月初一日），晴。

几日来每夜有夜雨，而早晨总晴，是棠梨花开的时候了。

今天读了一天《Abbé Mouret 之过咎》。

晚上命映霞去安庆搬取书籍，送她上船，到午前一点才回来睡觉。天大雷雨。

断篇日记八

（1930 年 3 月 1 日—4 月 30 日）

三月一日，星期六（旧历二月初二），晴。

午前七点钟起床，再去船埠头看看，则长江船还没有开。又和映霞，及一位同去的亲戚下船来，上城隍庙去吃了一次素菜。

看今天的《申报》，有一家小书铺的出版广告的，上载有《达夫散文选》的书名。我原完全不晓得的，就托北新写信去问，大约几日内当有回信到来。看他说得如何，当再去办严重的交涉。

午后不睡，王老来了，和他饮酒尽两斤。晚上早睡。

二日，星期日（二月初三），阴晴，向晚有风，似欲雨矣。

今天在家里看了一天的家。王老于午前来，在这里吃午饭。饭后小睡，起来的时候，已经是四点多了。

作张氏菊龄及夏莱蒂二人书。候北新来信，不至，又写了一封信问去了。

三月三日，星期一（旧二月初四），阴曇。午后大雨。

昨夜大雨，我于八点前后出去拿印章，回来身上淋得通湿。在电灯下看书，看到了十二点钟。

这是新刻的印章。

计程映霞当于今日到安庆，不知所托两事，能否完全办妥，想做《蜃楼》，终于不能执笔，以后的生活问题，实在有点可虑。

阅《字林西报》，晓得中美又在卖廉价，共去买书七册，花去洋十一元多。

晚上内山宴客，在新半斋，同席者有南满铁道上海事务所之高久肇氏，他给我的印象很不坏。

今天北新送稿费贰百元来。

三月四日，星期二（旧历二月初五日），阴。

昨夜大雨，宴罢归来，家中已有一位文学青年匡君在等候了。与谈到了半夜，谈起了苏州前次请我去讲演时，有一位姓吴的青年谎骗的事情。实在是很可气，也很可笑，正可以写一个短篇，把这事情公表出来的。

午前又去中美买书，买了四五册，花钱十二元多一点。合之昨日，则这两日内，费去的买书钱，已经有二十五元之多了。

午后接张凤举兄自法国寄来之 *The Reveries of a Solitary*（Jean Jacques。Rousseau）一书，喜欢得不得了，即作覆信一。

傍晚下了大雨，读 . Reveries 的 Introduction 一篇，系 John Gould Fletcher 所作。

晚上北新有人来，说门市部已被封了，就为他们去看蔡子民氏，托为缓颊，并约明晚去听回音。晚上一晚睡不着，因为想起了中国的黑暗，实在是世界上无论哪一国所没有的，遍地豺狼，教我何处去安身呢？

五日，星期三，终日雨（二月初六）。

自昨天起，订了一份 *Shanghai Times* 报，今天早晨此报送到的时候，天还没有大亮，以后就睡不着了，所以觉得精神不爽。读 Oskar Maria Graf 的 *Wir Sind Gefangene* 的英译本，实在觉得有趣得很。像这样一种轻妙的自叙传，从前很少有得看见。大约德国大战之后的文学，变向清淡多趣的方面去了，这一本《大家都是俘虏》和《西部战线平静无事》都是一样的。Einfach und Humoristisch，就是最近的德国小说的概评，和从前小说体裁的晦涩笨重，处处带有哲学味的倾向大不同了。

今天便秘不通，肛门口感有微痛，大约是痔疾发作了，近来的身体也实在太坏。

午后一点去开会，到了五点钟才回来。等安庆的回信，却还是默默无闻，不晓究竟怎样了，计自映霞去后，到今天为止，已有整整的五日，大约明朝总该有电报来的。

今天报上载有 David Herbert Lawrence 在 Nice 于三月三日病死的一条消息。按 Lawrence 是英国新小说的一位健将，今年四十五岁了，说是为患肺病而死。文人短命，古今中外，都是一样，为之叹息不止。

六日，星期四（旧二月初七），雨。

昨晚睡得很好，今天读报，上有一篇关于 D. H. Lawrence 的记载，说他是一位被 misunderstood 的作家，可惜年纪不大，不能更出几本好书，以昭示他的特质云。

午后，将《阿陪·魔来之过咎》读了，并不十分出色，像这样的小说，我是可以写得出的，不过身体不能像 Zola 老夫子那么的强健，稍觉精力有点不济而已。

几日来在等安庆的电报，焦急得很。

傍晚接安庆来电，谓钱已汇出，准今明日动身返沪云。

七日，星期五，终日雨（旧历二月初八日）。

晨起上大马路去一趟，买了 Joseph Conrad 的 *Notes on Lifi and Letters* 一册。在中美新书书目上，更见有 Alexandre Kuprin 的 *Yama* 一册，此书久想一读，因无好译本，所以不曾读了，下回若去，当去买了它来。

读 Oskar Maria Graf 的 *Wir Sind Gefangene* 已经有二百四十多页了，以后还有二百页的样子，当于明天读了之。

午后北平大学马幼渔有挂号信来，促我速去北大，覆了他一封快信，说，于三月底一定到北平。

八日，星期六（旧历二月初九），似乎晴了。

早晨去北四川路，买书数册，接乐华来信一封。

午后和陶晶孙上江湾路走了半天。

九日，星期日（二月初十），晴爽。

晨起作乐华覆书一，不准他们印行我的选集。读 *Wir Sind Gefangene* 至三百四十六页，以后尚余百余页了。

中午王老他们来吃午饭。

午后映霞到家。在安庆之书，全部带来了，只缺少了十几本，大约是被学生们借去的。

晚上十一点钟睡觉。

十日，星期一（旧历二月十一日），晴。

今天决定不去北京了，托李小峰写了一封信去通知周作人先生。

午后剃头洗澡，买 Virginia Woolf 的小说 *Orlando* 一册。并向壁恒定 *Wir Sind Gefangene* 原书一本，大约一个半月之后，就可以到沪，到后马上想动手翻译。此书的英译名 *Prisoners All*，译者为 Margaret Greed，译笔也很好。

十一日，星期二（二月十二日），阴雨终日。

早晨八点钟起床，就去银行取款，并汇出五十元至富阳。另存五百元在兴业银行，系托汪任山先生代去存者，汪住大中里472号。此外更有三百元，系存兴业银行西分行者，作为活期存款，凭折支取，折号为洋西第913号。

午后大雨，出去印版权证，身上淋得通湿。归途过一家旧书铺，买 H. H. Bashford 的小说 *The Pilgrims March* 一册。按这一位小说家有一本杰作，名 *Pity the Poor Blind*，系1913年出版。此外更有 *The Corner of Harley Street* 一书。晚上杂读短篇数篇，把 *Prisoners All* 读毕。

十二日，星期三（旧历二月十三日），阴寒，晚来雨。

今天是植树节，天气却寒冷如严冬。肛门口之疾，似系毒肿，非痔疮。痛了一天，一天不出去。

晚上王老来，发张惠慈、林语堂、陶晶孙信。明天想读一本 Sudermann 的小说。

十三日，星期四（二月十四），晴。

午前陶晶孙来，看肛门口肿毒，在疑似之间。盖痔漏与平常肿毒，都可以在这地位发生，现在还不能决定究竟是哪一种也。若系结核痔漏，则病颇不轻，医治很费时日，或许致命，也很可能。

睡了一天。

作夏莱蒂的覆信，他住在济南齐鲁大学模范村五号。

十四日，星期五（旧历二月半），晴。

今天患处肿稍退，然头上发一白点，似需破裂出脓浆，我只希望它不是痔漏才好。

午后患处剧痛，候陶晶孙不来，大约明日必须下刀割破才行。

睡了一天。

傍晚陶晶孙来，患处破裂，是结核性痔漏，已无疑问。

十五日，星期六（旧历二月十六日），晴。

午前睡，午后起来，上汪任山先生处取五百元定期存单一纸，号码为兴字 19454，存入日期为今日，截至明年三月十五，可得五百四十元，此款大约是要作我的丧葬之费了。

晚上有姚某来谈。

发胡适之氏信，去问专医痔漏的医生住址。

十六日，星期日，晴爽。

早晨视患处，复出脓浆，管已结成了。一天不做事情。

十七日，星期一（二月十八），晴。

去北门内穿心街潘某处看痔病。痛得很，肿处已割破了。

发周作人先生信。

晚上校《小家之伍》的第一篇校稿 *Germelshausen*，改名《废墟之一夜》。

十八日，星期二（二月十九），晴。

午前睡，午后去潘某处求诊，已被决定为痔漏之新患者，须三个月医治断根，包治洋一百二十元。

晚上微痛。

十九日，星期三（旧历二月二十日），昙。

午后去求诊，约定明天去付四十元。包洋为百二十元，分三期付清。

《小家之伍》第二篇《幸福的摆》校稿来了，拟于明天晚上校了它。

今天定做的书架四个来了。

二十日，星期四（二月二十一日），晴。

午前校对《幸福的摆》，校到午后为止，校完了四分之三。明天当可校毕送去，大约后日总又有稿来也。

今天不去看病，患处不痛而痒。晚上早睡。发陶晶孙信。

二十一日，星期五（旧历二月二十二日），晴。

因有不利于我的谣言，所以不敢出去。今天还是犹疑未决，对于痔漏，究将如何的医治。

午后送四十元钱去给痔瘘医生，并告以不能上中国界来之故，医生谓将于明晚起到我的住所来看。

今天把《幸福的摆》校毕送去。

二十二日，星期六（二月二十三日），晴朗。南风。

天气真好极了，我睡在病床上，也觉得很舒服。

今天又有《小家之伍》的第三篇校稿来，名《一个败残的废人》。一天校毕，午后送去。

晚上医生来家敷药。

二十三日，星期日（二月二十四），晴。

睡了一天，读日本德田秋声小说一篇，不好得很。小说家的年龄，大约是和作品有关系的。他已经老了，出风头的时代早已过去了。想起我自己来，也觉得有点可怕。

二十四日，星期一（二月二十五），晴，有欲雨意。

午前读小说，午后出去看医生，患处仍旧，终不觉得减轻。

陶晶孙来，赠以读过的小说数册。

二十五日，星期二（旧历二月二十六日），晴。

午前卧读小说，午后去医生处，并送《日记九种》六版的印花三千去北新。

三月二十六日，星期三（旧历二月二十七日），晴。

作李小峰信，读 Zola 的小说 *La Bêle Humaine* 的日译本《兽人》。

午前陶晶孙来，赠以读过之长篇小说一册。

午后仍去看医生，今天觉得痛得少一点。

读 *La Bête Humaine* 至一百五十页，日译者的译笔很坏。并且这小说本身，也不是属于我所爱读的那一种种类的。

二十七日，星期四（二月廿八日），雨。

午前读《兽人》至二百五十页。

午后去看医生，换药线。

晚上读至三百页。大约明朝这一部《兽人》总可以读毕。

二十八日，星期五（阴历二月廿九日），阴晴。

午前将《兽人》读毕，北新送校稿来，是 *A New England Nun* 的译稿。

发《敝帚集》再版印证三千个。

午后去医生那里。

二十九日，星期六（阴历二月三十日），阴，后雨。

昨晚似伤了风，今天却好了。

午前出去走了一趟，买 L. Scott 著之 *Echos of Old Florence* 一册。

午后去看病，患处小痛。

接巴黎张凤举来信。

三月三十日，星期日（阴历三月初一），阴。

患处微痛，出血不少。

午前午后，只校了一篇《小家之伍》的校稿。是第四篇，为 Mary E. Wilkins 的 *A New England Nun* 的译文。

四点钟后，仍去看医生。今天穿药线，粗线不插。

晚上到了十二点钟才睡着。因为有人来看的缘故。

三月三十一日，星期一（三月初二），阴晴。

昨天入睡迟了，今晨睡到了十点。已能起床走走，所以还不觉得大痛，大约以后总只有日好一日的了。读日本大宅壮一的《文学的战术论》，论旨明晰，想大宅氏的头脑总是很清的。

午饭后去访林语堂氏，赠以 Middleton Murry 的 *Country of Mind*

一册。林赠我以英文读本若干册，嘱为写一批评，当于暇时写好给他。

四点钟后，照例去看痔漏，于穿线之外，又插了一茎药线。

四月一日，星期二（旧历三月初三日），晴。

因为天气太好，所以午前出去走了一趟，过中美及商务印书馆，买 Stendhal 的 *The Red and the Black*（Modern Lib.）一册，及 *Criticism in the Making* 一册。Stendhal 的《赤与黑》，前曾读了一半，还有一半未读，现在想于病中读了它来。

午后接北平大学及北平师范大学聘书，系由周作人先生转寄来者，就写了一封覆信。

今天北新送版税两百元来。

四点钟后仍去看病。

Criticism in the Making 的著者为 Louis Cazamian，是巴黎大学的英文学教授。

四月六日

三数日来，因为这种种敌人的大联合的结果，我已经陷入在一个四顾无人的泥浆深泽里了。我想叫"天"，天又哪能够回声答应？我想叫一声"同类者，救我一救！"然而四面远远地站着在等候机会的，却都是些饥得很久，渴得很烈的啖肉饮血的动物的獠牙，雪白的獠牙！

昨天的那一位老革命家对我之所说，想起来实在是一种由经验得来的至理的名言，我总要先行医疗好我的痔漏，然后才能作进一步的打算。"留得青山在，总有采樵时"，这两句很普通的话，当时实在是感动得我很深。

我之所以要迁入此地，要视它为牢狱的理由，不知者或者要说我在自寻烦恼，在故意的做浪漫的梦，然而，前天晚上的那危急的警告，昨天一天所听到的实际的情形，岂不都在证实我这一次的不得不自裁，不得不自决么？因为，不如此，恶社会就要加我以恶制裁，强迫我入狱去了，这岂是酷爱自由，最重自立的我之所能忍受的？……

四月二十四日

……匆匆二十天中，内忧外患，一时俱集，曾几次的想谋自杀，终于不能决行。……

四月二十九日

……易。我们中国连一条 Habeas Corpus 的法律都还没有，更哪里能讲得上什么约法宪法。

上壁恒书店去取了一册 O. M. Graf's *Wir Sind Gefangene* 来，另又买 Aldous Huxley's *Those Barren Leaves* 一部。这一部《我们都是囚房》，决想于暑假期内，在译完《拜金艺术》之后译它出来。

The Pathway 搁起了不读，因为实在太描写得精细了，很不容易一直的通读下去。

三十日，星期三（四月初二），阴晴。

四月居然到了今天了，明朝是伟大的劳动节，租界中国地界戒备得水漏不通。几日来青年学生及工人之被捕者共达二百多人，明天不识又要演出如何的惨剧。

患部今昨两天不痛，今晚上拟去求医收紧药线。

读了一篇冲野岩三郎的长篇通俗小说《支撑着手者》。

买 Otto Julius Bierbaum's *Das Schöne Mädchenvon Pao* 一册，封面上有"幽王宠褒姒"的五个中国字。

断篇日记九

（1930 年 5 月 1 日—1931 年 6 月 16 日）

五月一日。星期四（旧历四月初三），是阴惨的雨天。

租界上杀气横溢，我蛰居屋内，不敢出门一步。示威运动代表者们一百零七人都已被囚，大约今天的游行，是不会再有了，军阀帝国主义者的力量真大不过，然而这也犹之乎蒸汽罐上的盖，罐中蒸气不断地在涌沸，不久之后，大约总有一天要爆发的。

今天为表示对被囚者们的敬意，一天不看书，不做事情，总算是一种变相的志哀。午后北新送钱一千元来。

晚上早睡，患部痛不甚剧。

二日，星期五（四月初四），昨夜的雨，早晨晴了。

午前十一点起床，午膳后上北四川路去走了一趟。傍晚接北平周作人氏来信，马上覆了他一封告知病状，预定北行日期的短柬。过北新书局，知道译本《小家之伍》可于明天出版了。

买书两册：*The Things We Are*，by John Middleton Murry；*Souvenir*，by Floyd Dell。

五月三日，星期六（旧四月初五），阴晴。

今天一天不出去，在家读 *The Pathway*。患部痛减少，脓浆也减，似乎将收功了。不过无论如何快，怕也还要半个月以上的时间，才能完全收口。

午后陶晶孙来，谈到晚上才去。

四日，星期日（四月初六），先雨后晴，闷热。

午前因有人来吃饭，一天不做事情，连书也不读一页。

晚上想去看医生，不果。

今天为一九一九年北京学生运动烧打曹章的住宅的纪念日。

五日，星期一（四月初七），晴和。

午前睡到了十一点。

午后开明托林语堂氏来征文，《中学生的出路》。

译本《小家之伍》，今天才看到，定价七角，似乎太贵了一点。

晚上去看医生，又把药线收紧了一点。

五月六日，星期二（四月初八），晴。

昨晚因患处剧痛，睡不着觉，到了天亮五点钟才闭了一闭眼睛。今天又连续着在痛，僵卧了一天。

七日，星期三（四月初九），晴。

痛尚未止，仍卧床不起，读《改造》旧杂志一册。

八日，星期四（四月初十），雨。

痛如昨日，仍旧睡了一天，晚上因琐事致不快，到了午前一点才睡着。

九日，星期五（旧历四月十一日），晴，暖。

是初夏的样子了，患部痛稍减，然而还有点怕行动，仍睡在床上，读了一册旧的《改造》杂志。

明天若痛稍减，当再去看医生。这四日工夫，是患病以来最痛的日子。

晚上医生自己来视疾，又被收紧了药线，痛到了天亮。

十日，星期六（旧历四月十二），阴晴。

患部痛仍旧厉害，药线收紧的地方，两面肿出，大便很难，睡了一天。

晚上仍睡不安。

十一日，星期日（四月十三），阴晴。

一天没有起床，读旧杂志《改造》一册，《中央公论》一册。

十二日，星期一（四月十四），阴，午后雨。

又睡了一天，午后有女客自杭州来。

今天电车罢工者发生了风潮，一部分失业工人似在开车，罢工者似在加以阻止，致演出了杀人的惨剧。

患部痛止，明天又不得不去加紧药线，又要痛得不能睡觉了。

十三日，星期二（四月半），晴爽。

午前出去访邵洵美氏，赠以《小家之伍》一册。买 James Harvey Robinson's *The Mind in the Making* 一册。他是继承 William James 之迹，想以 rational, sceintific, peaceful 的方法来解决社会问题者，最近胡适之氏的一篇文章《我们的出路》，大约是根于这一篇 Essay 的。此外又买了一本 J. Erskine 的 *The Delighf of Great Books* 及一本 Strindberg 的精印美国版 *The Confession of a Fool*。

午后去兆丰公园，为友人等作介绍，晚上去看医生，约定于五日后在家内等医生再来复诊。

十四日，星期三（四月十六），晴爽。

午前九时起床，出去订日本报《上海日日新闻》一份，买书数册。中有一部 Albert Londres 的 *The Road to Buenos Aires* 的英译本。系一九二八年出版，是记 White Slavery 的事情的。此外是 Max Müller 的 *Chips From a German Workshop* 两册（三、四以下不全），及 Unerbach 的英译本 *On the Heights* 一部。

午后腹泻，出去走了一趟，没有买什么书。

十五日，星期四（四月十七），晴爽。

一天没有出去，在家里读了一册四月份的《改造》特大号。觉得最有趣的，是一篇传述 Gerhart Hauptmann 的近著 *Buch der Leiden Schafi* 的内容的文章。谓此书系以日记体写成，叙述作者自己的三角恋爱的体验外，很像 Goethe 的 *Dichtung und Wahrheit* 云。

日本明治时代的自然主义作家田山花袋氏，昨晚报上说已经死了，享年六十岁。

十六日，星期五（四月十八），晴。

几日来患部不痛，所以很想写点东西，昨晚上读《改造》上的一篇创作，名《昭和初年的知识阶级的作家》，是广津和郎的近作，觉得写得还好，但也已经是强弩之末的作品了，不晓得我若要写时，也能写得比他更好一点不能。

这一次想写的题目是《东梓关》。

十七日，星期六（旧历四月十九），晴。

昨晚上忽而痛了，睡也不能睡，今晨看患处，则出毒的口已封死，四面肿胀得很高。到了十点左右，皮自然破了，出的血及毒有一小杯之多。并且在旧日患部之下，又新生了一个很大的硬块，似乎是毒菌的蔓延。

到晚上去看医生，又被割了两刀，痛得很，去完全治愈的日子更远了。

午后上内山书店去了一趟。

十八日，星期日（四月二十日），晴。

因新被割的地方很痛，所以一天不做事情，只仰卧在床上。傍晚去剃了一个头，买几怪帕勒多一瓶，以后拟常常服用。

十九日，星期一，晴。

睡了一天，晚上去看医生。据说是患处并无意外大变化。回来的时候，天大雨了。

二十日，星期二（旧历四月二十二日），终日雨。

在床上睡了一天，读日本新兴艺术派丛书中之《崖下》一册，著者为嘉村矶多，系还在三十左右的青年。笔致沉着，不过以后恐无大进境，因为仍旧脱不了自然主义的躯壳，难免不固定下来。

晚上陶晶孙来访。

二十一日，星期三（四月廿三日），雨。

自昨天起，患处又减少了痛苦，大约又有希望了，这几天内当握笔写一点东西。

二十二日，星期四（四月二十四日），阴而不雨。

今天患处较好，起来写了张凤举（法国），周作人（北平），及夏莱蒂各处的信，并各将《小家之伍》寄出，只寄去了五册。

晚上去看医生，穿在那里的药线又收了一收紧。

买 Eden Phillpotts 的 The River 一册，此书和 The Secret Woman 两本，是这一位 Hardy 模仿者一生的杰作。其他的小说作品很多，然终不及这两册他初期的作品。The River 中的自然描写，尤觉酷似 Hardy。

五月廿三日至五月廿七（星期二）

旧历四月廿五至廿九的五日中间，因所穿之药线收紧，剧痛了三昼夜。其间晴雨不常，起床的时候很少。

五月廿五日那一天，痛稍微好一点，口述《中学生的出路》一篇，给开明的《中学生》杂志。

五月廿六日晚又去收紧药线，痛得非常，然而回来之后，痛却止了。

廿六日晚，陶晶孙自无锡来，宿于此。

廿七日，晴，午后出去，买 Indiscreet Letters，from Peking 一册，系记庚子拳匪事起，北京城被掠的事情的，此书却可作拳匪事件的小说看，作者 B. L. Putnam weale。

五月廿八日，星期三（旧历五月初一），晴朗。

午前睡到了十时起床，患部已经好一点了，总之是不痛了，大约再须半月就可以入渐愈之境。

午后去买几本 Rudolf Herzog 的 Die Burg：Kinder，Edward Stilgebauer 的 Götze Kraft，Bernard Shaw's The Four Pleasant Plays，

Francis Watt's *R. L. S.* 。

以上的几本书，都系在一家俄国人开的旧书铺买的，花钱不多，只三元而已。

五月廿九日，星期四（旧历五月初二），晴爽。

午前十时起床，读了一篇日本人的小说，不大好。午后出去，在旧书铺买 Willa Cather 的小说 *Death Comes for the Archbishop*。这是这一位女小说家作的唯一的以异国为背景的小说，大约是和她的以前诸作，总有点不同。

上书铺去看看出版的新书之类，只觉得新的粗制滥造的东西多起来了，或者是我自己为时代所淘汰了罢，新出的东西，可以看看的，真一册都没有。

五月卅日，星期五（旧历五月初三），阴晴。

今天是纪念日，是五年前英帝国主义者在南京路惨杀中国人的日子。一天不出去，午后有人来告以街上的消息，说戒备森严，捉去散传单者六七人。

五月卅一日，星期六（五月初四），晴热，闷。

午前去北新，收款百元，作端午节的开销。患处尚未见好，今天还须去乞收紧药线，大约又要痛了。

买 Sherwood Anderson's *The Poor White* 一册，读 Eden Pillpotts 的 *The River* 至百五十页。

六月一日，星期日（旧历的端午节），阴闷，似有雨意。

昨晚上去收紧药线后，痛了半夜，直到今天午前一二点钟的时候，方才睡了一忽。大约以后总就好快了，顶多大约总只要再收紧三四回，药线即能将腐肉切断，预计治愈之日，总在这阴历五月之中。

读 *The River* 至二百五十页。午后小睡。

六月二日，星期一（旧历五月初六）。阴晴，闷热。

午前将 Eden Phillpotts 的 *The River* 读完，这一种小说只可以作消遣时的读物，并非大作品。我想我若稍为用心一点，也可以写得出来。

午后出去走了一圈，买 Maria Waser 女士著的小说 *Die Geschichte der Anna Waser* 一册。此书系记十七世纪转化时代的事迹的，著者 Waser 女士是瑞士的一位乡土艺术的作家。此外又买 *Aus Goethes Tagebüchern* 一册，编者为 Hans Gerhard Gräf 氏。歌德的日记记得真简单，但是很撮要。头上附 Gräf 氏绪论一篇，写得很好。

六月三日。星期二（五月初七），晴。

午前去西摩路走了一趟回来，在几家新书铺内看了半天英美出版的新书，但是没有一本中我的意的。

午后睡了两小时，为一个学生看了一册他的作品，并不好。

晚上去看医生，药线没有收紧，约于三日后再去收缚。

夜中雨。

四日，星期三（旧五月初八），阴雨。

午前汇洋八十元至富阳，在一家旧书铺买 John Ruskin 的小册子两册：*Unto This Last* 及 *Lily and Sesame*。

午后读日本长田干彦氏小说《旅鸟》一篇。

今天觉得身体不十分好，食欲不进。

晚来雨晴了，有微风。

五日，星期四（旧五月初九），晴，晚上大雨一阵。

午前上虹口去走了一趟，买杂用品若干，小说三册。

1. Patrick MacGill：*Children of the Dead End*。这实在是一本写特异区域的一部分人的杰作。主人公 Moleskin Joe 真是一位出色的人物。

2. Edward Stilgebaür：*The Ship of Death*。

3. Pietro Aretino：*Kurtisanen Gespräche*，德译者为 *Franz Spunda*。

午后不出去，又读了一篇长田幹彦的长篇小说。

六日，星期五（旧五月初十），晴。

昨天送《奇零集》、《过去集》重版的印花六千枚去。计自去年十月在北新将此两集印行后迄今，已将七个月，共只销去每册三千，大约以后我的著作，每册每年总只有四五千好销也。

午前上法界等处去走了一趟，晚上去求医生收紧药线。痔漏只需半个月就可以断根了，这一回大约是可靠的。晚上因痛不能睡，直到了午前的一点多钟。

七日，星期六（旧五月十一日），晴。

读了一篇长田幹彦的长篇小说《岚之曲》，写得很坏。四五日来，总算把这长田氏的选集全部读了一遍，觉得其中可取者，只《小夜千鸟》的一篇中篇而已，其他的七八篇都不行。

昨天买了一部 Goethe's *Ausgewählte Werke* 六大册，在做《蜃楼》之前，想把 *Wilhelm Meister* 来重读一下。

八日，星期日（旧五月十二），晴爽。

午前一早就醒了，起来后，读了半部田山花袋氏的小说

《缘》。此作是他的杰作《蒲团》的续篇，中有写独步之死等地方，在我晓得日本文坛当时的情形者读之，觉得很有趣味。而花袋氏的文章，也有可爱的地方。我觉得他的描写的最美之处，就是在于"印象的"的一点。

午后出去走了半天，是患病以来走得最痛快的一天。买 John Addington Symonds 氏著的 *The Life of Michelangelo Buonarroti* 一册。Symonds 的著作，是我爱读之书的一部分，他的 Renaissance 时代的研究，实在是最可佩服的著作。总之，Symonds 是希腊思想的迷恋者，在意大利做客久，所以受这半岛古典的影响也很深。

晚上月亮很好，出去看月亮，走了一圈，痔漏患处，已大好，只须十日，大约就可以复原。

六月九日，星期一（旧历五月十三），晴爽。

痔漏已好了九分，早晨起来只觉得一身轻快。以后可以努力做事情了。

午前，将花袋氏《缘》读了，写了一封信给一位文学青年。以后是不得不预备写《蜃楼》了。

午后小睡，三时起床，又有一位文学青年来访。以后当绝对不接见这一类有闲的青年，因为我没有这许多闲工夫来供他们的谈助。傍晚去西门，买近人词两种。

晚上月明风紧，天气真好极了。

六月十日，星期二（五月十四），晴和。

午前去内山书店，买日译小说《勇敢的兵士须魏克》一册。此书为捷克作家 Jaroslav Hǎsek 著，我有一本德译本，书名 *Die Abenteuer des braven Soldaten Schwejk während des Weltkriegs*。

午后小睡，去访林语堂氏，赠以新生小孩的衣被各事。

晚上向四马路去走了一圈。见到了北京周作人先生等发行的《骆驼草》四期。

六月十一日，星期三（五月半），阴雨。

午前读 Eden Phillpotts 的小说 *The Children of the Mist* 五十页。It promise a pleasant reading for the leisure time of a convalescent.

午后欲睡不成，晚上去看医生，将另一药线切断，痔漏总算是有九分好了。

从下星期一起，当可动手写作东西。

十二日，星期四（旧五月十六日），先阴晴，午后雨。

午前出去，买 Hugh de Sélincourt's *Realms of Day* 一册。Leonard Merrick's *The Call from the Past* 一册。两位作者，都是英国的中坚作家，而 Sélincourt 的 *The Realms of Day* 且是他的著名之作。

午后去看医生，痔漏总算全好了，以后就只需将切开之处收功就对。从今天起，可以在坐位上直坐了，总算是一天之喜。

晚上看 Eden Phillpotts 的 *Children of the Mist*。

十三日，星期五（旧五月十七），雨，潮湿。

是梅雨的时候了，昨天晚上想了许多题目，如《梅雨晴时》、《二十年间》之类。但精神散逸，不能马上就坐下来写。《梅雨晴时》是一篇短篇，写一位没落的知识阶级的悲哀的。《二十年间》可以作《迷羊》、《蜃楼》、《春潮》三部曲的总名。想在这两月中间，把《蜃楼》、《春潮》写它们成功，然后再作译的工夫。

午前冒雨出去散步，买 Lord Lytton 的 *Godolphin* 一册，Hugh Walpole 的 *Portrait of a Man with Red Hair* 一册。

读 *Children of the Mist* 五十余页。

午后四点多钟，去看医生敷药后，上北四川路去了一趟。买 Swinnerton's *September* 一册，Stoddard 著的 *The Revolt Against Civilization* 一册。访鲁迅，谈到了夜，冒大雨回来。

日本室伏氏来访，约我于后日晚上在觉林吃晚饭。

六月十四日（旧历五月十八），雨，潮湿闷人。

早起即觉得不快，睡眠既不足，天气也阴闷，黄梅时节，真郁闷煞人。

去访一位文学青年，交还了他的稿子，回来身上淋得通湿。午后读 *Children of the Mist*，小睡了两小时。

六月十五日（五月十九），星期日，阴，时雨时止。

早晨起来就去剃了一个头，人觉得已恢复原状了。午后当去看医生，敷药，晚上有日人招我去赴宴，席间便与新来访者室伏氏会谈。

读 *Children of the Mist*。

晚上发见有一个文学青年名史济行者，窃盗了我的原稿《没落》头上的数张。这真是禽兽的行为。

十六日，星期一（旧历五月二十），久雨新晴。

早晨一醒，就觉得空气干燥，爽朗的晴空，似和久别的故人的相见。然而昨夜来的寒气，和因被史所盗的原稿而发的郁怒，已使我胸膈间受了创。肺管冒寒，鼻腔不通气息，又伤了风了。

头昏脚软，看书看不下去。只能坐车往热闹一点的地方去跑，在一处地摊上，买 George Moore 的 *The Confession of a Young Man* 一册。这书是 Modern Library 本，和我所有的 Tauchnitz Edition 的不同。然而两书的头上，都缺少一篇新版的序文，他日当去求一册

Jonathan Cape 发行的书来，一读此序文也。

午后想睡睡不着，读 *Children of the Mist* 一百页，明日午前当可将它读了。

晚上早睡，服发汗药粉少许。

六月十七日，星期二（旧历五月廿一日），晴爽。

伤风势重，头脑昏痛。午前又患失眠之症，从一点到四点钟，醒了三个钟头。六点钟敲之后，就起了床。

今天报上有我的《没落》原稿被窃的一个声明，并作书致一滑头小报社内，追究窃稿的人的住址，打算和他来理论一番。

在旧书摊上，看见有 Jakob Wassermann 的 *Die Lebensalter*。及 Alfred Döblin 的 *Die Drei*……

一九三一年二月七日，星期六（旧历十二月二十日），晴

旧友二三，相逢海上，席间偶谈时事，嗒然若失，为之衔杯不饮者久之。或问昔年走马章台，痛饮狂歌意气今安在耶，因而有作。

不是樽前爱惜身，佯狂难免假成真。
曾因酒醉鞭名马，生怕情多累美人。
劫数东南天作孽，鸡鸣风雨海扬尘。
悲歌痛哭终何补，义士纷纷说帝秦。

读渔阳《感旧集》，忽而想到了半月前做的这一首诗，所以把它写下来……。回忆二十年前做的诗真不少，现在稿多散失，已经寻不出来了。至于十几年前的断句零篇，则还可以在日本《太阳杂志》的汉诗栏里寻出来，也未可知。总之事过境迁，这些格

调古板的旧货，也不想再去发掘了。幸而我年纪尚轻，还是向前去吧，去开发新的境地吧！

二月十四日

……到夜回来，见友人数辈，谈到了近来文学狱的屡兴，各为之唏嘘不已，因为兔死狐悲，我们都不免为无意义的牺牲也。

……

十二月七日

……北新版税不送来，已陷于绝粮的境地……

十二月二十六日

……北新的版税，尚未送来，急得我要命，这样的生活，若再继续过一两年，恐怕生命都要短缩下去，明年决意去教书。……午后下寒雨，因为没钱买米和菜，将一张四年来用惯的铜床卖去。……

一九三二年一月四日

……

从今年起，到四十岁为止，我想再恢复一下当时在创造社吃苦奋斗的精神，来恶战它四年。

……

一月五日

……

人与人之间的隔膜，实在是无可奈何的事情。我们人类，为这隔膜之故，不知发生了多少悲剧，断送了多少有为的精力与光明，这可叹的事实，我今晚上感觉得尤其深切。……

六月十六日

……数日来睡眠不足，头脑昏乱，又兼以日日有家庭间的吵闹，所以什么事情也不想做。……

沧洲日记

(1932 年 10 月 6 日—13 日)

一九三二年十月六日（旧历九月初七日），星期四，晴爽。

早晨六点就醒了，因为想于今天离开上海。匆忙检点了一下行李，向邻居去一问，知道早车是九点前后开的，于是就赶到了车站。到时果然还早，但因网篮太大，不能搬入车座事，耽搁了几分钟，不过入车坐定，去开车时间还早得很。天气也真爽朗不过，坐在车里，竟能感到一种莫名其妙的快感。

到杭州城站是午后两点左右，即到湖滨沧洲旅馆住下，付洋拾元。大约此后许住一月两月，也说不定。

作霞及百刚、小峰等信，告以安抵湖畔，此后只想静养沉疴，细写东西。

晚上在一家名宝昌的酱园里喝酒，酒很可以，价钱也贱得可观，此后当常去交易他们。

喝酒回来，洗了一个澡，将书籍稿子等安置了一下，时候已经不早了，上床时想是十点左右，因为我也并不带表，所以不晓得准确的钟点。自明日起，应该多读书，少出去跑。

十月七日（九月初八），星期五，晴爽。

此番带来的书，以关于德国哲学家 Nietzsche 者较多，因这一位薄命天才的身世真有点可敬佩的地方，故而想仔细研究他一番，以他来做主人公而写一篇小说。但临行时，前在武昌大学教书时的同学刘氏，曾以继续翻译卢骚事为请，故而卢骚的《漫步者的沉思》，也想继续翻译下去。总之此来是以养病为第一目标，而创作次之，至于翻译，则又是次而又次者也。

昨晚睡后，听火警钟长鸣不已，想长桥附近，又有许多家草房被烧去了。

早餐后，就由清波门坐船至赤山埠，翻石屋岭，出满觉陇，在石屋洞大仁寺内，遇见了弘道小学学生的旅行团。中有一位十七八岁的女人，大约是教员之一，相貌有点像霞，对她看了几眼，她倒似乎有些害起羞来了。

上翁家山，在老龙井旁喝茶三碗，买龙井茶叶、桑芽等两元，只一小包而已。又上南高峰走了一圈，下来出四眼井，坐黄包车回旅馆，人疲乏极了，但余兴尚未衰也。

今晨发霞的信，此后若不做文章，大约一天要写一封信去给她。

自南山跑回家来，洗面时忽觉鼻头皮痛，在太阳里晒了半天，皮层似乎破了。天气真好，若再如此的晴天继续半月，则《蜃楼》一定可以写成。

在南高峰的深山里，一个人徘徊于樵径石垒间时，忽而一阵香气吹来，有点使人兴奋，似乎要触发性欲的样子，桂花香气，亦何尝不暗而艳，顺口得诗一句，叫作"九月秋迟桂始花"，秋迟或作山深，但没有上一句。"五更衾薄寒难耐"，或可对对，这是今晨的实事，今晚上当去延益里取一条被来。

傍晚出去喝酒，回来已将五点，看见太阳下了西山。今晚上当可高枕安眠，因已去延益里拿了一条被来了。

今天的一天漫步，倒很可以写一篇短篇。

晚上月明。十点后，又有火烧，大约在城隍山附近，因火钟只敲了一记。

十月八日（阴历九月初九），星期六，晴爽。

今天是重阳节，打算再玩一天，上里湖葛岭去登高，顺便可以去看一看那间病院。

早晨发霞信，告以明日游踪。

在奎元馆吃面的中间，想把昨天的诗做它成来：

> 病肺年来惯出家，老龙井上煮桑芽，
> 五更衾薄寒难耐，九月秋迟（或作山深）桂始花，
> 香暗时挑闺里梦，眼明不吃雨前茶，
> 题诗报与朝云道，玉局参禅兴正赊。

午后上葛岭去，登初阳台，台后一块巨石，我将在小说中赐它一个好名字，叫作"观音眺"。从葛岭回来，人也倦了，小睡了数分钟，晚上出去喝酒，并且又到延益里去了一趟。从明日起，当不再出去跑。

晚上读卢骚的《漫步》。

十月九日（阴历九月初十），星期日。晴爽。

天气又是很好的晴天，真使人在家里坐守不住，"迟桂开时日日晴"，成诗一句，聊以作今日再出去闲游的口实。

想去吃羊腰，但那家小店已关门了，所以只能在王润兴饱吃一顿醋鱼腰片。饭后过城站，买莫友芝《邵亭诗钞》一部，《屑玉丛谈》三集四集各一部，系《申报》馆铅印本。走回来时，见霞的信已经来了，就马上写了一封回信，并附有兄嫂一函，托转

交者。

钱将用尽了，明日起，大约可以动手写点东西，先想写一篇短篇，名《迟桂花》。

十月十日（九月十一），阴晴，星期一。

近来每于早晨八时左右起床，晚上亦务必于十时前后入睡，此习惯若养得成，则于健康上当不无小补。以后所宜渐戒的，就是酒了，酒若戒得掉，则我之宿疾，定会不治而自愈。

今天天气阴了，心倒沉静了下来，若天天能保持着今天似的心境，那么每天至少可以写得二三千字。

《迟桂花》的内容，写出来怕将与《幸福的摆》有点气味相通，我也想在这篇小说里写出一个病肺者的性格来。

午前写了千字不到，就感到了异常的疲乏。午膳后，不得已只能出去漫步，先坐船至岳坟，后就步行回来。这一条散步的路线很好，以后有空，当常去走走。回来后，洗了一次澡。

晚上读彭羡门《延露词》，真觉得细腻可爱。接霞来信，是第二封了。月亮皎洁如白昼。

今天中饭是在旅馆吃的，我在旅馆里吃饭，今天还是第一次，菜蔬不甚好，但也勉强过得去；很想拼命的写，可这几日来，身体实太弱了，我正在怕，怕吐血病，又将重发，昨今两天已在痰里见过两次红了。

十月十一日（九月十二），星期二，晴朗。

痰里的血点，同七八年前吐过的一样，今晨起来一验，已证实得明明白白，但我将不说出来，恐怕霞听到了要着急。

这病是容易养很好的，可是一生没有使我安逸的那个鬼，就是穷鬼，贫，却是没有法子可以驱逐得了。我死也没有什么大不了的事，但是这"贫"这"穷"恐怕在我死后，还要纠缠着我，使我不能在九泉下瞑目，因为孤儿寡妇，没有钱也是养不活的。今天想了一天，乱走了一天，做出了许多似神经错乱的人所做的事情，写给霞的信写了两封，更写了一封给养吾，请他来为我办一办入病院的交涉。

接霞的信，知道要文章的人，还有很多在我们家里候着，而我却病倒了，什么也不能做出来。本来贫病两字，从古就系连接着的，我也不过是这古语的一个小证明而已。

向晚坐在码头边看看游客的归舟，看看天边的落日，看看东上的月华，我想哭，但结果只落得一声苦笑。

今天买了许多不必要的书，更买了许多不必要的文具和什器，仿佛我的头脑是已经失去了正确的思虑似的，唉！这悲哀颠倒的晚秋天！

午前杭城又有大火，同时有强盗抢钱庄，四人下午被枪杀。

寄给养吾的信，大约明天可到，他的来最早也须在后日的午后。

十月十二日（九月十三），星期三，晴快。

昨晚寄出一稿，名《不亦乐乎》，具名子曰。系寄交林语堂者，为《论语》四期之用，只杂感四则而已。

今晨痰中血少了，似乎不会再吐的样子，昨天空忙了一天。这真叫作庸人自扰也。大约明天养吾会来，我能换一住处也好，总之此地还太闹，入山唯恐其不深，这儿还不过是山门口的样子。

中午写稿子三张，发上海信，走出去寄信，顺便上一家广东馆吃了一点点心。

傍晚养吾来，和他上西湖医院去看了一趟，半夜大雨，空气湿了一点。

十月十三日（九月十四），星期四，晴快无比。

午前去西湖医院，看好了一间亭子上的楼房，轩敞明亮，打算于明后日搬进去。

午后发映霞信，及致同乡胡君书。

明日准迁至段家桥西湖医院楼上住，日记应改名《水明楼日记》了。

水明楼日记

（1932 年 10 月 14 日—11 月 10 日）

一九三二年十月十四日（旧历九月半），星期五，晴爽，东北有微风吹来。

晨六时起床，太阳还未出人家屋顶，寒冷之至。养吾欲搭早班七点半钟船回里，所以送至江干，重返湖滨，刚敲八点。在一家小馆子里吃了早餐，就会萃行李书籍，出了沧洲旅馆，而搬到了此地。

这儿是友人杨氏郁生经营的西湖医院，我因他们这里清静幽深，所以向他借了一间闲房来住。房子是同治年间张勤果公的栖息之处，张殁后改建为祠，在断桥东，前面临湖而后面遥靠保俶塔山。我所住的一间，尤系张公祠中的最好的处所，名水明楼，上悬有会稽陶濬宣隶书匾额。照此匾的题跋看来，则此地原为严氏富春山庄旧址。我本富春人，不意中来此地作客闲居，也是人事的巧合。

午前作养吾、映霞信，下午写良友社编辑部信，告以出书事，且等我回沪后再说。今天忙了一天，傍晚才得静坐下来记这条日记，从明朝起，当不再出外去，而专致意于创作了。

晚上又发霞信，系去催她汇钱来的。月亮明朗得同夏夜一样，有许多男女的对儿及小孩子的集团，在屋外的湖滨及马路上空地上闲走与喧嬉。

读杜葛捏夫的 *The Diary of a Superfluous Man*，这是第三次了，大作家的作品，像嚼橄榄，愈嚼愈有回味。

十月十五日（九月十六）星期六，晴和。

晨起，湖南一片白雾，太阳晒得很浓，但雾仍晒不开，为数日来未有之景，或将下雨，也说不定。

《零余者的日记》里的几句诗，实在有味得很。那一位老德国教师的怀乡之歌，译在下面：

> Herz，mein Herz，warum so traurig?
>
> Was bekümmert dich so sehr?
>
> S'ist ja schön im fremden lande——
>
> Herz，mein Herz——was willst du mehr?
>
> 柔心，问我柔心，为甚忧愁似海深？
>
> 如此牵怀，何物最关情？
>
> 即使身流异域，却是江山洵美好居停——
>
> 柔心，问我柔心，——此外复何云？

还有零余者最后所引的一首：

> And about the grave
>
> May youthful live rejoice,
>
> And nature heedless
>
> Glow with eternal beauty.

也是很有意思，可惜译不出来。

午饭后，小睡，起床已将三点，上延益里去，则霞寄来之款已到。有此数十元，大约可以用到《蜃楼》做毕，只差居停的房饭钱了。预计十一月底，必须做好《蜃楼》，那时候打算上上海去一趟。映霞亦有信来，我可白急了一天一夜。

晚上入城购物，买尽了五元钱。此后日用起居的事物，一无所缺，只待专心写文章了。

月明如昼，水明楼上，照得晶莹四彻，灭去电灯后，又在露台回廊上独坐了许多时候。猛想起李后主"独自暮凭栏"句，实在意境遥远得很。

十月十六日（九月十七日），星期日，晴快。

晨起将几本旧书订了一订好，映霞忽来了一个电报，谓钱已寄出云云。这事原不能怪她，也不能怪我，总之是不识人家苦辣的自私的人在打了混的缘故。从此又可以得两个教训：一，我们不应当为自己的利益之故而牺牲他人的时间劳力与金钱，二，我们于今日此刻须做的事情，万不可挨到了明日再做。

午饭前，霞又有快信来，其中满述了一篇家庭纷闹之辞，不快之至，因即写了一封快信去安慰她。我后半生的行程志愿，于这一封短信中写尽了。因心终郁郁，所以就出去喝了半斤酒，数日来的清戒，于此破掉。酒后就搭汽车上四眼井，又上翁家山去视察了一回，下龙井凤篁岭，过二老亭，出至洪春桥搭汽车而返。路过王老坟边，很想进去一哭，因时间来不及而中止。过岳家坟，做了四韵感时事的诗：

过岳坟有感时事

北地小儿耽逸乐，南朝天子爱风流。

权臣自欲成和议，金虏何尝要汴州。

屠狗犹拼弦上命，将军偏惜镜中头。

饶他关外童男女，立马吴山志竟酬。

晚上月明天净，因白天走得倦了，早睡。

十月十七日（阴历九月十八日），星期一，晴。天上浮云蔽日，或将下雨。

昨日因走路多，今天犹觉疲惫，午前写了二千多字，又接霞快信，午后写回信，仅一明信片。大约《迟桂花》可写一万五六千字，或将成为今年的我作品中的杰作。

午后因无气力，没有写下去，大约明日可写三千字，后日可以写完。

晚上雨颇大，湖中景色，又变了一个样子，是山色空濛雨亦宜也。读《南游记》全篇。

早睡，颇安稳。

十月十八日（九月十九），星期二，阴雨。

晨起，酣梦未醒，天凉极，睡得快适无比。早餐后，写诗一首，即在翁家山做的那首，可表单轴。

午前写《迟桂花》，成四千字，午饭后又写了一千字。霞有信来，说胃病，即写回信一，冒雨至湖滨寄出，喝酒三碗，买书数册。杭州六艺书店所发行之所谓《曲苑》，共八册，已被我买全了。晚上听雨至十点始上床。创作力，像今天那么，还可以说不衰，以后若每天能写五千字，那不消一月，《蜃楼》就做成了。《迟桂花》大约要写到二十，才写得完，几个人物的性格还没有点出，明日再写一天，大约总该有点眉目了，这一回非要写到我所想的事情都写完为止。

十月十九日（九月二十），星期三，雨。

是秋雨的样子了，连日不开，大约还须下数日，方能晴。天气亦骤寒，因记前两年，寄寓地藏庵时，曾有"夜雨平添水阁寒"一句，王老赏叹，谓为可入唐人集。今则王老墓木已拱，而全诗也已忘了。昨日在酒馆喝酒，见一酒保在耽读小说，将我的酒烫过头了，也做了一句诗"酒冷频爨为对书"，但"爨"字为仄韵，故只能易一"温"字。上句对不出，当于不意中得之，如"人自洛阳来"也。

午前写了四千字，午后又写了二千，自到杭州之后，今天写得最多。晚上喝了半斤酒，早睡。霞有信来，作覆，写明信片两张。

十月二十日（九月廿一），星期四，雨。

午前又写了四千字，《迟桂花》写完了，共有稿纸五十三张，合二万一千字。傍晚付邮寄出。

今天午后雨止，出去走了半天，买《竹斋诗集》一部。返家后，又作霞及现代书局的信。

晚上天晴，看得见星了，西北风大。

十月廿一日（九月廿二），星期五，晴。

今天久雨初晴，当出去走它一天，可以看看我所写的地理，究竟对不对。

取牛乳半磅，自今日起，须三元一月也。午后小睡，起来时天已晚矣。

晚饭后出去喝酒三碗，买张岱《西湖梦寻》及《南渡稗史》各一册。

作良友书店及霞信，大约自明日起，须译书两日，译卢骚。

十月二十二日（九月廿三），星期六，晴热。

午前因天气晴和，决计出游，先坐黄包车至万松岭上，在双吊坟小坐，抄碑记一道：

双节坟碑记

夫同牢合卺，而敌体之义昭，结缡施衿，而终身之分定。妃匹之礼，自昔重之，是以二三其德，风诗所讥，从一而终，典册致美。叔世道衰，礼教亏损，乃有糟糠之妇，流涕而下堂，庸奴其夫，攘袂而求去。何况羁身逆旅，落魄穷途，矢志同藏，则理无并济，掩面割爱，或势可两全，遂有半世恩情，一朝诀绝，韩生道上挥弃妇之车，翁子墓间匀故妻之饭。至有听置面首，甘倚市门，仰食脂粉之间，饮羞床第之侧，室家之道苦矣，风教之敝极矣。若夫一齐不改，之死靡他，生为比翼之禽，殁化连枝之树，如崔君夫妇，有足多焉。君姓崔氏，讳升，本京人也，嘉庆元年，偕其夫人陈氏，税驾会城，投访亲串，南辕北辙，踪迹乖违，寄食旅庐，斧资罄竭。于斯时也，居停逼迫，行路揶揄，鹿车挽而不前，牛衣典而已尽，皋伯通之庑，岂有闲人，陈仲子之园，曾无半李。时穷势迫，计无复之，忍辱偷生，悔将何及，遂于七月二十三日，夫妇投缳，同时毕命。钱令蒋公，以礼葬之，名其坟曰"双节"，志实也。佳城既建，灵爽斯著，游人云集，嘉叹无已。嗟乎，廉耻之故，未易深求，生有包羞，死而塞责，是故明州江上，有梁祝之坟，西子湖头，存何高之冢。彼违名教，犹见流传，矧夫取义捐生，全贞委命，足以砥厉风化，扶植纲常者哉。同志有游其地者，为予述其事略，并属为文，特以勒诸贞珉，播其馨烈。娥江刊石，愧非外孙少女之词，国史采风，当补节妇义夫之传，谨记。

光绪十七年重光单阏之岁孟秋月吉旦

赐进士出身翰林院编修蛟川王荣商譔　古董清乡道
人毛宗藩书

民国四年仲冬，祠经火患，碑字亦模糊，十三年秋，
新碑成，仍刊旧记以垂不朽。吴霆书。

这一节故事，异日当可以写一篇短篇。

自崔公祠后登万松岭山，山上有杭城各学校于纪念日所植的
矮松很多。涉历尽四五个山峰，西至将台山上，顶平坦可一里方，
中间有奇石排立，下有百花茅蓬。出南星，吃中饭，游至花牌楼，
看船妓上岸后之遗迹，见老妓幼妓两三人。复上山，经梵天寺，
胜果寺等遗址，奇石很多，而庙则摧颓尽了。今天一天，总算跑
尽了凤凰山全部，南宋故宫遗址，也约略想象了一个大概。山川
坛，八卦田等，都还在，犹能想见当日的胜景。傍晚回来，人倦
极，接霞信，作覆书。

十月二十三日（九月廿四），星期日，阴晴。

午前作养吾信，出去游拱宸桥，果然萧条之至，妓女聚居之
处，在张大仙庙西边，为福海里，新福海里，有苏帮、杨帮、本
帮的三种，本帮者以绍兴、湖州人居多，永兴里，永和里中亦有
妓女，当系二等以下的暗娼，这两里系滨江在大同路旁。大同路
驰南北，北过登云桥，即接大关紫荆街。拱宸桥系西南之桥，张
大仙庙侧之登云阁附近，在直里马路（横里马路）等处，有最下
等之妓女，在白日拉客，警察立在旁边，也不加以阻止。

车过大关，去看了一位多年不见的朋友，诸暨斯氏，看了他
的新造宅第。伊自己不在，上安徽去了。由他的大太太接待，二
太太即住在前面的小屋中。伊有一子，上学校去了，不曾见到。
那地方名大涤弄，大关地方很不坏，斯氏卜宅于此，大有见地。

回来过马塍庙，寻东西马塍，王庵等，都不见，大约已淹没无闻了。

接霞来信，说耳中生疔疮。即作覆，告以须速去治疗。今日剃头。

十月二十四（九月廿五），星期一，阴晴。

午前至旗下，买《湘湖志》、《唐诗鼓吹》各一部，上城站取霞自上海为我寄来之衣服。几日来因为闲游的结果，心又放散了，以后还得重新振作。但自来杭后，修身养性，坚持圣洁生活，迄今已将二十日，若再过一月，则习惯养成，可以永保无虞矣。文章做不出，倒还事小，身体养得好好，却是第一要着。

取衣服后，就上太平门（清泰门北），大学路，艮山门等处，去走了一圈。艮山门附近，为东城区域，多机织业人，有东园巷者，为厉樊榭征君旧寓之所在，《东城杂记》明明系记此附近之书。艮山门直街之东街上，有王月昌（？）宅第，地方宽敞高洁，王为东城之第一大富豪。我在他们门口，遇见了一位认识的他们的女儿，系嫁给钱家的。

上坝子桥，见附近多殷实居民，房子完整，全系巨厦，桥下有大悲庵、慈孝庵等尼僧名刹。

傍晚接霞来信两封，其一系快信，中附有柳亚子信一，知那一日在大街上所遇见者，果系亚子及其夫人，即作覆。

十月二十五日（九月廿六），星期二，阴晴。

晨起搭杭余路汽车至留下，由石人坞上岭，越过两三峰，更遵九曲岭而下，出西木坞，历访风木庵，伴凤居等别业，沿途灵官庙很多，有第一二三等殿名，因忆杭州有嘲王姓者诗，所以做了一绝寄霞，和她开个玩笑：

> 一带溪山曲又弯，秦亭回望更清闲。
>
> 沿途都是灵官殿，合共君来隐此间。

又记前数年，有《过西溪法华山觅厉征君墓不见》一绝：

> 曾从诗纪见雄文，直到西溪始识君。
>
> 十里法华山下路，乱堆无处觅遗坟。

两诗一并抄寄给亚子，想他老先生，又要莞尔而笑了。

接霞信，即作覆。

晚上马巽伯请在楼外楼吃饭，因前天遇见了钱潮，住的地方被知道了。

十月二十六日（九月廿七），星期三，阴晴。

早晨五点钟就起了床，考厉太鸿生卒年月，并伊和月上的前后关系，想做一篇小说。按厉生于康熙三十一年壬申五月二日，为西历之一六九二年，卒于乾隆十七年壬申九月，一七五二年。月上卒于乾隆七年壬戌正月（一七四二），集中有悼亡姬诗十二首，伊姓朱，乌程人，本名满孃，生于康熙五十八年己亥（一七一九），归厉氏时为十七岁，当雍正十三年乙卯，一七三五，时厉年四十四岁，月上卒时年二十四，时厉已有五十一岁了，越十年，厉氏亦死，葬于西溪法华山下之王家坞，无子嗣，木主在交芦庵。厉元配之蒋氏，似系一悍妇。月上卒后数年，厉在扬州又纳一妾，终亦无子。以侄之甫为嗣，之甫亦无后。厉又字雄飞。我想作的短篇，当名作《溪楼延月图》，或《碧湖双桨图》，或《碧浪湖的秋夜》。

下午去天竺，上最高峰，但因中途路塞，不能上去，终只到了十分之八的地方，恨事也。晚上接霞来信两封，即作覆。以后一切心事都没有了，只在打算于月底前写完厉太鸿之短篇一，译卢骚之《漫步》两万字而已。

十月二十七日（九月廿八），星期四，下雨。

昨日自天竺归，就去洗了一个澡，身神爽适之至，夜眠亦酣稳。

今晨在重衾里闻雨声，忽记起是旧历九月廿八，为王老生日，午后若霁，当去一展其墓。中饭是上延益里去吃的，拜王老遗像后，因有王老老妹三姑母太太在座，所以就送她回保安桥去。吃酒谈天，直坐到晚上八点才回来，酒喝得微醉。

十月二十八日（阴历九月廿九，月底），星期五，雨。

上午上图书馆去看《湖州府志》，碧浪湖的大略情形，已晓得了。人倦极了，午后欲写而不果，大约《碧浪湖的秋夜》，要明后天可以写完。

昨日一天没有接霞来信，今晨发出明信片一，嘱寄三十元来。

傍晚接霞信两封，即作覆。

晚上西湖医院的居停主人，请吃饭，吃到了十点，才回来睡觉。

十月二十九日（阴历十月初一日），星期六，阴晴。

早晨作北新李小峰、《现代》施蛰存信，写《碧浪湖》，写好了十页，大约总须再过两三天，才写得完，一篇的大局，早已布好了，只待写落去就对。

下午接霞信，谓款已于今天上午汇出，大约后日可以送到。

写了一个明信片作覆。

十月三十日（十月初二）星期日，晴爽。

今日天气异常可爱，上午本想出去，但因欲写文章，硬坐在家中，居然写了二千多字。大约明朝写一日，可以写完了。

下午出去闲步，饮酒，洗澡，到晚才回来。今天没有接霞来信，发明信片一。

这一次的短篇写了后，就想写《蜃楼》了，大约能继续写下去，不间断的话，有两礼拜就能够写好。

十月三十一日（阴历十月初三），星期一，晴爽。

午前将《碧浪湖的秋夜》写完，共一万字，到杭州后，将近一月，写到如今，成绩只这一点，合前作《迟桂花》，只三万字而已。从明日起，当再写《蜃楼》。

午前午后，共接霞两信，所以也作覆信两封。一是明信片，一是信。

十月于今日完结，看下一月的创作力如何，若在十一月中写得了《蜃楼》，则今年的冬天，当上青岛海滨去过。

晚上十时记

一九三二年十一月一日（阴历十月初四），星期二，晴。

昨晚睡不安稳，不识何故，今晨起，觉似伤风的样子。

写信一，并将稿子万字《碧浪湖的秋夜》寄出，大约明日可以到沪，后日当有回信来也。

霞寄来三十元，今日到，恰好养吾电话来托我买绷创膏，否则将无以应他了。

下午去大关湖墅等处，跑了一个下半日，想做一篇拱宸桥的小说。

明晨一早，当为养吾送绷创膏去江干，今天又玩了一天，什么也没有做。

十一月二日（十月初五），星期三，晴爽。

早晨五点就起了床，赶至江干，为养吾送绷创膏去。回来后，去自治学校看了两位朋友，校址在马坡巷。顺便又去浙江图书馆看了些书，买包慎伯文集《小倦游阁》一册。

晚上紫荷来，同出去吃晚饭，喝得微醉。

十一月三日（十月初六），星期四，晴和。

晨起，将上月的日记又看了一遍，觉得可以印入书去。大约在天马出的那册书里，尚缺万字，即以此一月的日记补人好了，书名也已想好，当名《忏余集》，以《忏余独白》一篇冠首，合六七万字的光景。

午前在图书馆中过的，将民国十四年（一九二五）十一月廿四日以后，至十二月廿四五日止的旧报翻阅了一下，抄来关于郭松龄的事迹不少，大约从明日起，可以动手做《蜃楼》了，预定于二十日中间写它完来。

接霞二日中午所发信，谓稿尚未收到，今晚有人请客，出去的时候，当向邮局去追问一声也。

买《湖墅小志》一部，并前购之《湖墅诗钞》与《湖墅杂诗》两册，关于湖墅的文献，可算收全了，若做关于拱宸桥的小说，已够作参考矣。

十一月四日（十月初七），星期五，阴晴。

昨晚上又喝得微醉回来，早睡，今晨六时起床。这早眠早起的习惯，也是到杭州之后养成的，觉得于健康上很有助益。酒终于戒不了，这实在是一件坏事。

读了一天的书，又把杜格涅夫的短篇看了两三篇，这一位先生的用笔，真来得轻妙。

晚上和紫荷、王薇子等仍在奎元馆喝酒，今天便加入了戴先生顿。

十一月五日（十月初八），星期六，阴。

晨起忽雨，不久便止，以《现代》志一册去赠许重平前辈，发霞明信片，上城外去走到了下午。回来后，接霞书，并附中华书局《新中华》杂志征文信一启事一，即作覆。晚上大雨。

今天去走者，乃紫阳山西之云居山一带。

十一月六日（阴历十月初九日），星期日，阴晴。

晨起雨还未止，冒雨出去，喝酒三碗，买对联纸数张，回来写了两副对联，语为"直以慵疏招物议，莫抛心力作词人"，与"莫对青山谈世事，休将文字占时名"，以柳子厚之一联拆开，对上了上下，便成此两对。"莫对青山谈世事"，为元遗山诗，原联下句为"且将远目送归鸿"。

中午钱潮、马巽伯来，约去吃饭，在楼外楼。饭后更上西泠印社喝茶，坐到了夜，过大佛寺访孙福熙夫妇，不遇。

晚上紫荷招饮，谈到了十点才回来。同席者即前两次同饮之人。下礼拜四，同席者某更约上他家去喝酒。

到杭州，至今日为整一月，但所计划来写的《蜃楼》尚无眉目，心中焦急之至。

十一月七日（十月初十），星期一，晴。

午前出去裱对一副，单条一张，在和合桥近旁之松雪斋，约于十日后去取，须一元多裱费。傍晚钱潮、马巽伯约我去看一位研究佛学的马一浮氏。伊须发斑白，口音是四川音，人矮胖，谈话时中气很足，眼近视。马氏系绍兴籍，为了汤垫仙氏之婿，从马寓山来，遂一同上王润兴去吃饭，饭后和钱潮走了回来，接霞信。

十一月八日（十月十一），星期二，晴寒。

自昨日起，寒气骤增，今日立冬，渐似岁暮天寒的样子了。昨晚梦见王老，今日去看他的坟。从坟头向南走，经过五峰草堂而至大麦岭。岭上有麦岭亭，系祀玄天上帝者，亭旁有屋一椽，下覆一大墓，上有匾额，题着"节义成双"四个大字，上写"建国十七年七月吉旦"，后面跋曰："明季忠臣汪检讨，崇祯甲申苦殉国，夫妻慷慨两投缳，节义成双自题壁，今题四字赠吾神，过者读者皆辟易。中山高冠昌立，义乌陈无咎书。"看了这一个跋，已经有点觉得奇怪了，而再下看墓前碑文，则更觉得奇怪之至。

调署浙江杭州府钱塘县正堂加五级纪录十二次孙，为掩埋事，道光四年三月十九日，验讯得上扇四图钮家湾周姓坟旁树上，缢有男女二尸，身旁检有字述，知为男名徐致和，同妻张氏，乃直隶天津府人。世代业儒，祖任江宁太守，农业凋谢，舌耕糊口，因失馆难支，又无子女，絜妻来杭，投亲失遇，流寓省垣，逆旅途穷，投缳并缢。嗟乎，偶逢俭岁，何致谋生无活计，自惜宦裔，宁甘骈首不求人。本县目击（疑为击字，碑上字迹却系繫字）双愚，心殊悯恻。念其无籍可归，用特捐廉掩埋，合即勒碑标记施行。道光四年四月　　日给看了这碑,事实却和万松岭之双吊坟相近似,而名姓年月却不同,大约双吊之事,在杭颇多,这两位先生,想都是夷齐之流亚也,而坟上一匾,当系记另一双节夫妇者无疑。(按汪检讨为皖人,见《安徽通志》。)

午后小睡,读日本人池谷信三郎氏小说一篇,自家想写,却没有写成。

十一月九日(十月十二),星期三,阴,微雨。

近来的思想驰散了,所以这十几天中间,终于不能捏起写《蜃楼》的笔杆,我的气分,似乎是波浪形的,紧张一时,驰放一时,不能有一年半载的长期持续,不过颓溃的时候,却也不至于沉埋到底。终究总还是(一)修养的不足,(二)生活的穷迫,(三)才是环境的腐蚀之所致。今天天气又太阴沉,当再休息它一日,等明朝过后,且看我能不能够如愿地勇迈前进。明朝晚上,是有一个约会在那里的,非去不行。顺便想去洗一个澡,换一身衣裤,买些笼居的日用品之类。

昨天一天没有接到霞的信,也没有发出一信,今天当于午后写一张明信片去。

午前记

傍晚接霞来信,即作覆,写明信片一。晚饭后,上湖滨去漫步,在旧书铺内,见有《海山仙馆丛书》中之《酌中志》一部,即以高价买了回来。此书系明末宦官刘若愚所撰,对于我所拟做的历史小说《明清之际》很有足资参考之处。前在上海买的《酌中志余》,系此书的续著,为另一人所撰,宫廷以外的文献纪录,收集颇多,尤以记东林党事为详尽。

十一月十日（十月十三），星期四，阴，微雨。

雨尚未晴，天气温热难耐，头脑亦昏沉不清，今天又只能看看书过去一天也。晨起，又作映霞信一，以昨日所见之小报一张附寄了去，因内中有一段北新书局寿终正寝的书事。

中午去看周天初，同他喝了酒，吃了饭，回来小睡，睡至三时起床。

傍晚微雨，出去赴约，晚上九点回来，又发霞信一封。

断篇日记十

（1933 年 1 月 19 日—8 月 19 日）

一九三三年一月十九日

……竭力劝他努力干下去，我答应为出全力帮忙。

八月十八日

……

近来生活为左右所夹，颇觉烦闷，精神躯体都不能自由，创作生活，怕将从此告终矣！

……

八月十九日

午前又去漫步了半天，想做东西，终不能动笔，当决计离开杭州，午后去图书馆看书报，见有许多国民党的杂志，全在抨击我的近作。狗鼠辈的狂言，虽可以置之不理，但我近来的生活干枯不充实，却也是事实，家累杀人，甚于刀斧，以后打算不再写短东西了。

一月日记

（1934 年 1 月 × 日）

一月 × 日

数日来，伤风未愈，故读书写作，都无兴致，晨起，觉郁闷无聊，便步至城隍山看远景。钱塘江水势已落，隔江栈桥，明晰可辨；钱江铁桥若落成，江干又须变一番景象了。西湖湖面如一大块铅板，不见游人船只，人物萧条属岁阑，的是残年的急景。元郭天锡《客杭日记》中，曾两度上吴山，记云："下视杭城，烟瓦鳞鳞，莫辨处所，左顾西湖，右俯浙江"……心胸不快时，登吴山一望烟水，确能消去一半愁思，所以我平均每月总来此地一二次。

午后饮酒微醉，上床入被窝看 Balzac 小说，昏昏睡着了。二点多起床，觉头脑清了一清，开始执笔，写《明清之际》的一段，成两千字，已觉腰酸目晕，终于搁下了笔，出去漫步。

漫步实在是一件好事情，因在街上或邻近乡村里走着，会有非常特殊的想头飞来；在道旁一块大石上坐下，取出铅笔小账薄，记下了几行后，一群寒鸦，忽从我的头上飞过；鸟倦归巢，短短的冬日又是一日过去了。

晚上复喝酒一斤，骗小儿们上床后，在灯下看日间收到的信札，写了两封回信，读了一篇《残明纪事》里的文章，十点钟上床睡觉。

避暑地日记

（1934 年 7 月 6 日—8 月 14 日）

一九三四年七月六日，星期五，旧历五月廿五日，晴热。

自前两星期起，杭州日在火炎酷热之中。水银柱升至百零五六度以上，路上柏油熔化，中暑而死者，日有七八人。河水井水干涸，晚上非至午夜过后，晨之二点，方能略睡，床椅桌席，尽如热水壶。热至今年，大约可算空前，或亦可谓绝后，不得已，偕家人等于上午八时乘早车去上海，打算附便船至青岛小住一二月，因友人汪静之、卢叔桓等曾来信邀过。

七月七日，星期六，旧历五月廿六，晴。

上海多风，所以较杭州凉些。自昨日午后起，至今日止，为接洽杂务，买书，购食物事，忙到了坐不暇暖。晚上风大，水银柱降至八十四五度，因得安眠。

七月十二日（旧历六月初一），星期四，晴。

自七月九日起，天气又变热了，上海在江湾路的曼兄寓内，温度也高到了百零二度。午前九时，偕霞与飞及汪静之氏上船，十一点开行，一时出吴淞口，船内闷热。

入晚，已过蛇山，渐觉凉冷，夜睡竟非盖棉被不可。

十三日（六月初二），星期五，晴。

午后一时入港，遥见绿阴红瓦，参差错落的青岛市区，天主堂塔，虽尚未落成，然远看过去，已很壮丽。在青岛西北大港外第二码头上岸，立海关外太阳下候行李，居然汗也不流，大约最高也不过只有九十度的温度，青岛果然是凉。

晚上尤冷，盖棉被睡，气候似新秋。

十四日（六月初三），星期六，晴。

昨晚宿青岛市立中学汪静之同事卢叔桓君寓内，今日移至广西路三十八号骆氏楼上。将什物器具等粗粗租定，居然成一避暑客矣。骆氏，杭州人，住青岛将十年，房客房东，亦很能相处。

十五日（六月初四），星期日，晴。

昨夜有骤雨，今日晴，凉冷如秋。午前又出去买了些日用品，午后有人来访，陪他们出去走了一圈，回来小睡，醒后已是吃晚饭的时候了。

晚饭后，上海滨去看本地小市民等洗浴，更至胶济车站一带去走到了七点。

天上有蛾眉月了，以后的海滨，当更加美丽。

十六日，（六月初五），星期一，雨。

夜来雨，晨起未止，大约又须落一天了；青岛终年少雨，只在伏里有几次，我来适逢雨天，不可谓非幸事。

居处已安定了，以后就须打算着暑假中的工作程序，大约卢骚的译稿，汪水云的诗，以及德文短篇一二篇的翻译，为必做的工作。此外则写些关于山东，如青岛，崂山，曲阜，泰山等处的记载，或者也可以成一册书。

能否创作，还是问题，若有适当的材料，则写它一两个短篇，也并不难。以后第一当收敛精神，第二当整理思想，第三才是游山玩水。

接天津王余杞信，谓胶济、津浦路免票，可为我办，望我秋后去北平一游。

萧觉先氏来，约于明日去吃晚饭，我因不在家未遇。买一茶我春集一册，德田秋声小说集一册。

读伊藤左千夫氏小说《野菊之墓》，只有感伤，并无其他佳处，我所不屑做的小说，而日人间却喧传得很，实系奇事。按伊藤为歌人，大约他的诗歌，总要比小说好些。

接家信，知小孩奶妈奶少，颇觉焦急。

十七日（六月初六），星期二，阴。

晨六时起床，早餐后，上港务局的旗台山顶上去看了青岛全境。昨日起闷热，有八十七八度内外的热度，欲写作，微嫌太热。大约此地只能住至八月十几里，九月初非回杭州不可，而北平又须去一走，所以在青岛的日子，不得不略减少些。

阅天津《大公报》，知友人刘某病殁在北平协和医院，此去或可以去一吊。

想起了一个从前想做而未写的题材，是暴露资产阶级的淫乱的，能写一二万字，同 *New Arabian Nights* 中的短篇有相似的内容，题名本想叫做《芜城夜话》，继思或可以作成自叙传中的一篇，将全书名叫作《我的梦，我的青春！》也未始不可。

晚上萧君请吃夜饭，在潍县路的可可斋，今天读日本杂志上的短篇两篇，觉得杉山平助这位新作家，将来很有希望。

向晚天气忽转凉冷，似二月中旬，青岛真是怪地方。

晚饭后上黄岛路（中国三四等妓馆密集处）及临清路（朝鲜妓馆街）等处去走到了十点回来睡觉。

十八日（六月初七），星期三，阴。

时有微雨，天凉极，是江南梅雨期的样子，难怪华北要涨大水了。

午前出去闲步，想买一本植物图鉴来对查青岛的植物，不果。午睡后，当再出去走走。

下午复去青岛市东南北各部延边走了一圈，更上贮水山，青岛山，及信号（旗台）山等处登眺到夜，青岛全市的形势，已约略洞晓了。五时后回寓，有青年诗人李君来访，今天的青岛《正报》上，并且更有署名蜂巢者撰文一篇，述欢迎我来青岛及欲来相访意。

晚上月明，和自上海来访的林徽音氏，在海滨漫步。

十九日（六月初八），星期四，晴。

晨起即作蜂巢氏覆书，早餐后，上街去，买全植物园鉴一册。查青岛的植物，树以豆科的刺槐树（acacia）为最多，其次则为松科之松、壳斗科之栎与栗树，与筱悬木科之筱悬木（platanus）等，此外如银杏杂木，种类极多，不能详记。

午后汪静之约我去汇泉炮台游，上市中去看了他们，和四五人同去炮台，台右有观澜亭，马福祥建。

晚上在市中吃晚饭。

二十日（六月初九），星期五，晴。

晨五时即起床，上台西镇去走了半天，回来作北平孟潇然信。

午后有青岛《正报》馆的赵怀宝（蜂巢），张紫城两氏来访，晚饭后在栈桥纳凉。

二十一日（六月初十日），星期六，晴。

晨起去大港站附近走了一圈，买柳田国男著之《雪国之春》一册，纪行小品杰作也。接曼兄书，知江浙已下雨，凉了，深悔此一行，白费了许多精力与金钱。

午后小睡，拟为杭州《东南日报》写一篇通信，明日寄出。

二十二日（六月十一），星期日，阴，微雨。

午前在家读《珂雪词》，觉好的词也不过几首而已。午后与房东骆氏夫妇上四方公园去玩了半天，归途且过芙蓉山上的全圣观去喝了一回茶，后遇雨，坐了汽车回来。

二十三日（六月十二），星期一，阴。

风大，似有雨意，避暑地的闲居，觉得有点厌倦了。午后有《北洋画报》记者陈绍文氏来访，同来者为陈之妹陈小姐及女国术家栾小姐等。栾小姐貌很美，身体亦强健，在青岛接见的女士之中，当以她为最姣艳温柔。

晚上无风，热度约有七十五度内外，因苍蝇和臭虫作祟，睡不安稳。

二十四日（六月十三），星期二，晴。

晨六时即醒，为苍蝇缠起者也，读青岛及崂山地志等三四篇，大约去崂山，总在这五六天内了。

打算写一点东西，可是滞气又来，难动笔矣。读田山花袋之《缘》，为《蒲团》之后集，前数年，曾读过一次，这一回是第二次了，觉得不满之处颇多，不及《蒲团》远甚。

二十五日（六月十四），星期三，阴。

早晨晚上，真凉，像晚春也像新秋，只中午热一点，大约总也不过在七十四五度至八十一二度之间，若要做工，是最好也没有的温度，但一则因心不安定，二则因住处还欠舒适，这几日，终于无为地度过了。今晨五时起床，肠胃似略有未善，大约一二日后定能恢复的。

访杨金甫，不遇，改日或可和他一道上崂山去。

午后李同愈君来访，并以伊自著之小说集《忘情草》一册见赠。同去马克司酒家喝啤酒，真系德国的 Hofbräu，味极佳，可惜价钱太贵一点。

晚上大风雨，彻夜不息。接王余杞及虎侄信。

二十六（六月十五），星期四，雨。

夜来大雨，今晨稍止，但满天云雾未收，时复淋降。午前十时，访同学闵君于胶济路局，托办免票，大约八月十三四当首途去北平。午后时雨时晴，睡起，出去小步，金甫杨振声氏来访。

晚上山东大学文学生舒连景，张震泽，纪泽长，周文正四人来谈，坐至十一点，他们去后，雨又大作，颇为他们担心，路上大约要淋湿。

二十七日（六月十六），星期五，阴，闷，潮湿。

颇似南方黄梅时节，空气湿极。读一位白俄 N. A. Diakoff 的记载，文笔颇流利，不知他何以会流浪到暹罗去的。该书系用英文写成，为盘谷一印刷所所印行。书名 In the Wilds of Siberia，为他的许多记述革命战起逃亡经过的作品中的一小册子，虽仅百页内外的记事，但也有一点像小说似的风味。斯拉夫民族，实在是富于文学的天才，难怪制度改革之后，依然有大作品出来。

晚上同学闵星荧在可可斋请吃夜饭，同席者有潘国寿等老前辈。饭后更上 Charleston 舞场看跳舞至午前一点，醉了。

二十八（六月十七），星期六，阴晴，热至八十七八度。

午前六时起床，宿醉不醒，勉强至海滨走了一圈，上日本食堂去吃了一餐早餐，头晕稍痊。

坐车去四方，由第五分局派人导游，至隆兴纱厂参观。中午杨金甫招去吃饭，谈到午后四时，约定共去崂山。

晚上天仍热，时有微雨。

老邓约明晚去伊家吃饭。

二十九日（六月十八），星期日，雨。

晨起大雨。午前写了半天信。午后汪静之、卢叔桓来，邓仲纯也来，便同去吃夜饭。邓小姐绛生，十年不见，长得很大了，吟诗作画，写字读书，都有绝顶天资，可惜身体不强，陷入了东方传统的妇女的格局。妹宛生，却和她姊姊完全相反，是一位近代的女人的代表。

三十日（六月十九），星期一，雨。

晨起想起了几句诗，可作青岛杂事诗看者："万斛涛头一岛青，正因死士义田横，而今刘豫称齐帝，唱破家山饰太平。"

终日雨，闷极。下午汪静之来，同他出去吃冰，吃了五毛钱，两人已不能再吃了。

三十一日（六月二十），星期二，晴。

晨起，欲去沙子口，卒因公共汽车无规律故，白花了五毛钱，而至东镇。此间之公共汽车，并不以时刻为限，只看座客多寡而定开否，故有时坐待一天两天，若客不多亦不开。但一上车即须买票，票买后即不开亦不能退。而买票时，且问你以最终之目的地，所以有时有人买一两元票，亦只能废去。自湛山至沙子口一带的风景绝佳，但公共汽车必绕李村而去，海岸风景，一点儿也看不到，而自青岛至沙子口之公共汽车，且须换车两三次至四五次不等。

午后睡起，去吃冰淇淋，闲走到夜。这几天又凉了，今夜且有大雾。

八月一日（六月廿一日），星期三，晴。

晨九时去崂山，约定之杨金甫不来。经李村，九水等处，十一点到板房，步行上山，凡三里，至柳树台之崂山大饭店，午膳。饭店为德人所造，今则已为中国之一狡商租去。值事者董某，貌尤狞恶。德人名该处为 Mecklenburg – Hans，今北九水庙山上，尚存一堡，土人名曰麻姑楼，想即音译讹传者。

由柳树台东北面下山，经竹窝，观崂石屋（该处有民十四年，绅农领地契据勒石碑二），沿溪而至北九水庙。亦有饭店，小学，保安分驻队等设置，山上即麻姑楼，近旁且有德侨民之野营在，似系商人等的避暑天幕队。从九水庙起，路渐狭，沿大石壁与清溪，七八里而至靛缸湾之瀑布。中途由王云飞氏别业处北面上山，五里可至蔚竹庵。庵有老道，名李祥资，高密人，住此处三十余年矣，山路开辟，皆由伊一人经营。山腹亦有小村落，仅茅屋数间耳。附近一带，统名双石屋村。更有河东村，河西村等名，界限不清，东西杂出，足见十余年前，为荒山官地，居民不多。而柳树台无柳树，竹窝中不见竹，尤觉可笑。观崂石屋路旁，有大石一，上刻壬子年丰润张人骏与同人莅游题记。靛缸湾瀑布旁，有"空潭泻春"四大字刻石，为民国二十二年四月，郑元坤所书。对面石上之"潮音瀑"三字，系民国二十年八月番禺叶恭绰所题。

自台东镇至崂山，一路上瓜田，树林，耕地很多。田间立矮碑无数，系变相之贞节牌坊。九水与九水庙之间，王子涧旁，有连捷桥题名碑，碑色很古。北九水庙前之保合桥，系光绪二十年、三十年修建者，桥旁有勒石碑记。我所见之碑文，以柳树台西南下竹窝村中，段氏妇之节烈碑为最古，系同治四年所立。该村中，似以段姓为大族，因道旁墓碑，姓段氏者独多也。

登崂山大饭店南大楼，向西南望去，除王子涧上之千岩万壑，石山树林外，能遥见胶州之远山，海色迷茫，亦在望中。

崂山之胜处，系在东海上之白云洞，华岩寺，黄山，青山，明霞洞一带，他日当以海船去游。

海船上岸处之沙子口，以及青山，黄山一带，民风极淫荡，曾游其地者，类能道之。居民多以捕鱼为业，渔夫外出，渔妇遂操副业以购脂粉衣饰，计亦良得。

清游一日，计花钱七八元，花时间十小时，步行五六十里，喝汽水，啤酒无数，在溪中入浴三次，傍晚七时到青岛寓居，人倦极，晚上又睡不安稳，大约因白天行路多也。

在路上缓步之中，且走且吟，也成了几句打油诗："堂堂国士盈朝野，不及栾家一女郎，舞到剑飞人隐处，月明满地滚清霜。"（系赠栾氏女郎者。）"果树槐秧次第成，崂山一带色菁菁，民风东鲁仍傈薄，处处瓜田有夜棚。"（过李村九水一带，见瓜田内亦设有守夜棚台。）

八月二日（六月廿二），星期四，晴，闷热。

上午三时即醒，起来去栈桥稍坐，步行至大港第一码头，候房主人之次子上船去上海。八时半返寓，热甚，杨金甫来访，约于明日午后三时半，去青大与学生谈话。今午闵龙井君请客，为星荧闵氏之侄，同席者都系新闻界中人。尤以《正报》（自吴社长以下）《光华报》（马社长以下）两报同人为多，喝酒至午后二时始毕。走到了夜，才回家，天热极，将八十七度。以后青岛要一天比一天热了，打算在十日内动身上北平去。

去青大讲演事，因天热，改至后日。

八月三日（六月廿三），星期五，晴热。

今天怕将热至九十度以上，因晨起即热，有八十四五度也。剃头洗澡后，精神为之一振。又补成崂山杂诗二十八字："柳台石屋接澄潭，云雾深藏蔚竹庵，十里清溪千尺瀑，果然风景似江南。"（自柳树台东去至靛缸湾蔚竹庵等处。）

因去青岛在即，又做了几首对人的打油诗："京尘回首十年余，尺五城南隔巷居，记否皖公山下别，故人张禄入关初。"系赠邓仲纯者。与仲纯本为北京邻居，安庆之难，曾蒙救助。"邓家姊妹似神仙，一爱楼居一爱颠，握手凄然伤老大，垂髫我尚记当年。"为仲纯二女绎生、宛生作。"共君日夜话银塘，不觉他乡异故乡，颇感唐人诗意切，并州风物似咸阳。"赠居停主人骆氏，钱塘乡亲也。"王后卢前意最亲，当年同醉大江滨，武昌明月崂山海，各记东坡赋里人。"赠杨金甫，系十年前武昌旧同事。

晚上天热，十时上床。

八月四日（六月廿四），星期六，晴。

晨起，访汪、卢于市中，约于下礼拜二去崂山东海岸。又做了二十八字，是赠他们两人的："湛山一角夏如秋，汪酒卢茶各赠授，他日倘修流寓志，应书某为二公留。"我之来青岛，实因二君之劝招。

午后小睡，三时半去山大，与男女生三十余人相见，不取讲演仪式，但作座谈而已。

晚在杨金甫处吃饭，与李仲揆遇。

八月五日（六月廿五），星期日，阴，时有雨来。

晨六时起，送仲揆于车站，约于去平时相访。回来后写信十余封。午后卢、萧两君来，晚上去会泉路四号可乐地吃晚饭，主人为皮松云、杜光埙两位，同席者有李圣五氏等五六人。

八月六日（六月廿六），星期一，晴。

晨起作王余杞信，告以将于十三号动身去平。访黄女士于介卢。晚上在汪静之处吃晚饭。今日热至九十度，为青岛空前的高温，有栾女士为我舞剑，梁女士、余女士等来谈。

接陶亢德来催稿快信。

八月七日（六月廿七），星期二，晴。

打算于去青岛之先，为《人间世》、《论语》各写一点东西。《论语》以诗塞责，《人间世》则拟以一两千字之随笔了之。

计不得不应付的稿件，有四五处，略志于下，免遗忘；

《当代文学》；

《文史》；

《良友》；

《东南日报》。

午后大雨，天候转凉。晚上闵龙井兄弟及张季勤君来谈，为《正报》抄录《青岛杂事诗》一份，由闵君携去。

八月八日（六月廿八），星期三，晴。

午后黄振球小姐来谈，坐至晚饭前。晚上接邵洵美快信，系夹催自传稿子者。定于八月十二日晨乘七点早车去济南，今日立秋。

八月九日（六月廿九），星期四，阴，时有阵雨

秋后第一阵雨，天气渐渐凉矣。午前料理行装，仍以书籍为多。明日晚上有应酬，后日休息一日，大后日早晨可以上车北去。成诗一首，系赠青岛市各报记者的：

"一将功成万马暗，是谁纵敌教南侵，诸君珍重春秋笔，记取遗民井底心。"赠《正报》、《光华报》闵龙井、蜂巢诸同人及前《民国日报》萧觉先氏。

午后，友人俱集，吴伯萧君亦来访。在回澜阁前，摄了一影，大约《北洋画报》下二期将登印出来也，摄者为该报记者陈氏。在日本民团贩卖部，买了廉价书十余种，都系文学书。

明晚有约去吃晚饭，后日中午亦有约。

八月十日（阴历七月初一），星期五，晴。

昨日接林徽音信，汇了前借去的拾元款来，午前去取。并发《人间世》社，杭州横河小学的信。

买了些路上去用的杂物，及书籍之类，心旌摇摇，似已在路上了。

今晚上卢叔桓君招饮，在亚东饭店，明午亦在该处，系吴炳宸先生的东道主。

晚饭后，步行回来，青岛市上的夜行，当以今晚为最后一次，明日须预备早睡也。

八月十一日（七月初二），星期六，阴，闷热。

今晨闷热异常，怕将下雨，明晨不知能晴否？一番秋雨一番

凉，今年北地的夏天，大约已从此过去了。

有学生庄瀛海来信，谓急欲一见，以快信作覆，令于午后三四点钟来。

居停主人及其他熟人送来食品杂件很多；天涯聚首，不论新知旧好，倍极情亲，古道昭然，犹存季世也。

中午与吴炳宸、赵天游诸公饮，居然因猜拳而醉了酒。叫局时曾叫了素兰来，北人南相，原也不恶，伊居平康二里，某巨公已纳款而未娶，系怕三姨太太，四姨太太等吃醋的缘故。

晚上来送行者络绎不绝，十时上床。

八月十二日（七月初三），星期日，阴。

七时由青岛上车，昨夜来大雨，天气凉极。来站相送者，有房主人骆氏夫妇及伊子汉兴，市中汪静之，卢叔桓，山大吴伯萧，王瑭（碧琴），李象贤，闵氏叔侄，《正报》蜂巢，社会局萧觉先，《北洋画报》记者陈绍文诸君。

向西行十一小时，过胶州高密等处，涉潍水、淄河，遥望云门、首阳等山，齐国王陵，傍晚六时前到了济南。

阴晴天气，济南亦遭大雨之后，道路坏极。晚宿平浦宾馆，臭虫蚊子极多。

访李守章夫妇于济南寓居。

八月十三日（七月初四），星期一，晴。

晨起即去李氏寓，与李氏夫妇历访趵突泉、金线泉、黑虎泉诸处，后上千佛山，遥望华鹊两峰，点扼黄河之上。午饭在院西大街一家南方馆吃的，饭后即绕历城学宫之东出大明湖。坐船访历下亭，张公祠，北极阁，铁公祠等处后，赶至津浦车站，坐五点零五分特快过黄河北行。

晚宿车上，凉极，薄棉被已觉不够。

八月十四日（七月初五），星期二，晴。

晨八时余，抵正阳门车站，十年不见之北京故城，又在目前了，感慨无量。

到巡捕厅胡同寓居住下后，历访同乡金任父、孙百刚诸人，以后大约要为酬酢与游逛，废去二十日工夫了。

晚上访张水淇夫妇于中央饭店，在丰泽园吃晚饭，同席者有傅墨正等故乡前辈。

故都日记

（1934 年 8 月 15 日—9 月 10 日）

一九三四年八月，在北平。

八月十五日（阴历七月初六），星期三，晴。

午前六时即起床，因人挤，睡不安稳。对朝日步至东城，访旧友孟氏于其寓居，过北大，见故人俞谷仙之孤儿，方十七岁，在出版部供职。略问故人生前身后事，为之凄然，忍泪去北大，上东安市场，买杂书十余册，中有故 G. Lowes Dickinson 作之 *The Magic Flute* 一小本，印得精妙绝伦。卖旧书之伙计某，还记得我十年前旧事，相见欣然，殷殷道故，像是他乡遇见了故知。

中午坐人力车返寓，热极；比之青岛，北平究竟要热一点。

午后金任父先生来谈。三时去顺治门内小市看旧书，买明末记事册子数种。

晚上在五道庙春华楼吃晚饭，主人为孙百刚氏。饭后去中央饭店水淇处，谈榆关近事及南都故实，坐到了十二点钟。有人约去北京饭店屋顶看跳舞，因夜已深，不去。坐车回来，睡下时已经是午前的二点钟了。

八月十六日（旧七夕），星期四，阴。

今天是双星节，但天上却布满了灰云。晨起上厕所，从槐树阴中看见了半角云天，竟悠然感到了秋意，确是北平的新秋。早餐后，去访旧友吴道益氏，名医也，手段极高，而运气不佳。在寰西医院坐到中午，回来吃午饭，饭后小睡。

三时后出去，吃了些北平特有的杂食品，过西单市场，又买了许多书。

晚上看了一遍在青岛记的日记，明日有人来取稿，若写不出别的，当以这一月余的日记八千字去塞责。

接《人间世》社快信，王余杞来信，都系为催稿的事情，王并且还约定于明日来坐索。

八月十七日（七月初八），星期五，晴爽。

晨起，为王余杞写了二千字，题名《故都的秋》。中午有客来谈，下午为一已故同乡子女抚育问题，商议到夜。晚上金任父先生在大美菜馆请吃饭。

八月十八日（七月初九），星期六，阴，闷热。

晨八时起床，往访白经天，陈惺农，孙席珍等。中午王余杞来，一同出去吃饭，更至丰泽园，遇邓叔存，陈通伯，叔华，沈从文，杨金甫等，谈到四时，去天坛。

晚上同乡周君请吃饭，孟君请听戏，为杨云友嫁董其昌故事，戏名《丹青引》，原本想系李笠翁所作，后经人改编者。

大雨，自午后四五时下起，直下到天明。

八月十九日（七月初十），星期日，雨。

晨起本拟去北戴河，因雨大不去。早晨经天来访，与共去史家胡同甲五四号访叔华、通伯，中午在正阳楼吃羊肉。晚上与百刚约定坐八点快车去北戴河。

八月二十日（七月十一），星期一，晴快。

昨晚大热，今晨凉，六时顷，车过滦河，风景秀丽似江南。据说，有清帝避暑之宫，在这滦河附近，足见山川的形胜了。稍迟过昌黎，地出葡萄苹果及其他水果，与韩文公封号出处相同，至今城内尚有昌黎祠。午前七时零五分至北戴河站，又二十分至海滨。住铁路宾馆，早餐后即至老虎洞，西联峰山，南天门等处游，顺东山东经路，过刘庄回寓。计跑一日，将北戴河胜地跑遍了。地势以南天门为佳，东山区多西人住宅。鸽子窝未去，而立在南天门向秦皇岛、山海关等处的远眺，却也足能使人引起一种感慨。

晚上早睡，因北戴河无汽车声，山居颇清净故。

八月二十一日（七月十二），星期二，阴雨。

晨六时起，重到鹿囿，霞飞馆等处去走了一圈，下午二时坐车回平，七时四十五分抵天津东站（老站），已有王余杞、冯至庚、姜公伟诸君在等候了。下车之后，镁光闪发数次，被照去了两个疲怠极了的相。一张是和王、姜诸公同摄，一张是与映霞合摄的。

上交通旅馆住下后，《中国新报》记者于锦章君又来访。略谈了十五分钟，于君别去，我们便与王夫人及余杞、公伟等至一家菜馆喝了两瓶啤酒。十时过后，回来上床睡，雨声大作。旅馆似欲沉没的样子。

八月二十二日（七月十三），星期三，阴，时有雨滴。

早起就去访霞的堂姊静婉，后就去照相馆照了一张相。中午姜公伟请在一家川菜馆蜀通吃午饭，味美而价廉，可以向天津的友人们推荐者也。午后两点上车西去，雨仍是潇潇的不止，晚六时前抵正阳门站。

八月二十三日（七月十四），星期四，阴，时雨。

晨起雨略止，即出去上景山，游故宫，至四时回来。中午孟萧然请吃饭，晚上许寿彭请吃饭，今天的一天，真忙得不了也。

过东安市场，并且还买了许多书，有两部德文小说（一系译作）极好，一本英文《西班牙文学史》也不坏，系一九三一年出的。

E. D. Laborde：*A History of Spanish Literature.*

Charlotte Niese：*Die Alten und die Jungen.*

Mateo Alemaun：*Guzman D'Alfarache.*

德文（一系译自西班牙者）小说两本，系清荫昌藏书，有伊手署之德国字在书之下端页底，曰 Yintchang。

八月二十四日（七月十五），星期五，雨。

连日雨，空气潮湿不堪。昨晚上因接杭州信，知三小儿病，心颇不安，一夜未眠。深悔意志薄弱，出来过了暑期；因一路上劳命伤财，毫无所得也。

今日中午孙席珍君请吃饭，晚上有白经天请吃饭约。本打算静养一日，以苏积劳，但照不得不早日回杭的情势看来，恐怕今天又要忙得不亦乐乎。

养吾有一女寄养在北平，打算前去一看，前门外亲戚家亦不得不去一转，这些应做的事情，当在两三天内抽空了结了它们，因为明后天若晴，还须去颐和园，西山一整日。

午饭时，遇臧君恺之，蒙赠以口蘑一包。今天历访了许多亲戚友人，大约还须一天，才能把朋友们访问得了。

沈从文明天约去吃夜饭，问我以此外更有何人可以约来谈谈，我以邓叔纯、凌叔华对。

明日天晴，当去看适之、川岛及平大诸旧日同事者。

八月二十五日（七月十六），星期六，阴晴。

昨晚为中元节，北海放荷花灯，盛极，人也挤得很。晚饭后回来，路上月明如昼，不意大雨之后，却有此良夜也。

晨八时出门，上万牲园，北海等处，走到了中午。午饭一点钟才吃了；小睡，起来后上平大去看一位亲戚，晚上在沈从文家吃晚饭。八时后，上开明，看了杨小楼新编的《坛山谷》武剧，回来终夜不眠，因杭州有信来，说耀春病剧，死在旦夕。

八月二十六日（七月十七），星期日，阴晴。

早晨为预备霞南归事，忙了半天，终决定令霞及阳春先去杭州，看耀春病，我则俟霞去汇款来后，再行南返。

午后三时，送霞去东车站，后即与来送之王余杞、许延年上东升平洗澡；在天桥近边走到了夜，晚饭后十时回寓。

大约七八日后，霞将有款汇来，我就可以买票南下了。明日或可以去邓叔纯家践约。

八月二十七日（七月十八），星期一，晴。

连日醉饮，把肚子吃坏了，以后当拒绝酬应，静心写一点东西。

中午王余杞来约吃饭，饭后去东安市场，看戏剧学校学生演剧。晚上在邓叔纯家吃夜饭，遇钱道生氏，谈至十一点，月明，步行回来。

八月二十八日（七月十九），星期二，晴。

计程，今日午后，霞与阳春可抵杭州，大约星期五六，总有回信来了。

上午跑了半天，自前毛家湾五号起，至东城，历访友人六七处，在北平之旧友，差不多全看过了，以后就只剩《晨报》的一部分人。

午后小睡，且听了一阵雨声，雨过天青，向晚又晴。

晚上川岛来，请去吃饭，至十二点回寓，月明。

八月二十九日（七月二十日），星期三，晴。

早晨，一早出去，跑到中午才回来，天气热极，有八十五六度。不在中，章靳以、卞之琳两君来访，更有不留名片的两位亦来访，不知究系何人。

午后上平则门外去闲步，走到了四点回来。睡了一忽，精神恢复了，出去吃晚饭，遇见了许多在北平的教授及文士。大约此后一礼拜中，当为他们分出一部分工夫来，作互相往来、倾谈、同游之用。

席间，江绍原说我为路透著作家（因路透社有我来平之通电），杨堃夫人亦将以自法国寄来之译我的作品的译者的信来交。

霞到杭，计已为第二日，大约今天总能发出信了，不知小儿耀春之病，究竟如何。

八月三十日（七月廿一），星期四，晴。

午前撰俞谷仙身后募捐启一篇，为凌叔华女士题册页一面。午后三时余出去，天大雨，先至东安市场略躲，然后上西长安街庆林春吃晚饭。

今天接霞自上海来信，谓杭州热仍百度未退，西湖涸，明后日当有款汇来，教我安居北平，多做一点稿子。

八月三十一日（七月廿二），星期五，晴。

晨七时起，一天清气，头脑都为之一爽，真北方的典型秋晴日也。今晚上季谷在淮阳春约吃晚饭，白天当看一天书，预备写几篇短篇。因来平后，又多了一笔文债也，（一）为许君作木刻集序，（二）为卞之琳、章靳以他们的月刊写千数字的短文。大约将北来的感想写一点出来，也就可以了。

九月一日（阴历七月廿三），星期六，晴。

午前出去，历访杨堃夫人 Yang Tchang Lomine、江绍原、林如稷等于东城，十二点返寓，尚不见霞来信，颇为焦急。

午后小睡，打算于明日再去看几位北平老友，如沈兼士、钱玄同、徐炳昶等。

大约周启明氏，将于明日到，以后又有一二日忙了。

今日撰一联，系送曾觉之氏新婚者："旧日皇都，新秋天气；东南才子，西北佳人。"

傍晚，得霞信，甚慰；以后可以安心写一点东西了。作覆信一，以快信寄出。晚上一点始上床就寝。

九月二日（七月廿四），星期日，阴晴。

晨起与陈楚雄君上中南海居仁堂去，走到了中午，在万善殿略坐，即去东安市场吃午饭。

饭后赴中央公园，与王余杞、章靳以、卞之琳等会，同上广和楼听科班富连成的戏。

夜八时返寓，今天购得 Charlotte Niese's *Aus Dänischen Zeit* 一小

册，颇得意。

九月三日（七月廿五），星期一，大雨。

晨八时半，访周作人氏，十年不见了，丰采略老了些。后至东城，雨大极，仍在东安市场吃午饭。买 Spielhagen 小说 *Was Will es Werden?* 一册。

回来接霞信，拟于两三日内返杭州。

晚上去邓宅吃晚饭，谈至十二点回寓。

九月四日（七月廿六），星期二，雨。

预备于明日出发回南，上午去看博生、子美，及换钱，忙到了夜。下午有欧查，焦菊隐诸君来访。

在川岛处吃晚饭，醉了酒。

九月五日（七月廿七），星期三，晴。

上午八时三刻上车，去天津，中午到，住王余杞家。

九月六日（七月廿八），星期四，晴，时雨。

在天津，午前去扶轮中学讲演，中午在王家吃饭，饭后上俄国公园，并去天津各外国书铺。

晚上十点半上车，宿车上。

九月七日（七月廿九），星期五，晴，热。

晨八时过黄河，中午过泰安，望泰山，下午二点多钟过曲阜，晚八时过徐州。

入夜睡不着，看 D. H. Lawrence's *Lady Chatterley's Lover* 至二百十六页。

九月八日（阴历七月三十），星期六，晴。

晨八时到浦口，即渡江，乘九点半快车去上海，下午八时到站，宿曼兄家，作北平信一。

九月九日（阴历八月初一），星期日，晴。

午前出去，买了半天书，下午三时，乘沪杭特快通车去杭州，晚上七点半到站。

九月十日（八月初二），星期一，晴爽。

避暑两月，今日始到家住下，以后又须计划写作的程序了。为整理书籍，洗扫书斋事，忙了一整天，以后当收敛放心，刻意用功。

晚上有人来看，明日报上，又将有某返杭州的消息登出来了，怕又免不得一番应酬。

梅雨日记

（1935 年 6 月 24 日—7 月 27 日）

一九三五年六月廿四日，在杭州。

是阴历的五月廿四日，星期一，阴；天上仍罩着灰色的层云，什么时候都可以落下雨来。气温极低，晚上盖了厚棉被，早晨又穿上了夹袄。本来是大家忧旱灾再来的附近的农民，现在又在忧水灾了；"男种秧田女摘茶，乡村五月苦生涯，先从水旱愁天意，更怕秋来赋再加。"这是前日从上海回杭，在车中看见了田间男女农民劳作之后，想出来的诗句；农村覆灭，国脉也断了，敌国外患，还不算在内；世界上的百姓，恐怕没有一个比中国人更吃苦的。

这一次住上海三日，又去承认了好几篇不得不做的小说来；大约自六月底起，至八月中旬止，将无一刻的空闲。计《译文》一篇，《人间世》一篇，全集序文一篇，是必须于十日之内交出的稿子。此外则《时事新报》与《文学》的两篇中篇，必须于八月中交出。还有《大公报》、《良友》、《新小说》的三家，也必须于一月之内，应酬他们各一篇稿子。

开始读 A. J. Cronin 著的小说 *Hatter's Castle*，系一九三一年伦敦 Victor Gollancz 公司发行的书；这公司专印行新作家的有力作品，此书当也系近年来英国好小说中的一部；不过，Hugh Walpole 的

《近代英国小说的倾向》中，未提起这一个名字，但笔致沉着，写法周到，我却觉得这书是新写实主义的另一模范。

中午接到日本寄来的三册杂志，午睡后，当写两三封覆信，一致日本郑天然，一致日本邢桐华，一致上海的友人。太阳出来了，今天想有一天好晴，晚上还须上湖滨去吃夜饭。

中午记

六月廿五日，星期二，阴，时有阵雨

旧历五月廿五，午前出去，买了一部《诗法度针》，一部《皇朝古学类编》（实即姚梅伯选《皇朝骈文类编》），一部大版《经义述闻》，三部书，都是可以应用的书，不过时代不同，现在已经无人过问了。午后想写东西，因有友人来访，不果；晚上吃了两处饭，但仍不饱。明日尚有约，当于午后五时出去。

与诗人戴望舒等谈至夜深，十二时始返寓睡，终夜大雨，卧小楼上，如在舟中。

六月廿六日，星期三，大雨。

午前为杭州一旬刊写了一篇杂文，书扇面两张。雨声不绝，颇为乡下农民忧，闻富阳已发大水。中午出去吃饭，衣服全淋湿了。

一直到夜半回寓，雨尚未停；喝酒不少，又写了好几把扇面。

六月廿七日（五月廿七），星期四，晴。

天渐热，除早晨三四个钟头外，什么事情都不能做，午后只僵睡而已。

三点后，有客来，即昨晚同饮的一批。请他们吃饭打牌，闹到了十二点钟。

客散后，又因兴奋，睡不着觉，收拾画幅等，到了午前的一点。夜微凉，天上有星宿见了，是夏夜的景象也。

六月廿八日（阴历五月廿八），星期五，晴热

午前写了五六百字。完结了那一篇为杭州旬刊所作的文章，共二千字。

因事出去，回来的途中，买萧季公辑《历代名贤手札》一部，印得极精，为清代禁书。

午后读任公《饮冰室诗话》，殊不佳。

晚上大雨，蚊子多极，有乡下来客搅扰，终夜睡不安稳。

六月廿九日（阴历五月廿九），星期六，阴闷。

晨六点半起床，开始写自传，大约明后日可以写完寄出，这一次约有四千字好写。

终日雨，午后，邻地之居户出屋，将门锁上，从今后又多了一累，总算有一块地了。

晚上睡了，忽又有友人来，坐谈到夜半。

六月三十日（阴历五月底），星期日，终日雨

晨起已将九点，出去上吴山看大水；钱塘江两岸，都成泽国了，可伤可痛。中午回来后，心殊不宁静，又见了一位友人的未亡妻，更为之哀痛，苦无能力救拔她一下。

二时后，赵龙文氏夫妇来，与谈天喝酒玩到傍晚；出去同吃夜饭，直至十点方回，雨尚未歇。自明日起，生活当更紧张一点，因这几天来，要写的东西，都还没有写成。

七月一日（阴历六月初一），星期一，阴雨终日。

午前写自传，成千字，当于明日写了它。午后略晴，有客来

访，与谈至傍晚，共赴湖滨饮；十一时回寓，雨仍不止也。不在中，又有同乡数人冒雨来过。

七月二日（六月初二），星期二，晴。

久雨之后，见太阳如见故人；就和儿子飞坐火车上闸口去看大水，十二时返家。

午后小睡，又有友人来谈，直至夜深散去。

七月三日（六月初三），星期三，晴，闷。

大约今晚仍会下雨，唯午前略见日光，各地报水灾之函电，已迭见，想今年浙省，又将变作凶年。

晨起，有友人来，嘱为写介绍信一封，书上题辞一首。中午有人约去吃饭，饭后在家小睡；三时又有约须去放鹤亭喝茶，坐到傍晚；在群英小吃店吃晚饭，更去戴宅闲谈到中夜才回。

七月四日（六月初四日），晴和，星期四，以后似可长晴。

晨起读曲利纽斯《荒原丛莽》一篇，原名 *In Heide - Kraut*，原作者 Trinius 于一八五一年生于德国 Schkeuditz，为拖林干一带的描写专家，文具诗意，当于明天译出寄给《译文》。按自上海回后，十余日中，一事不作，颇觉可惜；自明日起，又须拼命赶作稿子，才得过去。为开渠题了一张画，二十八字，录出如下：

> 扁舟来往洋波里，家住桐洲九里深。
> 曾与严光留密约，鱼多应共醉花阴。

中午又买航空奖券一条，实在近来真穷不过了，事后想起，自家也觉可笑。

晚上去湖滨纳凉，人极多，走到十二点钟回来。

七月五日（六月初五），星期五，阴，时有细雨

早晨发北新李小峰信一封，以快信寄出，约于本月十日去上海取款。

午睡醒后，译《荒原丛莽》到夜，不成一字，只重读了一遍而已，译书之难，到动手时方觉得也。薄暮秋原来，与共饮湖滨，买越南志士阮鼎南《南枝集》一部，只上中下三卷，诗都可诵。

晚上凉冷如秋，今年夏天，怕将迟热，大约桂花蒸时，总将热得比伏天更甚。

生活不安定之至，心神静不下来，所以长久无执笔的兴致了，以后当勉强地恢复昔年的毅力。

七月六日（六月初六），星期六，晴。

午前为邻地户执等事出去，问了一个空；回来的路上，买郎仁宝《七修类稿》一部，共五十一卷加续稿七卷，二十册。书中虽也有错误之处，但随笔书能成此巨观，作者所费心力，当亦不少。《寄园寄所寄》之作，想系模仿此稿者，也是类书中之一格。

今日译《荒原丛莽》二千字，不能译下去了，只能中止，另行开始改正全集的工作；这工作必须于三四日内弄它完毕，方能去上海。

自七日起，至十日止，将全集中之短篇三十二篇改编了一次，重订成《达夫短篇集》一册，可二十万字。

十日携稿去上海，十一日遇到了振铎，关于下学期暨大教授之课程计划等，略谈了一谈。下午回杭，天气热极。

自十二日起，至十四日止，天候酷热，什么事情也不能做，只僵卧在阴处喘息。

七月十五日（旧历六月十五日），星期一，晴。

昨晚西北风骤至，十点半下了十五分钟大雨，热气稍杀，今晨觉清凉矣。读关于小泉八云的书，打算做一篇散文。

午后仍热，傍晚复大雨，出去了一趟，买删订唐仲言《唐诗解》一部，系罕见之书，乃原版初印者。

晚上早睡，因天凉也。

七月十六日（六月十六日），星期二，晴。

晨五时起床，上城隍山登高，清气袭人；在汪王庙后之岭脊遥看东面黄鹤峰、皋亭山一带，景尤伟大。

午后小睡，起来后看《唐诗解》，得诗一绝，系赠姜氏者：难得多情范致能，爱才贤誉满吴兴，秋来十里松陵路，红叶丹枫树几层。

七月十七日（六月十七日），星期三，晴。

昨晚又有微雨，今晨仍热。写诗三首，寄《东南日报》，一首系步韵者：叔世天难问，危邦德竟孤。临风思猛士，借酒作清娱。白眼樽前露，青春梦里呼。中年聊落意，累赘此微躯。题名《中年次陆竹天氏韵》。

午后读《寄园寄所寄》，见卷四《拈须寄诗话》（五十四页）中有一条，述云间唐汝询，字仲言事，出《列朝诗集》；盖即我前日所买《唐诗解》之作者。仲言五岁即瞽，学问都由口授，而博极一时，陈眉公常称道之，谓为异人。

七月二十七日（六月廿七），星期六，晴，热极

近日来，天气连日热，头昏脑胀，什样事情也不能做。唯剖

食井底西瓜，与午睡二三小时的两件事情，还强人意。傍晚接语堂自天目禅源寺来书，谓山上凉爽如秋，且能食肉，与夫人小孩拟住至八月底回上海，问我亦愿意去否。戏成一绝，欲寄而未果。

远得林公一纸书，为言清绝爱山居。
禅房亦有周何累，积习从知不易除。

秋霖日记

（1935 年 9 月 1 日—20 日）

一九三五年九月，在杭州

九月一日（旧历八月初四），星期日，雨。

昨晚十二点后返寓，入睡已将午前二点钟，今晨六时为猫催醒，睡眠未足也。

窗外秋雨滴沥，大有摇落之感，自伤迟暮，倍增凄楚。统计本月内不得不写之稿，有《文学》一篇，《译文》一篇，《现代》一篇，《时事新报》一篇。共五家，要有十万字才应付得了，而《宇宙风》、《论语》等的投稿还不算在内。平均每日若能写五千字，二十天内就不能有一刻闲了；但一日五千字，亦谈何容易呢？

今天精神萎靡，只为《时事新报》写了一篇短杂文，不满千字，而人已疲倦，且看明日如何耳。

午后来客不断，共来八人之多；傍晚相约过湖滨，在天香楼吃夜饭。

九月二日（八月初五），星期一，阴雨终日。

今天开始写作，因《文学》限期已到，不得不于三四日内交稿子。午前成千字，午后成千字，初日成绩如此，也还算不恶。晚上为谢六逸氏写短文一篇。

接沈从文、王余杞、李辉英、谢六逸诸人来信，当于一两日内作覆。沈信系来催稿子，为《大公报》文艺副刊《国闻周报》的。

九月三日（八月初六），星期二，阴，时有微雨。

晨八时起床，即送霞至车站，伊去沪，须一两日后返杭也。回来后，接上海丁氏信，即以快信覆之。

今日精神不好，恐不能写作，且看下半天小睡后起来何如耳。

午前记

法国 Henri Barbusse 前几日在俄国死去，享年六十二岁，患的为肺炎。西欧文坛，又少了一名斗士，寂寞的情怀，影响到了我的作业：自接此报后，黯然神伤，有半日不能执笔。

傍晚秋原来，与共谈此事，遂偕去湖上，痛饮至九点回寓。晚上仍不能安睡，蚊子多而闷热之故。

九月四日（八月初七）星期三，阴雨潮湿。

午前硬将小说写下去，成千余字。因心中在盼望霞的回杭，所以不能坦然执笔。

中午小睡，大雨后，向晚倒晴了。夜膳前，刘湘女来谈。七时半的火车，霞回来了，曾去火车站接着。

晚上十一点上床睡，明日须赶做一天小说，总须写到五千字才得罢手。因后天上海有人来，要去应酬，若这两三天内不结束这中篇，恐赶不上交出，《文学》将缺少两万余字的稿子。

九月五日（八月初八），星期四，阴，仍有雨意。

昨晚仍睡不安全，所以今天又觉得神志不清，小说写得出写不出，恐成问题，但总当强勉的写上一点。

早餐后，出去剃了一个头，又费去了我许多时间，午前终于因此而虚度了，且待下午小睡后再说。

自传也想结束了它，大约当以写至高等学校生活末期为止，《沉沦》的出世，或须顺便一提。

午前记

晚上，过湖滨，访友二三人，终日不曾执笔。夜九至十时，有防空演习，灯火暗一小时，真像是小孩儿戏，并不足观，飞机只两架而已。

九月六日（八月初九）星期五，晴。

今日似已晴正，有秋晴的样子了，午前午后，拚命的想写，但不成一字。堆在楼下的旧书，潮损了，总算略晒了一晒。晚上刘开渠来，请去吃饭，并上大世界点了女校书的戏，玩到了十二点才回来，曾请挂第一牌的那位女校书吃了一次点心。回家睡下，已将一点钟了。

九月七日（八月初十），星期六，晴。

昨晚又睡不安稳，似患了神经衰弱，今日勉强执笔，午前成二千字。午后学生丁女士来访，赠送八月半礼品衣料多件，我以《张黑女志》两拓本回赠了她。晚上在太和园吃饭，曾谈到上旅顺、日本去游历的事情。此计若能实现，小说材料当不愁没有。十二时回寓就寝。

九月八日（八月十一），星期日，晴。

午前写了千余字，午后因有客来，一字不写，这一篇中篇，成绩恐将大坏，因天热蚊子多，写的时候无一贯的余裕也。

晚上月明，十时后去湖上，饮酒一斤。

九月九日（八月十二），星期一，晴，热极。

今日晨起就有九十度的热度，光景将大热几天。今晚又有约，丁小姐须来，午后恐又不能写作。午前写成两千余字，已约有一万字的稿子了，明天一日，当写完寄出。

晚上月明，数日来风寒内伏，今天始外发，身体倦极。

九月十日（八月十三），星期二，晴。

写至中午，将中篇前半写了，即以快信寄出，共只万三四千字而已，实在还算不得中篇，以后当看续篇能否写出。

丁小姐去上海，中午与共饮于天香楼，两点正送她上车，回来后小睡。晚上月明如昼，在大同吃夜饭。

九月十一日（八月十四），星期三，晴。

近日因伤风故，头痛人倦，鼻子塞住；看书写作，都无兴致，当闲游一二日，再写《出奔》，或可给施蛰存去发表。

九月十二日（旧历中秋节），星期四，晴，午后大雨

午前尚热至九十余度，中午忽起东北风，大雨入夜，须换穿棉袄。约开渠、叶公等来吃晚饭，吃完鸡一只，肉数碗，亦可谓豪矣。今日接上海寄来之《宇宙风》第一期。

晚上无月，在江干访诗僧，与共饮于邻近人家，酒后成诗一首。

九月十三日（八月十六），星期五，阴雨

晨起寒甚，读德国小说《冷酷的心》，系 Hauff 作。乃叙 Swaben 之 Schwarz－wald 地方的人物性格的一篇文艺童话。有暇，很想来译它成中文。

上午上湖滨去走走，买《瓯北诗话》等书数册，赵瓯北在清初推崇敬业堂查慎行，而不重渔洋，自是一种见地。诗话中所引查初白近体诗句，实在可爱。

午后又不曾睡，因有客来谈。

九月十四日（八月十七），星期六，晴。

昧爽月明，三时起床，独步至吴山顶看晓月，清气袭人，似在梦中。

中午有友人来谈，与共饮至三时；写对五副，屏条两张，炕屏一堂。

晚上洄美自上海来访，约共去黄山，谢而不去。并闻文伯、适之等，亦在杭州。

九月十五日（阴历八月十八），星期日，阴。

本与尔乔氏有去赭山看浙潮之约，天气不佳，今年当作罢矣。洄美等今日去黄山，须五日后回来也。

写上海信数封，成短文一篇，寄《时事新报》。

中午曼兄等自上海来，送之江干上船，我们将于四日后去富阳，为母亲拜七十生辰也。

九月十六日（八月十九），星期一，大雨。

终日不出，在家续写那篇中篇《出奔》，这小说，大约须于富

阳回来后才写得了。近来顿觉衰老，不努力，不能做出好作品来的原因，大半在于身体的坏。戒酒戒烟，怕是于身体有益的初阶，以后当勉行之。

晚上读时流杂志之类，颇感到没落的悲哀，以后当更振作一点，以求挽回颓势。

九月十七日（阴历八月二十日），星期二，晴。

昨晚兴奋得很，致失眠半夜，今晨八时前起床，头还有点昏昏然。作陶亢德，朱曼华信。

中秋夜醉吟之七律一首，尚隐约记得，录出之。

中秋无月，风紧天寒，访诗僧元礼与共饮于江干，醉后成诗，仍步曼兄牯岭逭暑韵。

两度乘闲访贯休，前逢春尽后中秋。
偶来逭阔如泥饮，便解貂裘作质留。
吴地寒风嘶朔马（僧关外人也），庾家明月淡南楼。
东坡水调从头唱，醉笔题诗记此游。

曼兄原作乙亥中伏逭暑牯岭：

人世炎威苦未休，此间萧爽已如秋。
时贤几辈同忧乐，小住随缘任去留。
白日寒生阴壑雨，青林云断隔山楼。
勒移哪计嘲尘俗，且作偷闲十日游。

二叠韵一律，亦附载于此：

　　海上候曼兄不至，回杭后得牯岭逭暑来诗，步原韵
奉答，并约于重九日，同去富阳。

　　语不惊人死不休，杜陵诗只解悲秋。
　　竭来夔府三年住，未及彭城百日留。
　　为恋湖山伤小别，正愁风雨暗高楼。
　　重阳好作茱萸会，花萼江边一夜游。

九月十八日（八月廿一），星期三，晴。

　　晨起觉不适，因辍工独步至吴山绝顶，看流云白日。中午回寓，接上海来催稿信数封；中有蛰存一函，系嘱为珍本丛书题笺者，写好寄出。

　　晚上在湖上饮，回家时，遇王余杞于途中。即偕至寓斋，与共谈别后事，知华北又换一局面。约于明日，去同游西湖。

九月十九日（八月廿二），星期四，晴和。

　　早晨写短文一，名《送王余杞去黄山》，可千字，寄《东南日报》。与余杞、秋芳等在大同吃饭，饭后去溪口，绕杨梅岭、石屋岭而至岳坟。晚上在杏花村饮。

九月二十日（八月廿三），星期五，晴。

　　晨六点钟起床，因昨日与企虞市长约定，今晨八点，将借了他的二号车去富阳拜寿也。大约住富阳两日，二十二日坐轮船回杭州。

　　中篇的续篇，尚未动笔，心里焦急之至，而家璧及《时事新报》之约稿期又到了，真不知将如何的对付。

冬余日记

(1935 年 11 月 19 日—12 月 8 日)

一九三五年十一月十九日，旧历十月廿四，星期二。在杭州的场官弄。

场官弄，大约要变成我的永住之地了，因为一所避风雨的茅庐，刚在盖屋栋；不出两月，油漆干后，是要搬进去定住的。住屋三间，书室两间，地虽则小，房屋虽则简陋到了万分，但一经自己所占有，就也觉得分外的可爱；实在东挪西借，在这一年之中，为买地买砖，买石买木，而费去的心血，真正可观。今年下半年的工作全无，一半也因为要造这屋的缘故。

现在好了，造也造得差不多了，应该付的钱，也付到了百分之七八十，大约明年三月，总可以如愿地迁入自己的屋里去居住。所最关心的，就是因造这屋而负在身上的那一笔大债。虽则利息可以不出，而偿还的期限，也可以随我，但要想还出这四千块钱的大债，却非得同巴尔札克或司考得一样，日夜的来作苦工不可。人是不喜欢平稳度日的动物，我的要造此屋，弄得自己精疲力竭，原因大约也就在此。自寻烦恼，再从烦恼里取一点点慰安，人的一生便如此地过去了。

今年杭州天气迟热，一星期前，还是蚊蝇满屋，像秋天的样子；一阵雨过，从长江北岸吹来了几日北风，今天已经变成了冬日爱人，天高气爽的正冬的晴日；若不趁此好天气多读一点书，多写一点稿子，今年年底下怕又要闹米荒；实际上因金融的变故，米价已经涨上了两三元一石了。

预定在这几日里要写的稿子，是《东方杂志》一篇，《旅行杂志》一篇，《文学》一篇，《宇宙风》一篇，《王二南先生传》一篇，并《达夫散文集》序与编辑后记各一篇。到本月月底为止的工作，早就排得紧紧贴贴，只希望都能够如预计划般地做下去就好了。另外像良友的书，像光明书局的书，像文学社出一中篇丛书的书等，只能等下月里再来执笔，现在实在有点忙不过来了，我也还得稍稍顾全一点身体。昨晚上看书到了十点，将 Jakob Christoph Heer 的一部自传体的小说 *Tobias Heider*，读完，今天起来，就有点觉得头痛。身体不健，实在什么事情也做不好，我若要写我毕生的大作，也还须先从修养身体上入手。J. C. Heer。系瑞士的德文著作家，于一八五九年生于 Toess bei winterthur，今年若还活着，他总该有七十多岁了（他的生死我也不明）；要有他那样的精力，才能从一小学教师进而为举世闻名的大文学家，我们中国人在体力上就觉得不能和西洋人来对比。

天气实在晴爽得可爱，长空里有飞机的振翼在响；近旁造房屋的地方，木工的锯物敲钉的声响，也听得清清楚楚；像这样的一个和平的冬日清晨，谁又想得到北五省在谋独立，日兵在山海关整军，而各阔人又都在向外国的大银行里存他们的几万万的私款呢！

午前九时记

午前写了五百字的《王二南先生传》，正打算续写下去，却接到了一个电话，说友人某，夫妇在争吵，嘱去劝劝；因就丢下笔杆，和他们夫妇跑了半天，并在净慈寺吃晚饭。

参拜永明塔院时，并看见了舜瞿孝禅师之塔，事见《净寺志》

卷十二第三十七页，附有毛奇龄塔铭一，师生于明天启五年，卒于清康熙三十九年，世寿七十六，僧腊五十四。同时更寻北磵禅师塔，不见；北磵禅师记事，见寺志卷八敬叟居简条，为日本建长寺开山祖常照国师之师。常照国师有年表一，为日本单式印刷株式会社所印行，附有揭曼硕塔铭。闻日人之来参拜净寺者，每欲寻北磵之塔，而寺僧只领至方丈后之元如净塔下，按元净字无象，系北宋时人，见寺志卷八，当非北磵。

十一月二十日（十月廿五），星期三，晴爽。

终日写《王二南先生传》，但成绩很少，尚须努力一番，才写得了。

十一月二十四日（阴历十月廿九），星期日，阴晴。

时有微雨，又弛懈了三四日，执笔的兴致中断了。中午去葛荫山庄吃喜酒，下午为友人事忙了半天。傍晚，时代公司有人来催稿，系坐索者，答应于明日写二千字。

《玉皇山在杭州》（《时代》）

《江南的冬天》（《文学》）

《志摩全集序》（《宇宙风》）

这三篇文字，打算于廿六以前写了它们。

二十五日（十月三十），星期一，阴晴。

早晨写《玉皇山在杭州》一篇，成二千字，可以塞责了，明天当更写《文学》、《宇宙风》的稿子；大约廿七日可以写毕，自廿七至下月初二三，当清理一册《达夫散文集》出来。

二十六日（十一月初一），星期二，晴和。

作追怀志摩一篇，系应小曼之要求而写的，写到午后因有客来搁起。

晚上在大同吃夜饭，同席者有宋女士等，又在为开渠作介绍人也。

二十七日（十一月初二），星期三，阴。

午前将那追怀志摩的东西写好寄出，并发小曼等信。午后又继续有人来访，并为建造事不得不东西跑着，所以坐不下来；今年下半年的写作成绩，完全为这风雨茅庐的建筑弄坏了。

傍晚有人约去湖滨吃晚饭，辞不往。十时上床后，又有人来敲门，谓系叶氏，告以已入睡，便去，是一女人声。

二十八日（十一月初三），星期四，微雨。

夜来雨，今晨仍继续在落，大约又须下几日矣。今天为我四十生日，回想起十年前此日在广州，十四五年前此日在北京，以之与今日一比，只觉得一年不如一年。人生四十无闻，是亦不足畏矣，孔子确是一位有经验的哲人。我前日有和赵龙文氏诗两首：

卜筑东门事偶然，种瓜敢咏应龙篇？
但求饭饱牛衣暖，苟活人间再十年。

昨日东周今日秦，池鱼哪复辨庚辛？
门前几点冬青树，便算桃源洞里春。

倒好做我的四十言志诗看。赵氏写在扇面上赠我的诗为：

风虎云龙也偶然，欺人青史话连篇。
中原代有英雄出，各苦生民数十年。

　　佳酿名姝不帝秦，信陵心事总酸辛。

　　闲情万种安排尽，不上蓬莱上富春。

第一首乃录于右任氏之诗，而第二首为赵自己之作。

今天为杭市防空演习之第一天，路上时时断绝交通：长街化作冷巷，百姓如丧考妣。晚上灯火管制，断电数小时；而湖滨，城站各搭有草屋数间，于演习时令人烧化，真应了只许州官放火，不准百姓点灯之古谚。

终日闭门思过，不作一事，只写了一封简信给宁波作者协会，谢寄赠之刊物《大地》：封面两字，系前星期由陈伯昂来邀我题署者。

二十九日（十一月初四），星期五，雨

昨天过了一个寂寞的生辰，今天又不得不赶做几篇已经答应人家的劣作。北平、天津、济南等处，各有日本军队进占，看起来似乎不得不宣战了，但军事委员会只有了一篇告民众宣言的准备。

记得前月有一日曾从万松岭走至凤山门，成口号诗一首：

　　五百年间帝业微，钱塘潮不上渔矶。

　　兴亡自古缘人事，莫信天山乳凤飞。

　　　　　　自万松岭至凤山门怀古有作

此景此情，可以移赠现在当局的诸公。家国沦亡，小民乏食，我下半年更不知将如何卒岁；引领西望，更为老母担忧，因伊风烛残年，急盼我这没出息的幼子能自成立也。

今日为防空演习之第二日，路上断绝交通如故，唯军警多了几个，大约是借此来报销演习费用的无疑。

午后因事出去，也算是为公家尽了一点力。下午刘开渠来，将午前的文章搁下，这篇《江南的冬景》（为《文学》）大约要于明日才得写完寄出。

晚上灯火管制，八点上床。

三十日（十一月初五），星期六，雨。

今晨一早即醒，因昨晚入睡早也，觉头脑清晰，为续写那篇《文学》的散文《江南的冬景》，写至午后写毕，成两千余字。截至今日止，所欠之文债，已约略还了一个段落，唯《东方杂志》与《旅行杂志》之征文，无法应付，只能从缺了。

昨日《申报月刊》又有信来，嘱为写一篇《山水及自然景物的欣赏》，约三四千字，要于十二月十日以前交稿，已经答应了，大约当于去上海之先写了它。

午后来客有陆竹天，郭先生等，与谈到夜。晚上黄二明氏请客，汤饼筵也，在镜湖厅：黄夫人名楚嫣，广东南海县人。

十二月一日（阴历十一月初六）星期日。雨停，但未晴。

午前继续写《王二南先生传》，若能于午后写好，尚赶得及排，否则须缺一期了。

午前九时记

午后有日本人增井经夫两夫妇自上海来访，即约在座之赵龙文夫妇、钱潮夫妇去天香楼吃晚饭，同时并约日本驻杭松村领事夫妇来同席；饮酒尽数斤，吃得大饱大醉。松村约我们于下星期一，去日本领事馆晚餐。

二日（十一月初七），星期一，晴。

午前将《王二南先生传》写毕，前后有五千多字，当可编入新出的散文集里。午后又上吴山，独对斜阳喝了许多酒。

晚上杭州丝绸业同人约去大同喝酒，闹到了十点钟回来；明日须加紧工作，赶编散文集也。

三日（十一月初八），星期二，晴爽

午前将散文集稿子撕集了一下，大约有十四万字好集。当于这两三日内看了它。

午后接北新书局信，知该书局营业不佳，版税将绝矣，当谋所以抵制之方。半日不快，就为此事；今后的生计，自然成大问题。

四日（十一月初九），星期三，阴，有雨意。

午前中止看散文稿，只写了一篇《山水及自然景物的欣赏》头半篇，大约当于明日写了也。晚上寒雨，夹有雪珠，杭市降雪珠，这是第二次了，但天气也不甚冷。

五日（十一月初十），星期四，晴。

早晨坐八点十五分车去上海，大约须于礼拜六回来也。《申报月刊》的文字一篇，亲自带去。

午后二时到后，就忙了半天，将欲做的事情做了一半；大约礼拜六必能回杭州去。

六日（十一月十一），星期五，晴。

在上海，早晨七时起床，先去买了物事，后等洵美来谈，共在陶乐春吃饭，饭后陪项美丽小姐去她的寓居，到晚才出来。上《天下》编辑部，见增嘏、源宁等，同去吃晚饭。饭后上丁家，候了好久，他们没有回来，留一刺而别。回寓已将十二点钟了。

七日（十一月十二），星期六，晴。

晨七点起床，访家璧，访鲁迅，中午在傅东华处吃午饭，午后曾访胞兄于新衙门，坐三点一十五分火车回杭州。七时半到寓。检点买来各书，并无损失，有一册英译 Marlitt 小说，名 *A Brtave Woman*，系原著名 *Die Zweite Frau* 之译本。此女作家在德国亦系当时中坚分子，有空当把她的小说译一点出来。她的传记、评述之类，我是有的。天很热。

八日（十一月十三），星期日，阴，有微雨。

午前写信数封，一致南京潘宇襄，一致上海丁氏，一致良友赵家璧。

午后有客来，应酬无片刻暇。晚上冒雨去旗下，结束两件小事；自明日起，又须一意写东西了。

十四日

为增井君作字一幅。

……

闽游日记

(1936 年 2 月 2 日—3 月 31 日)

一九三六年二月，在福州。

二月二日，星期日，大约系旧历正月初十，天气晴爽。

侵晨六时起床，因昨晚和霞意见不合，通宵未睡也。事件的经过是如此的，前月十五日——已逼近废历年底了——福州陈主席公洽来函相招，谓若有闽游之意，无任欢迎。但当时因罗秘书贡华、戴先生及钱主任大钧（慕尹）等随委员长来杭，与周旋谈饮，无一日空，所以暂时把此事搁起。至年底，委员长返京，始匆匆作一陈公覆函，约于过旧历年后南行，可以多看一点山水，多做一点文章。旧历新年，习俗难除，一日捱一日的过去，竟到了前晚，因约定的稿子，都为酬应所误，交不出去，所以霞急劝我行，并欲亲送至上海押我上船；我则夷犹未决，并也不主张霞之送我，因世乱年荒，能多省一钱，当以省一钱为得。为此两人意见冲突，你一言，我一语，闲吵竟到了天亮。

既经起了早，又觉得夫妇口角，不宜久持过去，所以到了八点钟就动身跳上了沪杭火车；霞送我上车时，两人气还没有平复。直到午后一点多钟在上海赶上了三北公司的靖安轮船，驶出吴淞口，改向了南行之后，方生后悔，觉得不该和她多闹这一番的。

晚上风平浪静，海上月华流照；上甲板去独步的时候，又殷殷想起了家，想起了十余小时不见的她。

二月三日，星期一，晴和如旧历二三月，已经是南国的春天了。

海上风平，一似长江无波浪时的行程；食量大增，且因遇见了同舱同乡的张君铭（号涤如，系乡前辈暄初先生之子），谈得起劲，把船行的迟步都忘记在脑后。晚上月更明，风更小，旅心更觉宽慰。

二月四日，星期二，晴暖

船本应于今晨九时到南台，但因机件出事，这一次走得特别的慢，到了午后一点，方停泊于马尾江中；这时潮落，西北风又紧，南台不能去了，不得已，只好在马江下船。幸张君为雇汽船，叫汽车，跑到晚上五点多钟，方在南台青年会的这间面对闽江的四层高楼上住定。去大厅吃了晚饭，在喷浴管下洗了一个澡，就去打电报，告诉霞已到福州，路上平安，现住在此间楼上。

十一点过，从小睡后醒转，想东想西，觉得怎么也睡不着，一面在窗外的洛阳桥——不知是否——上，龙灯鼓乐，也打来打去地打得很起劲；而溪声如瀑，月色如银，前途的命运如今天午后上岸时浪里的汽油船，大约总也是使我难以入睡的几重原因。重挑灯起来记日记，写信，预算明日的行动，现在已经到了午前三点钟了。上灯节前夜的月亮，也渐渐躲入了云层，长桥上汽车声响，野狗还在狂吠。

再入睡似乎有点不可能的样子，索性把明天——不对不对，应该说是今天——的行动节目开一开罢！

早上应该把两天来的报看一看。

十点左右，去省政府看陈主席。

买洗面盆，肥皂盒，漱口碗，纸笔砚瓦墨以及皇历一本。

打听几个同学和熟人在福州的地址，译德国汤梦斯曼的短篇小说三张；这些事情，若一点儿也不遗忘地做得了，那今天的一天，就算不白活。还有一封给霞的航空快信，可也须不忘记发出才好。

二月五日，星期三（该是旧历的正月十三上灯节了）。

阴晴不见天日，听老住福州的人说，这种天气，似乎在福州很多，这两月来，晴天就只有昨天的一日。

昨晚至午前四时方合了一合眼，今天七点半起床。上面所开的节目，差不多件件做了；唯陈主席处因有外宾在谈天，所以没有进见，约好于明日午前九时再去跑一趟。

买了些关于福州及福建的地图册籍，地势明白了一点；昨天所记的洛阳桥，实系万寿桥，俗称大桥者是；过此桥而南，为仓前山，系有产者及外人住宅区域，英领署在乐群楼山，美、日、法领署在大湖，都聚在这一块仓前山上，地方倒也清洁得很。

午后，同学郑心南来电话，约于六时来访，同去吃饭，当能打听到许多消息。

今晚拟早睡，预备明天一早起来。

二月六日，星期四（旧历正月十四），晴和。

昨晚同学郑心南厅长约在宣政路（双门前）聚春园吃饭，竟喝醉了酒；因数日来没有和绍酒接近，一见便起贪心的缘故。

夜来寒雨，晨起晴，爽朗的感觉，沁入肺腑，但双鼻紧塞，似已于昨晚醉后伤了风；以后拟戒去例酒，好把头脑保得清醒一点。

九时晋见主席陈公，畅谈多时，言下并欲以经济设计事相托，谓将委为省府参议，月薪三百元，我其为蛮府参军乎？出省府后，去闽侯县谒同学陈世鸿，坐到中午，辞出。在大街上买《紫桃轩杂缀》一部，《词苑丛谈》之连史纸印者一部，都系因版子清晰可爱，重买之书。

午膳后登石山绝顶，俯瞰福州全市，及洪塘近处的水流山势，觉得福建省会，山水也着实不恶，比杭州似更伟大一点。

今天因为本埠《福建民报》上，有了我到闽的记载；半日之中，不识之客，共来了三十九人之多。自午后三点钟起，接见来客，到夜半十二时止，连洗脸洗澡的工夫都没有。

发霞的快信，告以陈公欲留我在闽久居之意。

二月七日，星期五（正月半，元宵），阴雨。

昨天晴了一天，今天又下雨了。午前接委任状，即去省府到差，总算是正式做了福建省政府的参议了；不知以后的行止究竟如何。作霞的平信一，告以一月后的经济支配。自省府出来，更在府西的一条长街上走了半天，看了几家旧书铺，买了四十元左右的书。所买书中，以一部《百名家诗钞》，及一部《知新录》（勿剪王棠氏编）为最得意。走过宫巷，见毗连的大宅，都是钟鸣鼎食之家，像林文忠公的林氏，郑氏，刘氏，沈葆桢家的沈氏，都住在这里，两旁进士之匾额，多如市上招牌，大约也是风水好的缘故。

中午，遇自教育部派来、已在两湖两广视察过的部评议专员杨金甫氏。老友之相遇，往往在不意之处，亦奇事也。

傍晚在百合浴温泉，即在那里吃晚饭；饭后上街去走到了南门；因是元宵，福州的闺阁佳丽，都出来了，眼福倒也不浅。不在中，杜承荣及《南方日报》编者闵佛九两氏曾来访我，明日当去回看他们。

二月八日，星期六（旧历正月十六），阴晴，时有微雨。

午前九时出去，回看了许多人，买书又三四十元，中有明代《闽中十子诗钞》一部，倒是好著。

中午在西湖吃饭。福州西湖，规模虽小，但疏散之致，亦楚楚可怜，缺点在西北面各小山上的没有森林，改日当向建设厅去说说。

下午接李书农氏自泉州来电，约我去泉州及厦门等处一游，作覆信一。

晚上在教育厅的科学馆吃晚饭，饮到微醉，复去看福州戏。回寓已将十二点钟，醉还未醒。

二月九日（旧历正月十七），星期日，时有微雨。

与郑心南、陈世鸿、杨振声、刘参议等游鼓山，喝水洞一带风景的确不坏，以后有暇，当去山上住它几天。

早晨十时出发，在涌泉寺吃午饭，晚上回城，已将五点，晚饭是刘参议作的东。

明日当在家候陈君送钱来，因带来的路费，买书买尽了，不借这一笔款，恐将维持不到家里汇钱来的日子。

二月十日（正月十八），星期一，阴晴。

午前起床后，即至南后街，买《赏雨茅屋诗集》一部并外集一册；曾宾谷虽非大作手，然而出口风雅，时有好句。与邵武张亨甫的一段勃谿，实在是张的气量太小，致演成妇女子似的反目，非宾老之罪。此外的书，有闽县林颖叔《黄鹄山人诗钞》、郭柏苍《闽产录异》、《雁门集编注》等，都比上海为廉。

十时返寓，接见此间日人所办汉文《闽报》社长松永荣氏，谓中村总领事亦欲和我一谈，问明日晚间亦有空否。告以明晚已有先约，就决定于后日晚上相看，作介者且让老同学闽侯县长陈世鸿氏效其劳，叙饮处在聚春园。

中午饮于南台之嘉宾酒楼，此处中西餐均佳，系省城一有名饮食店；左右都是妓楼，情形与上海四马路、三马路之类的地方相像。大嚼至四时散席，东道主英华学校陈主任，并约于明日在仓前山南华女子文理学院及鹤龄英华学校参观，参观后当由英华学校校长陈芝美氏设宴招饮。

访陈世鸿氏于闽侯县署，略谈日领约一会晤事，五时顷返寓。

晚上由青年会王总干事招待，仍在嘉宾饮。

二月十一日（正月十九），星期二，阴晴。

昨晚睡后，尚有人来，谈至十二点方去；几日来睡眠不足，会客多至百人以上，头脑昏倦，身体也觉得有点支持不住。

侵晨早起，即去南后街看旧书，又买了一部董天工典斋氏编之《武夷山志》，一部郭柏苍氏之《竹间十日话》，同氏著中老提起之《竹窗夜话》，不可得也。

回至寓中，陈云章主任已在鹄候；就一同上仓前山，先由王校长导看华南文理学院，清洁完美，颇具有闺秀学校之特处。复由陈校长导看英华中学，亦整齐洁净，而尤以生物标本福建鸟类之收集为巨观。中午在陈校长家午膳，席间见魏女士及其令尊，也系住在仓前山上者。

午后去参观省立第四小学、小学儿童国语讲演竞赛会，及惠儿院；走马看花，都觉得很满足，不过一时接受了许多印象，脑子里有点觉得食伤。

晚上在田墩杨文畴氏家吃晚饭，系万国联青会之例会，属于饭后作一次讲演者，畅谈至十一点始返寓；在席上曾遇见沈绍安兰记漆器店主沈幼兰氏，城南医院院长林伯辉氏及电气公司的曾氏等。

今日始接杭州霞寄来之航空信一件，谓前此曾有挂号汇款信寄出，大约明晨可到也。

二月十二日（旧历正月二十），星期三，阴晴。

午前八时起床，昨晚杨振声氏已起行，以后当可静下来做点事情了。

洗漱后，即整理书籍，预备把良友的那册《闲书》在月底之前编好；更为开明写一近万字之小说，《宇宙风》写短文两则，共七千字。

接霞七日所发之挂号信及附件，比九日所发之航空信还迟到了一日。将两日日记补记完后，即开始作覆书，计邵洵美氏、陶亢德氏、赵家璧氏，各发快信一，寄霞航空信一，各信都于十二点前寄出。午后复去南后街一带闲步，想买一部《类腋》来翻翻，但找不出善本。

晚上在聚春园饮，席上遇见日总领事中村丰一氏，驻闽陆军武官真方勋氏，及大阪商船会社福州分社长竹下二七氏及林天民氏、郑贞文氏等，饮至大醉。又上《闽报》社长松永荣氏家喝了许多啤酒，回寓时在十二点后了。

二月十三日（旧历正月廿一），星期四，晴爽。

昨晚接洵美来电，坚嘱担任《论语》编辑，并约于二十日前写一篇《编者言》寄去，当作航空覆信一答应了他。十时前去福建学院，参观乌山图书馆，借到《福建通志》一部。中午去洪山桥，在义心楼午膳。饭后复坐小舟，去洪塘乡之金山塔下，此段闽江风景好极，大有富春江上游之概。又途中过淮安乡，江边有三老祖庙，山头风景亦佳，淮安鸡犬，都是神仙，可以移赠给此处之畜类也。游至傍晚，由洪山桥改乘汽油船至大桥，在青年会饭厅吃晚饭。入睡前，翻阅《闽中物产志》之类的书，十二时上床。

二月十四日（正月廿二），星期五，阴，微雨。

午前有人来访，与谈到十点多钟，发雨农戴先生书，谢伊又送贵妃酒来也。

陈世鸿氏约于今晚再去鼓山一宿，已答应同去，大约非于明天早晨下山不可，因明天午后三时，须在青年会演讲之故。

午后欲作《编者言》一篇以航空信寄出，但因中午有人来约吃饭，不果；大约要于明日晚上写了。

二月十五日（正月廿三），星期六，晴和如春三月。

昨晚乘山舆上鼓山，回视城中灯火历历，颇作遥思，因成俚语数句以记此游：我住大桥头，窗对涌泉寺。日夕望遥峰，苦乏双飞翅。夜兴发游山，乃遂清栖志。暗雨湿衣襟，攀登足奇致。白云拂面寒，海风松下恣。灯火记来程，回头看再四。久矣厌尘嚣，良宵欣静閟。借宿赞公房，一洗劳生悴。（《夜偕陈世鸿氏、松永氏宿鼓山》）

今晨三时即起床，洗涤尘怀，拈香拜佛，一种清空之气，荡旋肺腑。八时下山，又坐昨晚驾来之汽车返寓，因下午尚有一次讲演之约，不得不舍去此清静佛地也。

到寓后，来访者络绎不绝，大约有三十余人之多；饭后欲小睡，亦不可能。至三时，去影戏场讲演《中国新文学的展望》；来听的男女，约有千余人，挤得讲堂上水泄不通。讲完一小时，下台后，来求写字签名者，又有廿四五人，应付至晚上始毕。晚饭后，又有电政局的江苏糜文开先生来谈，坐至十一点前始去。

今天一天，忙得应接不暇，十二点上床，疲累得像一堆棉花，动弹不得了。

二月十六日（正月廿四），星期日，晴暖。

七时顷，就有青青文艺社社员陈君来访，系三山中学之学生，与谈至十时。出去看小月于印花税局，乃洵美之胞弟，在此供职者；坐至十一时，去应友人之招宴。买《闽诗录》一部，钱塘张景祁之《研雅堂诗》一部；张为杭州人，游宦闽中，似即在此间住下者，当系光绪二十年前后之人。

饭后返寓，正欲坐下来写信，作稿子，又有人来谈了，不得已只能陪坐到晚上。

晚饭在可然亭吃的，作东者系福建学院院长黄朴心氏。黄为广西人，法国留学生，不知是否二明的同族者。

二月十七日（正月廿五），星期一，晴热。

晨起又有三山中学之青年三人来访，为写条幅两张，横额一块。

中午复去城内吃饭，下午作霞信，厦门青年会信，及日本改造社定书信。

二月十八日（正月廿六），星期二，微雨时晴。

上午在看所买的《福州志》之类，忽有友人来访，并约去同看须贺武官；坐至十二点钟，同松永氏上日本馆子常盘吃午饭。酒喝醉了，出言不慎，直斥日本人侵略的不该，似于国际礼貌上不合，以后当戒绝饮酒。

傍晚，小月来约去小有天吃晚饭，饭后走至十点左右回寓。正欲从事洗涤，晋江地方法院院长同乡书农李氏忽来谒，与谈至十二点钟去。

二月十九日（正月廿七日），星期三，阴闷。

今天精神不爽，头昏腰痛，午前来客不断，十二点五十五分去广播电台播音。晚上接杭州来的航空信平信共三封，一一作答，当于明天一早，以航空信寄出。为《论语》写的一篇《编辑者言》，也于今天写好，明日当一同寄出。

最奇怪的一封信，是一位河南开封的两河中学生所发者，他名胡佑身。和我素不认识，但这次却突然来了一封很诚恳的信，说买了一条航空奖券，中了三奖，想将奖金千元无条件地赠送给我。

以后的工作愈忙了，等明晨侵早起来，头脑清醒一点之后，好好儿排一张次序单下来，依次做去。虽然我也在害怕，怕以后永也没有恢复从前的勇气的一日了。

二月二十日（正月廿八日），星期四，阴雨，东南风大。

晨七时起床，急赶至邮政总局寄航空信，天色如此，今天想一定不能送出，沪粤线飞机，多半是不能开。福州交通不便，因此政治，文化，以及社会情形，都与中原隔膜，陆路去延平之公路不开，福州恐无进步的希望。

老同学刘爱其，现任福州电气公司及附属铁工厂之经理；昨日傍晚，匆匆来一谒，约于今日去参观电厂。十时左右，沈秘书颂九来谈及发行刊物事，正谈至半中而刘经理来，遂约与俱去，参观了一周。

午后过后街，将那一篇播音稿送去；买武英殿聚珍版丛书中之《拙轩集》，《彭城集》，《金渊集》，《宋朝实事》各一部；书品不佳，但价却极廉。比之前日所买之《晋江丁雁水集》、周亮工《赖古堂诗集》，只一半价钱也。

晚上抄福清魏惟度选之《百名家诗选》的人名目录，虽说百家，实只九十一家，想系当时之误。而选者以己诗列入末尾，亦似未妥，此事朱竹垞曾加以指摘。

二月二十一日（正月廿九），星期五，阴雨。

半夜后，窗外面鞭炮声不绝，因而睡不安稳。六时起床，问听差者以究竟，谓系廿九节，船户家须祝贺致祭，故放鞭炮。船户之守护神，当为天后圣母林氏，今天大约总是她诞生或升天的日子。（问识者，知为敬老节，似系缘于目莲救母的故事者。）

午前九时，与沈秘书有约，当去将出刊物的计划，具体决定一下。十一时二十分，又有约去英华中学演讲，讲题《文艺大众化与乡土文艺》。中午在大新楼午膳，回来接儿子飞的信，及上海邵洵美、杭州曹秉哲来信。

晚上招饮者有四处，先至飞机场乐天温泉，后至聚春园，再至河上酒家，又吃了两处。明日上午九时主席约去一谈，十时李育英先生约在汤门外福龙温泉洗澡。作霞信一，以平信寄出。

二月二十二日（正月三十日），星期六，阴，时有阵雨

昨晚入睡已迟，今晨主席有电话来召见，系询以编纂出版等事务者，大约一两月准备完毕后，当可实际施行。施行后，须日去省府办公，不能像现在那么的闲空了。

中午在河上酒家应民厅李君的招宴，晚上丁诚言君招在伊岳家（朱紫坊之五）吃晚饭；丁君世家子也，为名士陈韫山先生之爱婿，亦在民政厅办事。发霞信一。

二月二十三日（阴历二月初一日），星期日，阴雨，微雨时作。

午前发霞信一，因昨晚又接来信也。欠的信债文债很多，真不知将于何日还得了。计在最近期间，当为《宇宙风》、《论语》，及开明书店三处写一万四五千字；开明限期在月底，《宇宙风》限期在后日（只能以航空信寄去），《论语》亦须于月底前写一篇短稿寄去。三月五日前，还有一篇《文学》的散文（《南国的浓春》），要寄出才行；良友的书一册，及自传全稿，须迟至下月方能动手了。

于去乌石山图书馆友社去讲演并吃中饭之先，以高速度写了赵龙文氏，陆竹天氏，曹叔明氏信三封；以后还须赶写者，为葛湛候氏，周企虞氏，徐博士（南京军委会），曼兄，以及朱惠清氏等的信。大约明后日于写稿之余，可以顺便写出。

二月二十四日（阴历二月初二日），星期一，晴爽，有东南风。

晨七时起床，有《南方日报》社闵君来访，蒙自今日起，赠以日报一份；后复有许多青年来，应接不暇，便以快刀切乱麻方法，毅然出去。先至西门，闲走了一回，却走到了长庆禅寺，即荔枝产地西禅寺也。寺东边有一寄园，中有二层楼别墅一所，名明远阁，不知是否寺产。更从西禅寺走至乌石山下，到乌石山前的一处有奇岩直立的庙里看了一回；人疲极，回来洗澡小睡，醒后已将六点。颇欲写信，但人实在懒不过，记此一段日记，就打算入睡矣。

周亮工著之《闽小记》，颇思一读，但买不到也借不到；前在广州，曾置有《周栎园全集》，后于回上海时丢了，回想起来，真觉得可惜。

阳历三月一日，为阴历二月初八，亲戚赵梅生家有喜事，当打一贺电，生怕忘记，特在此记下一笔。

本星期四，须去华南文理学院讲演；星期日，在《南方日报》社为青年学术研究社讲演，下星期一上午十一至十二时，去福建学院讲演。

二月廿五日（阴历二月初三），星期二，大雨终日。

午前七时起床，写了两份履历，打算去省府报到去的；正欲出发，又有人来谈，只能陪坐到十二点钟。客去后，写霞信一，曼兄信一。《宇宙风》及《论语》稿一，当于明日写好它们，后日以航空信寄出。（《论语》稿题为《做官与做人》，想写一篇自白。）

开明之稿万字，在月底以前，不知亦能写了否。今天晚上有民政厅陈祖光、黄祖汉两位请客，在可然亭，想又要喝醉了回来；应酬太多太烦，实在是一件苦事。

二月廿六日（阴历二月初四），星期三，阴雨。

因欲避去来访者之烦，早晨一早出去，上城隍庙去看了一回。庙前有榕树一株，中开长孔，民众筑庙祀之，匾额有廿七，廿八，廿九，三十得色，或连得两色之句，不知是否系摇会之类。庙后东北面，奎光阁地点极佳，惜已塌圮了。还有福州法事，门前老列男堂女室两处，旁有沐浴、庖厨等小室的标明，亦系异俗。城隍庙东面之太岁殿上，见有男女工人在进香，庙祝以黄纸符咒出售，男女两人各焚化以绕头部，大约系免除灾晦的意思。

下午来访者不绝，卒于五时前偕《闽报》馆长松永氏去常盘小饮，至九时回寓。

二月廿七日（二月初五日），星期四，阴晴。

连得霞来信两封，即作覆，告以缓来福州。中午去城内吃饭。

下午五时，在仓前山华南文理学院讲演；亦有关于日本这次政变的谈话。晚上顾君偕中央银行经理等来访。

二月二十八日（阴历二月初六），星期五，阴雨。

午前在家，复接见了几班来客，更为写字题诗五幅。接到自杭州寄来之包裹，即作覆信一。中午去井楼门街傅宅吃饭。

中饭后，又去百合温泉洗澡，坐至傍晚五时始回寓，一日的光阴，又如此地白花了。

晚上，独坐无聊，更作霞信，对她的思慕，如在初恋时期，真也不知是什么原因。

二月二十九日（二月初八），星期六，阴晴。

午前又有来客，客去后，写《闽游滴沥》，至午后二时，成三千余字，即以航空信寄《宇宙风》社。寄信回来，又为《论语》写了两则《高楼小说》，一说做官，二说日本青年军人的发魔。大约以后，每月要写四篇文章，两篇为《论语》，两篇为《宇宙风》也。

晚上陪王儒堂氏吃饭，至十时余始散，来客中有各国领事及福州资产阶级的代表者若干人。饭毕后，顾弗臣氏来，再约去喝酒，在西宴台；共喝酒一斤，陶然醉矣，十二时回寓。

三月一日（二月初八），星期日，晴。

昨晚入睡，已将午前两点，今晨七时即起床，睡眠不足，人亦疲倦极矣。十时去友声剧场讲演，听众千余人；十二点去乐天泉洗澡，应《南方日报》吴社长之招宴。饭前饭后，为写立轴无数，更即席写了两首诗送报界同人。一首为"大醉三千日，微吟又十年，只愁亡国后，营墓更无田。"一首为"闽中风雅赖扶持，气节应为弱者师，万一国亡家破后，对花洒泪岂成诗。"

三时前，乘车去冒溪游；地在协和大学东南，风景果然清幽，比之杭州的九溪十八涧更大一点。闻常有协和学生，来此处卧游沐浴，倒是一个消夏的上策。

三月二日（二月初九），星期一，阴雨。

几日来寒冷得很，晨八时起床后，即写霞信一封，打算于午后以快信寄出它。十时左右，在福建学院讲演，遇萨镇冰上将及陈韫山先生等，十一时半，去省府。

中午在闽侯县署陈县长处吃饭，至二时始返寓。即将信寄出，大约五日后可到杭州。

晚上有厦门报馆团来，由永安堂驻闽经理胡兆陶祥皆先生招待，邀为作陪，谈至十时，在《闽报》社参观报馆内部，更为各记者题字十余幅。

三月三日（阴历二月初十），星期二，寒雨终日，且有雪珠。

晨起即去南后街买书十余元，内有《小腆记传》一部，内《自讼斋文集》残本一部，倒是好书。中午去科学馆，约于明晚应馆长黄开绳君招宴。

午后又上省府，晤斯专员夔卿，即与诀别，约于半月后去厦门时相访于同安。

晚上赴顾弗臣氏招宴，菜为有名之中州菜，味极佳而菜极丰厚；醉饱之余，为写对及单条十余幅。

三月四日（二月十一），星期三，微雨，但有晴意。

晨七时半起床，当写一天的信，以了结所欠之账，晚上还须上东街去吃晚饭也。

三月五日（二月十二日），星期四，晴。

昨晚在东街喝得微醉回来，接到了一封霞的航空信，说她马上来福州了；即去打了一个电报，止住她来。因这事半夜不睡，犹如出发之前的一夜也。今晨早起，更为此事而不快了半天；本想去省府办一点事，但终不果，就因她的要来，而变成消极，打算马上辞职，仍回杭州去。

下午约了许多友人来谈，陪他们吃茶点，用去了五六元；盖欲借此外来的热闹，以驱散胸中的郁愤之故。

傍晚四时，上日本人俱乐部和松井石根大将谈话，晚上又吃了两处的酒，一处是可然亭，一处是南轩葵园。

三月六日（二月十三），星期五，晴。

上午进城，买了一部伊墨卿的《留春草堂诗钞》，一部陈余山的《继雅堂诗集》；两部都系少见之书，而价并不贵。

午后洗澡，想想不乐，又去打了一个电报，止住霞来。晚上和萨上将镇冰等联名请松井石根大将吃晚饭，饮至十时始返寓；霞的回电已到，说不来了；如释重负，快活之至，就喝了一大碗老酒。明日打算把那篇《南国的浓春》写好寄出。

三月七日（二月十四），星期六，晴爽。

今日本打算写《南国的浓春》的，因有人来，一天便尔过去。并且也破了小财，自前天到今天，为霞的即欲来闽一信，平空损失了五十多元；女子太能干，有时也会成祸水。发霞信一。

晚上十时上床，到福州后，从没有如此早睡过。明天又有电气公司刘经理及吉团长章简的两处应酬，自中午十二时至晚上十时的时间，又将在应酬上费去。与吉团长合请者，更有李国曲队长、沈镜（叔平）行长的两位，都系初见之友，雨农先生为介绍者，改日当回请他们一次。

三月八日（二月十五），星期日，晴和。

早晨九时顷，正欲出游，中行吴行长忽来约同去看百里蒋氏；十余年不见，而蒋氏之本貌如旧。

中午在仓前山刘爱其家吃饭，席上遇佘处长等七八人。佘及李进德局长，李水巡队长等还约于下星期日，去游青定寺。

晚上去聚春园赴宴，遇周总参议，林委员知渊，刘运使，张参谋长，叶参谋长，并新任李厦门市长等。饮至半酣，复与刘运使返至爱其家，又陪百里喝到了半夜；有点醺醺然了，踏淡月而回南台。

三月九日（二月十六），星期一，晴和

午前十时去西湖财政人员训练班讲演，十一时返至南台，送百里上靖安轮。昨晚遇见诸人，也都在舱里的餐厅上相送。蒋氏将去欧洲半年，大约此地一别，又须数年后相见了，至船开后始返寓。

作霞信，告以双庆事已托出，马上令其来闽等候。

晚上在赵医生家吃晚饭，又醉了酒。

三月十日（二月十七日），星期二，大雨。

昨晚雨，今日未晴，晨六时即醒，睡不着了，起来看书。正

欲执笔写文章，却又来了访问者，只能以出去为退兵之计，就冒雨到了省府。

看报半天，约旧同学林湘臣来谈，至十二时返寓。文思一被打断，第二次是续不上去的，所以今天的一天，就此完了，只看了几页《公是弟子记》而已。

晚上在中洲顾氏家吃饭，饭后就回来。中行吴行长问有新消息否？答以我也浑浑然也。

三月十一日（二月十八），星期三，阴雨终日。

晨起，为《论语》写稿千余字，系连续之《高楼小说》三段；截至今日止，已写两次，成五段了，下期当于月底以前寄出它。稿写了后，冒大风雨去以航空快信寄出，归途又买了一部江宁汪士铎的《梅村诗文集》，一部南海谭玉生的《乐志堂诗文略》，都是好书。午后有人来，一事不做。

三月十二日（二月十九），星期四，晴，热极，似五月天。

早晨三点醒来，作霞的信；自六日接来电后，已有六日不曾接她的信了，心颇焦急，不知有无异变。记得花朝夜醉饮回来，曾吟成廿八字，欲寄而未果："离家三日是元宵，灯火高楼夜寂寥。转眼榕城春渐老，子规声里又花朝。"北望中原，真有不如归去之想。

今日为总理逝世纪念日，公署会所，全体放假；晨起就有人来访，为写对联条幅无数。午后去于山戚公祠饮茶，汗流浃背。晚上运使刘树梅来谈，先从书版谈起，后及天下大事，国计民生，畅谈至午前三时。

三月十三日（二月二十）星期五，阴，大雨终日。

昨日热至七十几度，今日又冷至四十度上下，福州天气真怪极了。因午后有上海船开，午前赶写《闽游滴沥之二》一篇，计三千五百字，于中午寄出，只写到了鼓山的一半。

《闽报》社长松永有电话来，谓于今日去台湾，十日后返闽，约共去看林知渊委员。

下午又有人来看，到晚上为止，不能做一事。只打了一个贺电给富阳朱一山先生，写送陈些蠢祖母之挽轴一条。

晚上又作霞信，连晚以快信发出，因明日有上海船开，迟则恐来不及。此地发信，等于逃难，迟一刻就有生命关系，胡厅长若来，当催将自福州至延平之公路筑成，以利交通，以开风气。

三月十四日（二月廿一），星期六，晴爽。

午前一早就有人来，谈至十时半，去广播电台播音，讲防空与自卫的话。十二点去省府，下午回至寓居，接霞来信三封，颇悔前昨两天的空着急。傍晚又接来电，大约双庆两日可到南台。

晚上刘云阶氏家有宴会，去说了几句话，十一时返寓。

三月十五日（二月廿二），星期日，晴和。

晨起接见了一位来客后，即仓皇出去，想避掉应接之烦也。先坐车至汤门，出城步行至东门外东岳庙前，在庙中游览半日，复登东首马鞍山，看了些附近的形势风景，乡下真可爱，尤其是在这种风和日暖的春天。桃李都剩空枝，转瞬是首夏的野景了，若能在这些附廓的乡间，安稳隐居半世，岂非美事？

下午回寓，写了半天的信，计发上海丁氏，杭州周象贤氏，尹贞淮氏，及家信一。晚上在同乡葛君家吃晚饭，十一时回寓。

昨日曾发霞航空快信，今天谅可到杭。

三月十六日，（二月廿三），星期一，午前阴，傍午下雨起。

晨六时起床，写答本地学生来信五封。十时接电话，约于本星期五下午二时去协和大学讲演。

中午至省府，为双庆事提条子一，大约明天可有回音。午后双庆自杭州来，当于明日去为问省银行事。

晚上早睡，因明日须早起也。

买《清诗话》一部，屺云楼诗文集各一部。

三月十七（二月廿四），星期二，阴雨。

晨六时起床，九时至省府探听为双庆荐入省银行事，大约明日可以发表，当即送伊去进宿舍。

下午买了一部《东越文苑传》，系明陈汝翔作。发霞信。

晚上应陈世鸿、银行团、李秘书等三处宴会，幸借得了刘爱其之汽车，得不误时间，饮至十一点回寓。

三月十八日（二月廿五），星期三，雨。

晨起，宿醉未醒；九时去省银行看寿行长，托以双庆事，下午将去一考，大约总能取入。中午发霞信，告以双庆已入省银行为助理员，月薪十五元，膳宿费十二元一月，合计可得二十七元。傍晚又发霞航空信，告以求保人填保单事。

晚上微醉，十时入睡。

三月十九日（二月廿六），星期四，阴晴。

午前送双庆至银行后，即去南门旧货店买明北海冯琦抄编之《经济类编》一部；书有一百卷，我只买到了五十四卷，系初印的版子。回寓后，沈祖牟君来访；沈君为文肃公直系长孙，善写诗，曾在光华大学毕业，故友志摩之入室弟子也，与谈至中午分手别去。

午后张涤如君约去喝绍兴酒，晚上当在嘉宾吃晚饭。双庆于今日入省银行宿舍。发霞信，告以一切。

三月二十日（二月廿七），星期五，阴晴。

午前头尚昏昏然，晨起入城，访武昌大学时学生现任三都中学校长陈君毓鳞于大同旅舍；过中华书局，买《宋四灵诗选》一册。至省立图书馆，看《说铃》中之周亮工《闽小记》两卷，琐碎无取材处；只记一洞，及末尾之诗话数条，还值得一抄。

午后，协和大学朱君来约去讲演；完后，在陈教务长家吃晚饭，协和固别一天地，求学原很适宜也。晚上坐协大汽车回来，又上福龙泉及嘉宾去吃了两次饭。

三月廿一日（二月廿八），星期六，阴，微雨时行。

午前写信六封，计霞一，邵洵美一，上海杂志公司一，赵家璧一，同乡金某一，养吾兄处一。午后洗了一个澡，晚上在日本菜馆常盘吃饭。从常盘出来，又去跑了两个地方，回寓后为陈君题画集序文一，上床时已过十二点了。

三月廿二日（二月廿九），星期日，晴。

午前七时起床，顾君莆臣即约去伊家写字，写至十二点过。上刘爱其氏寓吃午饭，作东者为刘氏及陈厅长子博；饭后返寓，又有人来访，即与共出至城内，辞一饭局。晚上在新铭轮应招商局王主任及船长杨馨氏招宴，大醉回来，上床已过十二点钟了。

三月廿三日（阴历三月初一），星期一，晴。

晨起，宿醉未醒，还去职业学校讲演了一次。至中午在一家外江饭馆吃饭后，方觉清醒。饭后上三赛乐戏班看《王昭君》闽剧。主演者为闽中名旦林芝芳，福州之梅博士也，嘴大微突，唱时不作假声，系全放之雄音，乐器亦以笛伴奏，胡琴音很低，调子似梨花大鼓。作成十四字："难得芝兰同气味，好从乌鸟辨雄雌。"观众以女性为多，大约福州闺秀唯一娱乐处，就系几个剧场。

傍晚从戏院出来，买《峨眉山志》一部，《佛教书简》甲集一册；晚上在中洲顾家吃饭，作霞信一，十时上床。

三月二十四日（三月初二），星期二，阴晴。

午前送财政部视察陈国梁氏上新铭轮，为介绍船长杨氏，寄霞之信，即投入船上邮筒内。

午后，学生陈君来访，约于明晚去吃晚饭。打算明天在家住一日，赶写上海的稿子。傍晚杜氏夫妇来，与同吃晚饭后别去。

接霞平信一，系二十日所发者；谢六逸来信一，系催稿兼告以日人评我此次来闽的动机之类，中附载有该项评论之日本报一张。

三月廿五日（一月初三），星期三，阴晴。

晨七时起床，为《立报》写一短篇，名《记闽中的风雅》，可千三百字。午后为《论语》写《高楼小说》两则，晚上又有人请吃饭，洗澡后，十时上床。

三月廿六日（三月初四），星期四，晴。

晨七时起床，写霞信一，即赶至邮局，以航空快信寄出，《论语》稿亦同寄。午后三时，至军人监狱训话，施舍肉馒头二百四十个，为在监者作点心。晚上闽省银行全体人员，诉说双庆坏处；气极，又写给霞平信一封。

三月廿七日（阴历三月初五），星期五，晴。

晨七时起床，欲写《宇宙风》稿，因来客络绎不绝，中止；全球通信社社长全克谦君，来谈闽省现状，颇感兴味。大约无战事发生，则福建在两年后，可臻大治。

午后去省府，又上图书馆查叶观国《绿筠书屋诗钞》及孟超然《瓶庵居士诗钞》，都不见。只看到了上海日文报所译载之我在福州青年会讲过的演稿一道。译者名菊池生，系当日在场听众之一，比中国记者所记，更为详尽而得要领。

接霞来信三封，泗美信一封，赵家璧信一封。晚上在南台看闽剧《济公传》。十二时上床。

三月廿八日（三月初六），星期六，晴暖。

午前又有客来，但勉强执笔，写《闽游滴沥之三》，成二千字。中午入城去吃中饭，系应友人之招者，席间遇前在北大时之同学数人；学生已成中坚人物，我自应颓然老矣。饭后过商务印务馆，买陈石遗选刻之《近代诗钞》一部。闽之王女士真、石遗老人，于荔子香时，每年必返福州；今年若来可与共游数日，王女士为石遗得意女弟子，老人年谱后半部，即系王所编撰。

午后回寓，复赶写前稿，成一千五百字；傍晚写成，即跑至邮局，以航空快信寄出。

昨日连接霞三信，今日又接一封，作覆。

晚上有饭局两处，一在可庐辛泰银行长车梅庭家，一在可然亭。

三月二十九日（三月初七），星期日，晴暖。

连晴数日，气候渐渐暖矣。午前写字半日，十一点钟会小月于靖安轮上，伊将归上海，料理前辈蒋伯器先生之丧葬。伯器系小月岳丈，义自不容辞耳。

中午在祖牟家吃午饭，祖牟住屋，系文肃公故宅，宫巷廿二号。同席者，有福州藏书家陈几士氏、林汾贻氏。陈系太傅之子，示以文诚公所藏郑善夫手写诗稿，稀世奇珍，眼福真真不浅。另有明代人所画《闽中十景》画稿一帙，亦属名贵之至；并蒙赠以李畏吾《岭云轩琐记》一部，为贯通儒释道之佳著，姚慕亭在江西刻后，久已不传，此系活字排本，后且附有续选四卷，较姚本更多一倍矣。林汾贻氏，为文忠公后裔，收藏亦富，当改日去伊家一看藏书。

晚上在中洲顾家吃晚饭，莆臣已去福清，遇同学林湘臣氏。

入夜微雨，但气候仍温和，当不至于有大雨；福州天气，以这种微雨时为最佳。

三月三十日（三月初八），星期一，阴晴。

晨起读同文书院发行之杂志《支那》三月号，费三小时而读毕。十时后去省府，看上海、天津各报，中日外交，中枢内政，消息仍甚沉闷；但欧洲风云，似稍缓和，也算是好现象之一。

中饭后，步行出北门，看新筑之汽车道，工程尚未完成。桃花遍山野，居民勤于工作，又是清明寒食节前之农忙时候了。

午后回寓小睡，接杭州、上海来之航空信、快信十余封，当于明日作覆。晚间又有饭局两处，至十时微醉回来，就上床睡觉。

三月三十一日（三月初九），星期二，阴晴。

晨起，至省府探听最近本省政情；财政不裕，百废不能举，福建省建设之最大难关在此。理财诸负责人，又不知培养税源，清理税制，都趋于一时乱增税收；人民负担极重，而政府收入反不能应付所出。长此下去，恐非至于破产不可，内政就危险万状，国难犹在其次。

午后，晚上，继续为人家写字，屏联对子，写了百幅内外；腰痛脚直，手也酸了。晚上十时上床，读《蜀中名胜记》。三月今天完了，自明日起，当另记一种日记。

三月末日记

浓春日记

（1936 年 4 月 1 日—20 日）

一九三六年四月，在福州之南台。

四月一日〔阴历三月初十〕，星期三，阴晴。

　　将历本打开来一看，今天是旧历的三月初十，去十四的清明节只有四日了；春进了这时，总算是浓酣到绝顶的关头，以后该便是莺声渐老，花到荼蘼，插秧布谷的农忙的季节。我的每年春夏之交要发的神经衰弱症，今年到了这半热带的福建，不知道会不会加重起来？两礼拜前，一逢着晴暖的日子，身体早就感到了异常的困倦，这一个雨水很多，地气极暖的南国气候，不知对我究竟将发生些怎么样的影响？

　　今天一早起来，开窗看见了将开往上海去的大轮船的烟突，就急忙写信，怕迟了又要寄不出而缓一星期。交通不便，发信犹如逃难摸彩，完全不能够有把握，是到闽以后，日日感到的痛苦；而和霞的离居两地，不能日日见面谈心，却是这痛苦的主要动机。

　　信写完后，计算计算在这半个月里要做的事情，却也不少，唯一的希望，是当我没有把这些事情做了之先，少来些和我闲谈与赐访的人。人生草草五十年，一寸一寸的光阴，在会客闲谈里费去大半，真有点觉得心痛。现在为免遗忘之故，先把工作次序，及名目开在下面：

《闲书》的编订（良友）

《闽游滴沥》的续稿（《宇宙风》）

《高楼小说》及《自传》的末章（《论语》）（说预言，如气候之类；说伪版书，说读书，等等。）

记闽浙间的关系之类（《越风》）（从言语，人种，风习，历史，以及人物往来上立言。）

戚继光的故事（《东南日报》）（泛记倭寇始末并戚的一代时事。）

明末的沿海各省（预备做《明清之际》小说的原料。）

凡上记各节，都须于这半月之内，完全弄它们成功才行。此外，则德文短篇的翻译，和法文的复习，也该注意。有此种种工作，我想四月前半个月，总也已经够我忙了；另外当然还有省府的公事要办，朋友的应酬要去。

到福建之后，将近两月；回顾这两月中的成绩，却空洞得很。总算多买了二百元钱的旧书，和新负了许多债的两件事情，是值得一提的。

午后到福龙泉去洗了一个澡，买了些文房具和日用必需的什器杂物，像以后打算笼城拚命，埋头苦干的准备。像这样浓艳的暮春的下午，我居然能把放心收得下，坐在这冷清清的案头，记这一条日记，而预排我的日后的课程，总算可以说是我的进步；但反过来说，也未始不是一种衰老现象的表白，人到了中年，兴趣就渐渐杀也。

接到良友来催书稿的信，此外还附有新印行的周作人先生的散文集《苦竹杂记》一册。

四月二日（三月十一），星期四，阴晴。

昨晚下了微雨，今晨却晴了，江浙有"棠棣花开落夜雨"之谣，现在正是棠棣花开的时候。早晨六时起床，上省立图书馆去看了半天钱唐徐景熹朴斋编之乾隆《福州府志》。当时广西陈文恭公宏谋在任闽抚，而襄其事者，又有翰林院庶吉士会稽鲁曾煜，贡生钱唐施廷枢辈，所以这一部府志，修得极好。徐景熹为翰林院编修，系当时之福州府知府，当为一时的名宦无疑。书共有二十六册，今天只看了两册，以后还须去看两天，全部方能卒业。此外还有王应山之《闽都记》，陈寿祺之《福建通志》，省图书馆目录中也有，当都去取出来翻阅一过。现代陈石遗新编之通志，尚未出全，内容亦混乱不堪，不能看也。

午后又写了一封给霞的信，告以闽省财政拮据万状，三、四、五月，怕将发不出薪水全部。我自来闽后，薪水只领到百余元，而用费却将有五百元内外了；人家以为我在做官，所以就能发财，殊不知我自做官以后，新债又加上了四百元，合起陈债，当共欠五千元内外。

傍晚接此间福建《民报》馆电话，嘱为《小民报》随便写一点什么，因为作短稿一则，名《说写字》。

晚上在中洲顾家吃饭，饭后写字，至十时返寓。

四月三日（三月十二），星期五，晴和。

晨六时起床，即去省立图书馆看了半天书。经济不充裕，想买的书不能买，所感到的痛苦，比肉体上的饥寒，还要难受。而此地的图书馆，收藏又极简啬；有许多应有的书，也不曾备齐。午后在韩园洗澡，在广裕楼吃晚饭。

闽主席将出巡，往闽南一带视察，颇思同去观光，明日当将此意告知沈秘书。

晚上又有人来谈，坐到十二点始入睡。

四月四日（三月十三）星期六，晴爽。

今天是儿童节，上一处小学会场去作了一次讲演，下来已经将近中午了；赶至省府，与沈秘书略谈了几分钟，便尔匆匆别去。出至南后街看旧书，买无锡丁杏舫《听秋声馆词话》一部二十卷，江都申及甫《笏山诗集》一部十卷，书品极佳，而价亦不昂。更在一家小摊上买得王夫之之《黄书》一卷，读了两个钟头，颇感兴奋。王夫之、顾炎武、黄梨洲的三人，真是并世的大才，可惜没有去从事实际的工作。午后回寓小睡。

今昨两日，迭接杭州来信七八封，我只写答函一。市长企虞周氏，也来了一封信，谓杭地苦寒，花尚未放云。

四月五日（三月十四），星期日，阴晴，时有微雨。

今日是清明节，每逢佳节，倍思家也。晨八时，爱其来，与刘运使、王医生及何熙曾氏，共去鼓岭，在岭上午膳；更经浴风池而至白云洞一片岩下少息。过三天门、云屏、挹翠岩、龙脊路、凡圣寺、观瀑亭、积翠庵、布头而回城寓，已经过了七点钟了。

晚上在青年会前一家福聚楼吃晚饭，十一时上床。

四月六日（三月十五），星期一，晴，暖极。

晨起，正欲写家信，而顾君等来，只匆匆写了一封日本驻杭领事松村氏的信，就和他们出去。

先在西湖公园开化寺门前坐到了下午，照相数帧；后又到南公园看了荔子亭，望海楼的建筑。盖南公园本为耿王别墅，曲水回环，尚能想见当年的布置。

自南公园出来，日已垂暮，至王庄乐天温泉洗澡后，一片皓月，已经照满了飞机广场。鼓山极清极显，横躺在月光海里，几时打算于这样的月下，再去上山一宿，登一登绝顶的朆崲高峰。

晚上丁玉树氏在嘉宾招饮，饭后复至赛红堂饮第二次，醺醺大醉，回来已将十二点钟。

四月七日（三月十六），星期二，晴，大热，有八十二度。

晨起就觉得头昏，宿醉未醒，而天气又极闷热也。一早进城，在福龙泉洗澡休卧，睡至午后一点，稍觉清快。上商务印书馆买《福州旅行指南》一册，便和杨经理到白塔下瞎子陈玉观处问卜易。陈谓今年正二月不佳，过三月后渐入佳境；八月十三过后，交入甲运，天罡三朋，大有可为，当遇远来贵人。以后丁丑年更佳，辰运五年——四十六至五十一——亦极妙，辰子申合局，一层更上，名利兼收。乙运尚不恶，至五十六而运尽，可退休矣，寿断七十岁。（前由铁板数推断，亦谓死期在七十岁夏至后的丑午日。）子三四，中有一贵。大抵推排八字者，语多如此，姑妄听之，亦聊以解闷而已。

返寓后，祖牟来，莆臣来，晚上有饭局二处，谢去，仍至莆臣家吃晚饭。

月明如昼，十时上床。

四月八日（三月十七），星期三，雨热。

早晨偕青年会王总干事去看陈世鸿县长，中午在李育英氏家吃午饭，盖系李氏结婚后八周年纪念之集会。饭后遵环城路走至福建学院，访同乡葛氏。天气热极，约有八十五六度，比之昨日，更觉闷而难当。

返寓后，又有人来访，弄得我洗脸吃烟的工夫都没有，更谈不上写信做文章了。晚上早睡，月亮仍很好，可是天像有点儿要变，因黑云已障满了西北角。

四月九日（三月十八），星期四，狂风大雨。

昨晚半夜起大风，天将明时，雷雨交作，似乎大陆也将陆沉的样子。赖此风雨，阻住了来客，午前半日，得写了三封寄杭州的信。正想执笔写文章，而来访者忽又冒雨来了，恨极。

午后略看福州府旧志之类，自明日起，当赶写《论语》与《宇宙风》的稿子。

读光绪三年一位武将名王之春氏所著之《椒生随笔》八卷，文笔并不佳，但亦有一二则可取处。又书中引戚继光《纪效新书》，赵瓯北所著书，及曾文正公奏议之类过多，亦是一病。

接上海署名黑白者投来稿子一件，为改了一篇发表，退回了一篇。

四月十日（三月十九），星期五，阴雨终日。

午前为写《记富阳周芸皋先生》稿，想去省立图书馆看书，但因在开水灾赈务会而看不到。途中却与主席相遇，冒雨回来，赶写至下午，成二千五百余字。

晚上接霞四日、五日、六日所发的三封信，中附有阳春之照片一张；两月不见，又大了许多。

杭州新屋草地已铺好，树也已经种成，似乎全部将竣工了，可是付钱却成问题。

明日午前，当将《论语》稿写好寄出；下午当再写《宇宙风》稿三千字，因为后日有船开，迟恐寄不出去。

四月十一日（三月二十），星期六，阴雨，似有晴意。

午前写《高楼小说》四则，以快信寄出。几日来，因经济的枯窘，苦无生趣，因而做稿子也不能如意；这情趣上的低气压，积压已有十日，大约要十五日以后，才去得了，屈指尚有三整日的悒郁也。

接霞四、五、六日发的三封平信，即作覆。午后《闽报》社长松永氏来谈，赠以新出之游记一册。今晚当早睡，明晨须出去避客来，大约中午前可以回来写那篇《宇宙风》的稿子，不知也写得了否。

四月十二日（三月廿一），星期日，午前雨，后晴。

晨起，宿舍内外涨了大水，到了底层脚下，有水二尺多深。一天不能做事情，为大水忙也。听说此地每年须涨大水数次，似此情形，当然住不下去了。打算于本月底，就搬出去住。

第一，当寻一大水不浸处，第二，当寻一与澡堂近一点的地方，在大街最为合宜，但不知有无空处耳。

晚上在商务印书馆杨经理家吃晚饭，当谈及此次欲搬房子事，大约当候杭州信来，才能决定。

四月十三日（三月廿二），星期一，晴爽。

晨起看大水，已减了一尺，大约今天可以退尽。写《闽游滴沥》之四，到下午两点钟，成三千五百字，马上去邮局，以航空快信寄出，不知能否赶得到下一期的《宇宙风》。寄信回后，进城去吃饭，浴温泉，傍晚回寓，赶写寄霞之快信一封，因明日有日本船长沙丸开上海。

晚上早睡，打算于明晨一早起来，到省署去打听打听消息。

四月十四日（三月廿三），星期二，晨微雨，后晴。

侵晨即起，至大庙山，看瞭望台、志社诗楼、禁烟总社及私立福商小学各建筑物。山为全闽第一江山，而庙亦为闽中第一正神之庙，大约系祀闽王者。下山后，重至乌石山，见山东面道山观四号门牌毛氏房屋，地点颇佳；若欲租住，这却是好地方，改日当偕一懂福州话的人去同看一下。

午后略访旧书肆一二家，遂至省府。返寓已两点，更写寄霞之平信一封，问以究竟暑假间有来闽意否？今日神志昏倦，不能做事情。明日为十五日，有许多事情积压着要做，大约自明日起，须一直忙下去了。

自传稿，《蜃楼》稿，《拜金艺术》稿，卢骚《漫步》稿，都是未完之工作，以后当逐渐继续做一点。

近来身体不佳，时思杭州之霞与小儿女！"身多疾病思回里"，古人的诗实在有见地之至。

晚上被邀去吃社酒，因今天旧历三月廿三，为天上圣母或称天后生日。关于天后之史实，抄录如下：

天后传略

神林姓，名默（生弥月，不闻啼声，因名），世居蒲之湄洲屿，宋都巡官惟悫第六女也。母王氏，梦白衣大士授丸，遂于建隆元年生神，生有祥光异香。稍长，能预知休咎事，又能乘席渡海，驾云游岛屿间。父泛海舟溺，现梦往救。雍熙四年升化，宝庆二十八年，神每朱衣显灵，遍梦湄洲父老，父老遂祠之，名其墩曰圣墩。宣和间，路允迪使高丽，舟危，神护之归，闻于朝，请祀焉。元尝护海漕。明洪武初，复有护海运舟之异；永乐间，中使郑和，下西洋，有急，屡见异，归奏闻。嘉靖间，护琉球诏使陈侃，高澄；万历间，护琉球诏使萧崇业，谢杰；入清，灵迹尤著。雍正四年，巡台御史禅济布，奏请御赐神昭海表之额，悬于台湾、厦门、湄洲三处；并令有江海各省，一体葺祠致祭。洋中风雨晦暝，夜黑如墨，每于樯端见神灯示祐。莆田林氏妇人，将赴田者，以其儿置庙中，曰，姑好看儿，去终日，儿不啼不饥，不出阈，暮夜各携去，神盖笃厚其宗人云。

（采《福建通志》，详见《湄洲志略》。）

四月十五日（三月廿四），星期三，晴爽。

晨起，至省署，知午后发薪。返寓后小睡，爱其来，示以何熙曾氏之诗一首，并约去嘉宾午膳，同时亦约到刘运使树梅，郑厅长心南来。饮至午后三时，散去；又上萃文小学，参观了一周。

四时至省署，领薪俸，即至南后街，买《秦汉三国晋南北朝八代诗全集》一部，系无锡丁氏所印行；黟县俞正燮理初氏《癸巳存稿》一部，共十五卷；杭州振绮堂印行之杭世骏《道古堂全集》十六册，一起花了十元。

晚上在中洲顾宅吃晚饭。接上海霞来电，谓邵洵美款尚未付全。明晨当写一航空信去杭州，嘱以勿急。

遇汽车管理处萧处长于途上，嘱为写楹帖一幅；并约于十日内去闽南一游，目的地在厦门。

四月十六日（阴历三月廿五），星期四，晴和。

晨六时起床，写一航空信寄霞，即赶至邮局寄出。入城，至乌石山下，看房屋数处，都不合意。

天气好极，颇思去郊外一游，因无适当去所，卒在一家旧书铺内，消磨了半天光阴。

下午接洵美信，谓款已交出；晚上早睡，感到了极端的疲倦与白嫌，想系天气太热之故。

四月十七日（三月廿六），星期五，晴热。

晨六时起床，疲倦未复，且深感到了一种无名的忧郁，大约是因孤独得久了，精神上有了 Hypochondriae 的阴翳；孔子三月不违仁之难的意义，到此才深深地感得。

为航空建设协会，草一播音稿送去，只千字而已。

前两星期游鼓岭白云洞，已将这一日的游踪记叙，作《闽游滴沥》之四了；而前日同游者何熙曾氏，忽以诗来索和，勉成一章，并抄寄协和大学校刊，作了酬应：

> 竭来闽海半年留，历历新知与旧游。
>
> 欲借清明修禊事，却嫌芳草乱汀洲。
>
> 振衣好上蟠龙径，唤雨教添浴凤流。
>
> 自是严居春寂寞，洞中人似白云悠。

中午，晚上，都有饭局，至半夜回寓，倦极。

四月十八日（三月廿七），星期六，晴热。

今天陈主席启节南巡，约须半月后返省城，去省署送行时，已来不及了。天气热似伏中，颇思杭州春景，拟于主席未回之前，回里一看家中儿女子。

午后谢六逸氏有信来索稿，为抄寄前诗一道。明后两日内，当把《闲书》编好，预备亲自带去交给良友也。今日为旧历二十七日，再过两日，春事将完；来闽及三月，成绩毫无，只得两卷日记耳，当附入《闲书》篇末，以记行踪。

四月十九日（三月廿八），星期日，热稍退，午后雨。

晨起，入城会友数人；过寿古斋书馆，买李申耆《养一斋文集》一部，共二十卷，系光绪戊寅年重刊本，白纸精印，书品颇佳。外更有阳湖左仲甫《念宛斋诗集》一部，版亦良佳；因左为仲则挚友，所以出重价买了来，眉批多仲则语。

中午回寓，则《闽报》社长松永氏已候在室，拉去伊新宅（仓前山）共午膳。宅地高朗，四面风景绝佳，谓将于夏日开放给众友人，作坐谈之所。饭后，复请为《闽报》撰一文，因自后天起该报将出增刊半张，非多拉人写稿不可，答应于明晚交卷。

晚上，雨过天青，至科学馆列同学会聚餐席，到者二十余人，系帝大同学在闽最盛大之集会；约于两月后再集一次，以后当每两月一聚餐也。

眼痛，一时颇为焦急，疑发生了结膜炎，半夜过渐平复，当系沙眼一时的发作。

四月二十日（三月廿九），星期一，阴，后微雨。

晨五时即醒，便睡不着。心旌摇摇，似已上了归舟。为葛志元书条幅一张，系录旧作绝句者。

八时起为《闽报》撰一小文，为《祝闽报之生长》。傍午出去还书籍，买行装；良友之书，打算到船上去编。今天为旧历三月底，按例下月闰三月，尚属春末，但这卷日记，打算终结于此。

晚上还有为设筵作饯者数处，大约明日船总能进口，后日晚间，极迟至大后天早晨，当可向北行矣；三月不见霞君，此行又如初恋时期，上杭州去和她相会时的情形一样，心里颇感得许多牢落也。

一九三六年四月二十日午前记

中午商务书馆杨经理约在鼓楼西街一家小馆子里喝酒，饮至半酣，并跑上了爱园去测字。两人同写一商字，而该测字者，却对答得极妙，有微中处；且谓床宜朝正西，大富贵亦寿考。

自爱园出来，又绕环城路步行至南门，上了乌石山东面的石塔。这塔俗称黑塔，与于山西面之白塔相对；共高七层，全以条石叠成。各层壁龛中，嵌有石刻佛像，及塔名碑与捐资修建之人名爵里等。最可恶的，是拓碑的人，不知于何时将年份及名姓都毁去了；但从断碑烂字中，还可以辨出是五代末闽王及宫中各贵胄妃嫔公主等集资修建者，当系成于西历第十世纪上半期中的无疑。福州古迹，当首推此塔，所可恨的，是年久失修，已倾坍了一二层了。勉强攀登上去，我拚了命去看了一看各龛中的石刻。所见到的，是第三层上东面的那块"崇妙保圣坚牢之塔"的大字碑，及第二层"南无当来下生弥勒尊佛"的刻像，一角刻有"女弟子大闽国后李氏十九娘，为自身，伏愿安处六宫，高扬四教，上寿克齐于厚载，阴功永福于长年"的两条愿赞。此外每层各有佛像，亦各有不同的佛名和愿赞刻在两角，如尚氏十五娘、王氏二十六娘（当系公主之出嫁者）、二十七娘之类。两礼拜后若重返福州，想去翻出志书旧籍来，再详考一下。临行之前，发见了这一个宝库，也总算是来了一趟福州的酬劳。至如莲花峰下闽王审知的墓道之类，是尽人皆知的故实，还不足为奇，唯有这塔和浙江已倒的雷峰塔有同世纪之可能的一层，却是很有趣的一件妙事。已将行装整理了一半了，因下午偶然发见了此塔，大喜欲狂，所以又将笔墨纸篓打开，补记这一条日记。晚上须出去应酬，以后三五天内，恐将失去执笔的工夫。

二十日下午五时记。

回程日记

（1937 年 4 月 30 日—5 月 4 日）

廿六年四月三十日。星期五，晴。

廿八日自福建马尾开船，北行两昼夜，今晨六时抵沪埠。晨雾未消散，有久雨放晴意。

在怡和码头与来接之樊君略谈数分钟后，即同车去北站；离火车开行时，尚有一小时余。

沪杭路两边，绿树如云，一路看田看水，仍不减当年游旅时气氛。新绿能醉人，尤以江南风景为然。

十二点二十分，在杭州城站下车，遇航空学校教官多人，在接待毕业生家属。

与蒋副校长匆匆交数语，取得参观证两枚，约于明晨前去观礼，即雇车返寓，到家已一点多钟。

此次忙里偷闲，告假只五日，又往返费时，深恐公私杂务，料理不清，故午后就去做了半天事情。

傍晚，上城站，送骊先上南京，君胥等去日本，得遇全杭州之知友全部。

夜应友人招宴两处。十时睡。

五月一日，星期六，雨。

五月劳动节日，在杭州过。因天雨，故觉得萧条之至。航校毕业仪式，今天停止，明日典礼照常。

中午约慕尹主任夫妇在楼外楼小饮，适逢力子先生自上海来，遂邀同席，至午后三时散。晚上在城头巷孙家吃晚饭。

五月二日，星期日，晴。

午前十一时，绍棣偕周校长至柔来，同去杏花村喝酒。因与幼甫阎氏有于午后去九溪之约，故饭后即匆匆驱车往。车过钱江大桥北岸，见桥墩都已打就，大约十月通行之说，确实可靠。

车中，绍棣为讲红舌村故事，听者讲者，两都忘倦。

九溪茶场，今天游客特多，程远帆氏夫妇、邵裴子先生等，都不期而遇，坐至午后四时，返城。

晚上由绍棣作东，约慕尹主任夫妇在三义楼吃饭，饭后并去东南日报馆看演《狄四娘》话剧，至十时始散。

五月三日，星期一，晴。

午前来客不绝，中午越风社约在大同吃饭。席上遇福州梁众异先生，谈到了立委林庚白氏近状。

饭后看了几处亲友，整理了一下行装，打算于明日坐早车去沪。

傍晚，钱主任约去王润兴吃晚饭，同席者皆航空健将，饮至九时左右，乃大醉。

五月四日，星期二，晴，热。

早晨六时起床，扶醉理行装，八时上城站坐入特快车中。姜委员心白以所编之《浙江新志》来送行，车中得不寂寞。从头细读一遍，觉比之从前的志书，确有进步。因言简而记事新，足供现代人之参考也。

十二点半，在北站下车后，即将行车直送至船上。在上海办了半天公私杂事，晚仍上船宿，因明晨八时须起行，上旅馆恐来不及。

匆匆五日行程，往返走尽了三千余里，较之柳往雪来之古代，交通总算已大进步。然而易车以舟，由舟登陆，闽浙之间，尤觉来往不便之至。将来火车若通，时间纵不能缩短，而上落之劳顿可省，两省间商贾往来，当更频繁。

一九三七年五月在福州记